ANDREA BOTTLINGER

Das Schicksal der Reformatorin

atb aufbau taschenbuch

ANDREA BOTTLINGER wurde 1985 in Karlsruhe geboren. Sie hat in Mainz Buchwissenschaften, Komparatistik und Ägyptologie studiert und lebt und arbeitet inzwischen als freie Lektorin und Autorin in Frankfurt.

Im Aufbau Taschenbuch sind ihre Romane »Das Geheimnis der Papiermacherin« und »Die Kompassmacherin« lieferbar.

Als Tochter aus gutem Hause lernt Felicitas Latein und liest bevorzugt humanistische Schriften. Sie ist fasziniert von den Ideen Martin Luthers. Heimlich und unter dem Namen ihres Bruders Leopold nimmt Felicitas Briefkontakt mit Anhängern des Reformators auf. Ein reger Austausch entsteht, und zum ersten Mal fühlt Felicitas sich ernst genommen. Vor allem zwischen ihr und Gabriel entspinnt sich eine enge Freundschaft – allerdings unter falschem Namen. Als sie selbst beginnt, reformatorische Flugschriften zu verfassen, dringt Gabriel auf ein Treffen, er bietet ihr an, nachts Exemplare in der Druckerei seines Vaters zu drucken. Felicitas muss sich entscheiden: Gesteht sie dem jungen Mann, der ihr so wichtig geworden ist, ihre wahre Identität? Und dann droht ihrem Bruder der soziale Ruin, denn der Papst erlässt einen Kirchenbann für die Anhänger Luthers, und Leopolds Name steht auf der Liste …

ANDREA BOTTLINGER

Das Schicksal der Reformatorin

Historischer Roman

aufbau taschenbuch

MIX
Papier aus verantwortungsvollen Quellen
FSC® C083411
FSC www.fsc.org

ISBN 978-3-7466-3841-6

Aufbau Taschenbuch ist eine Marke
der Aufbau Verlage GmbH & Co. KG

1. Auflage 2022

Umschlaggestaltung www.buerosued.de, München
unter Verwendung von Motiven von
© Arcangel / Mark Owen und © akg-images
Satz Greiner & Reichel, Köln
Druck und Binden CPI books GmbH, Leck, Germany
Printed in Germany

www.aufbau-verlage.de

Kapitel 1

Augsburg, 1519

Felicitas wollte nicht unbedingt an der Tür zur guten Stube lauschen. Nur allzu gern hätte sie sich wie die wohlerzogene junge Frau verhalten, die sie war. Und dazu gehörte auch, das wusste sie, nicht in kalten Fluren herumzustehen und das Ohr an das Holz einer verschlossenen Türe zu drücken. Allerdings hatte ihr Vater ihr schwerlich eine andere Wahl gelassen. Sie hatte ihn gebeten, dabei sein zu dürfen, während sein Freund Bernhard Adelmann von Adelmannsfelden zu Besuch war. Er hatte abgelehnt.

Von Adelmannsfelden sei ein sehr einflussreicher und wichtiger Besucher, hatte ihr Vater gesagt. Domherr und Stiftspropst von St. Gertraud in Augsburg und zudem Stiftsherr von Ellwangen. Er hatte den Bischof von Eichstätt einmal auf einem Reichstag vertreten, und er war Mitglied der Sodalitas litteraria Augustana, des Humanistenzirkels um Konrad Peutinger.

Ganz sicher hatte er keine Zeit für junge Frauen, die sich ein bisschen zu sehr für Martin Luther begeisterten. Ja, er war dem Wittenberger einmal begegnet und sprach seitdem in hohen Tönen von ihm, aber deswegen wollte er noch lange nicht darüber mit nur halb verständigen Fragen gelöchert werden. Für diesen geselligen Abend wollten die Männer unter sich sein.

Davon, dass sie sich auch von der Tür fernhalten sollte, hatte er allerdings nichts gesagt.

»Habt Ihr den Bericht Melanchthons über die Disputationen zu Leipzig schon gelesen?«, drang Adelmanns Stimme durch das Holz. »Er zeichnet ein sehr gutes Bild.«

Felicitas hatte den Bericht gelesen, und alles in ihr drängte danach, die Tür aufzustoßen und ein paar Punkte anzusprechen, die sie seitdem beschäftigten. Melanchthon hatte in seinem Bulletin heftige Kritik am Disputationsstil von Luthers Gegner Johannes Eck geübt, aber ihrer Meinung nach war er noch nicht genügend ins Detail gegangen. An einigen Stellen hätte sie gern noch mehr über den tatsächlichen Verlauf des Gesprächs gewusst und stattdessen etwas weniger darüber, was für ein guter Christ Luther angeblich sei. Auch wenn er das ohne Zweifel war.

»Ich habe ihn gelesen, aber ich bin unschlüssig«, sagte ihr Vater stattdessen nur. »Ich möchte mir kein abschließendes Urteil bilden, bevor ich nicht die Texte der beiden Kontrahenten gelesen habe, die noch immer nicht veröffentlicht werden dürfen. Was man darüber hört, wie Luther den Ketzer Jan Hus verteidigt hat, finde ich bedenklich.«

Felicitas ballte die Fäuste. »Er hat ihn nicht im Ganzen verteidigt«, flüsterte sie. »Er hat nur …« Ach, wenn sie doch nur mitreden könnte.

»Er hat lediglich argumentiert, dass ein paar ausgewählte Sätze Hus' durchaus christlich seien«, sagte von Adelmannsfelden. »Das lässt sich schwerlich damit gleichsetzen, den Mann als Ganzes in Schutz zu nehmen.«

Felicitas nickte eifrig. Von Adelmannsfelden schien wirklich ein sehr verständiger Mann zu sein. Ihre Hand wanderte ohne ihr Zutun zur Klinke, und sie zog sie schnell zurück, bevor sie etwas Dummes tun konnte.

Durch das Holz hörte sie das »Hm, hm« ihres Vaters. Das war ein Laut, den er immer machte, wenn er nicht ganz mit etwas einverstanden war, aber nicht direkt widersprechen wollte. »Wurde in Erfurt inzwischen eine Entscheidung darüber getroffen, wann die Texte veröffentlicht werden dürfen?«

Und nun lenkte er ab! Frustriert presste Felicitas die Lippen aufeinander.

»Nein, sie diskutieren immer noch, wer die Disputation gewonnen hat. Erst danach kann es zur Veröffentlichung kommen.«

Felicitas seufzte. Bis sich die gelehrten Herren auf irgendetwas geeinigt hatten, konnte es noch ewig dauern. Da ging ihre Hoffnung dahin, die gesamten Texte bald zu lesen.

»Felicitas, das gibt aber Ärger!«

Die Stimme ihres kleinen Bruders ließ sie herumfahren. Der zwölfjährige Markus stand auf der untersten Stufe der Treppe. Mist.

Einerseits war es gut, dass er sie erwischt hatte und nicht ihre Mutter. Andererseits musste sie sich nun irgendetwas einfallen lassen, wie sie ihn dazu bringen konnte, sie nicht zu verraten.

»Wolltest du nicht draußen spielen?«, fragte sie. Meistens kümmerte ihn doch sonst nichts anderes, als hinter dem Haus imaginäre Söldner herumzukommandieren.

Markus starrte zu Boden. »Das macht nicht mehr so viel Spaß, seit Leopold nach Padua zum Studieren gegangen ist.«

Dass Markus ihren älteren Bruder vermisste, war traurig, aber mit jedem verstreichenden Augenblick verpasste Felicitas mehr von dem, was hinter der Tür gesprochen wurde. Unruhig trat sie von einem Fuß auf den anderen. »Leopold hat doch nie mit dir gespielt«, sagte sie. Meistens hatte er bis tief in den Tag hinein geschlafen und dann die Abende mit Freunden verbracht.

»Oh doch!«, behauptete Markus. »Ich habe Jerusalem für ihn erobert, und dann habe ich ihm Bericht erstattet, und er hat mir neue Befehle gegeben!«

Unter anderen Umständen hätte Felicitas das sicher herzallerliebst gefunden. Nun jedoch lenkten sie Geräusche hinter der Tür ab. Die Stimmen waren ein wenig lauter geworden. Verpasste sie gerade einen Disput? »Wenn du diesmal für mich auf Eroberungszug gehst, kannst du mir später Bericht erstatten«, bot sie an.

Markus verzog das Gesicht. »Man erstattet aber dem König Bericht, nicht der Königin.«

Als ob das für ein Spiel irgendeinen Unterschied machte. Felicitas musste an sich halten, um nicht die Augen zu verdrehen.

Gelächter drang durch die Tür. Also kein Disput. Von Adelmannsfelden hatte wohl gerade etwas Geistreiches gesagt.

»Wenn der König unpässlich ist, dann muss die Königin für ihn einspringen. Nun sei ein guter Söldner und ...«

»Ich bin kein Söldner, ich bin ein Feldherr! Du weißt ja wirklich gar nichts über Krieg.«

Felicitas seufzte. »Markus, hör zu ...«

In diesem Moment öffnete sich die Tür hinter ihr.

Und Felicitas wurde klar, dass sie vielleicht ihre Stimme etwas zu weit erhoben hatte.

»Was ist denn hier draußen los? Kann man in diesem Haus nicht einmal in Ruhe ein Gespräch führen?«

Nur langsam drehte sie sich zu ihrem Vater um, dessen massiger Körper den Türrahmen füllte. Hinter ihm konnte sie Bernhard Adelmann von Adelmannsfelden an einem reichlich gedeckten Tisch sitzen sehen. »Verzeihung, Markus hat ...«

»Felicitas hat gelauscht!«, krähte Markus.

Oh, warum hatte der Herr sie nur mit einem kleinen Bruder gestraft? »Das ist nicht wahr!«, behauptete sie, wobei sie dem Blick ihres Vaters auswich. Im nächsten Moment ärgerte sie sich über sich selbst. Das war ganz gewiss nicht der erste Eindruck, den sie bei von Adelmannsfelden hatte hinterlassen wollen.

Mit einem ähnlichen Seufzer wie dem, den Felicitas eben von sich gegeben hatte, kniff ihr Vater sich in den Nasenrücken. »Bitte, Felicitas. Du bist eine erwachsene Frau, benimm dich entsprechend.«

Ja, das sollte sie wahrscheinlich tatsächlich. Andererseits war sie anscheinend so oder so nicht erwachsen genug, um den wirklich wichtigen Gesprächen beizuwohnen.

»Ich hätte nicht gedacht, dass eine junge Dame sich so sehr für humanistische Diskurse interessieren könnte.« Der Gast war aufgestanden und kam mit einem gütigen Lächeln auf den Lippen näher.

Sofort richtete Felicitas sich gerade auf. War ihr Haar unordentlich? Hoffentlich nicht. Wenn sie jetzt nur einen guten Eindruck hinterlassen konnte …

»Ist das Eure Tochter, Johannes?«, wandte sich von Adelmannsfelden an ihren Vater.

Bevor dieser jedoch etwas erwidern konnte, ergriff Felicitas ihre Chance. »Mein Name ist Felicitas, Stiftsherr. Ich verfolge den humanistischen Diskurs, seit ich genügend Latein beherrsche, um die Schriften zu verstehen. Ich denke, Luther hat mit seinen Thesen über den Ablasshandel einige sehr wichtige …«

Von Adelmannsfelden lachte. »Entzückend!«, rief er aus. »Johannes, was für eine wahrlich entzückende Idee, Eure Tochter entsprechend zu bilden.«

»Nun …«, murmelte Felicitas' Vater, sichtlich unsicher, was er zu dem unerwarteten Lob sagen sollte.

Das trug sicher dazu bei, dass er sich nicht mehr daran erinnern würde, sie beim Lauschen erwischt zu haben, aber andererseits fühlte Felicitas sich übergangen. Von Adelmannsfelden hatte sie nicht einmal ausreden lassen. Er benahm sich eher, als wäre sie ein Hund, der ein interessantes Kunststück vorgeführt hatte.

»Nun, junge Dame«, wandte sich von Adelmannsfelden da jedoch an sie. »Wenn du so wissbegierig bist, warum leistest du uns nicht beim Essen Gesellschaft?«

Endlich! Das war, was Felicitas hatte hören wollen. Sicher würde sie so eine Gelegenheit erhalten, zu beweisen, wie kundig sie war. Sie strahlte den Stiftsherrn an und mied gleichzeitig den Blick ihres Vaters, als könne ihn nicht anzusehen dafür sorgen, dass er es nicht verbieten würde. »Sehr gerne«, sagte sie.

»Nun denn«, stimmte ihr Vater zögerlich zu. »Ich schätze, schaden kann es nicht.«

Felicitas musste an sich halten, um keinen Freudensprung zu machen. Sie hatte es geschafft.

*

»Ich war so dumm.« Felicitas vergrub das Gesicht an der Schulter ihrer Mutter, die ihr Stickzeug zur Seite gelegt hatte, um sie in ihre Arme zu schließen. »Ich war so dumm.«

»Aber hast du nicht bekommen, was du wolltest?« Tröstend strich ihr ihre Mutter durch das Haar. »Du durftest dabei sein, während sie über all diese wichtigen Dinge redeten.«

Felicitas schniefte. »Aber ich wollte nicht einfach dabei sein, ich wollte auch etwas sagen.«

»Hast du das nicht? Dein Vater hat mir erzählt, du hast all die Fragen des Stiftsherrn vorbildlich beantwortet.«

Allein der Gedanke daran, wie Bernhard Adelmann von Adelmannsfelden sie ausgefragt hatte, trieb Felicitas neue Tränen der Wut in die Augen. »Er hat Fakten abgefragt! Fakten! Als wäre ich ein dummes Schulmädchen! Er wollte nicht wissen, was ich über Luthers Thesen oder Melanchthons Flugschrift denke. Er wollte wissen, ob ich die Thesen auswendig kenne! Und dann hat er mich nicht ausreden lassen, wenn ich darüber hinaus etwas gesagt habe!«

»Ruhig, Felicitas, reg dich nicht auf.« Wieder strich ihre Mutter ihr über das Haar, aber diesmal fühlte es sich nicht tröstend an, sondern beengend. Am liebsten hätte sie die Hand weggeschlagen. Stattdessen richtete sie sich nur auf. Mit dem Ärmel ihres Kleides wischte sie sich die Tränen aus dem Gesicht. »Und er hat jedes einzelne lateinische Wort für mich übersetzt, das er verwendet hat. Auch nachdem ich mehrmals gesagt habe, dass ich Latein verstehe!«

»Das war doch sehr freundlich von ihm.« Felicitas' Mutter lächelte. »Es klingt, als hättest du einen interessanten Abend verbracht.«

Felicitas seufzte, dann nickte sie. Was sollte sie auch sonst tun? Wie sollte sie erklären, dass sie sich nicht ernst genommen fühlte, dass sie nicht den Eindruck bekommen hatte, tatsächlich Teil eines Austausches über humanistische Werte und Ideen zu sein? Dabei war es das, was sie sich so sehr wünschte. Worüber sie so viel gelesen hatte. Im ganzen Reich waren Gelehrte in eine rege Diskussion vertieft, schrieben einander Briefe, sandten einander ihre Schriften zu, publizierten ihre Gedanken und brachten sie als Bücher und Flugschriften unter das Volk. Felicitas hatte all die Ergebnisse dieses Austausches genossen und sich ihre eigenen Gedanken dazu gemacht. Nun wollte sie auch dazugehören. War das denn wirklich zu viel verlangt?

»Ich weiß etwas, das dich aufmuntern wird.« Ihre Mutter erhob sich von der Bank, auf der sie gesessen hatten, und ging zu einer Truhe auf der anderen Seite des Raumes hinüber. »Ich habe auf dem Markt heute Morgen eine wunderschöne Borte gefunden, die sich sehr gut an einem Kleid für dich machen würde. Möchtest du sie sehen?«

Nein, Felicitas wollte keine noch so schön bestickte Borte sehen. Doch ihr fehlte die Kraft für einen Streit. Also schniefte sie noch einmal und hob dann die Schultern.

Das reichte. Ihre Mutter strahlte. »Wir werden das schönste Kleid in ganz Augsburg für dich machen. Das und dein kluger Kopf werden dir bald einen hoch angesehenen, gebildeten Ehemann einbringen. Dann wirst du jeden Abend mit ihm über all die Dinge reden können, über die ein Mann mit humanistischer Bildung gerne redet, und musst nicht mehr die Freunde deines Vaters belästigen.«

Belästigen. Felicitas zog die Nase kraus. »Und wer sagt mir, dass mein zukünftiger Ehemann nicht viel lieber auch mit anderen Männern redet als mit mir?«, fragte sie missmutig.

»Ach Kind.« Ihre Mutter kramte in der Truhe. »Dein Vater beschwert sich doch die ganze Zeit, dass ich keinen Sinn für derlei Dinge habe. Es gibt sicher viele Männer dort draußen, die eine Frau wie dich zu schätzen wissen.«

Ihr Vater hatte sie allerdings auch von dem Gespräch ausschließen wollen.

»Dein Vater hätte nicht all das Geld dafür ausgegeben, dich humanistisch bilden zu lassen, wenn er meinte, dass sich das für eine Frau nicht schickt.«

Das war durchaus ein guter Punkt. Felicitas schniefte noch einmal und wischte sich erneut die Tränen aus dem Gesicht. Vielleicht hatte ihr Vater gewusst, wie von Adelmannsfelden sich verhalten würde, und hatte versucht, ihr die Enttäuschung zu ersparen. Vielleicht gab es dort draußen Gelehrte, die durchaus mit ihr reden würden. Sie musste sie nur finden. Vielleicht war es ein Augsburger Problem, dass in der Sodalitas litteraria Augustana nur Männer zugelassen waren.

»Na, siehst du.« Die Stimme ihrer Mutter holte Felicitas aus ihren Gedanken. »So ist das doch schon besser.« Ihre Mutter kam mit einem in Papier eingewickelten Päckchen zu ihr zurück. »Nun schau, ich habe schon einen Plan für das Kleid.«

Vielleicht war es wirklich an der Zeit, die Freunde ihres Vaters nicht länger zu belästigen. Während Felicitas nickte und durch die ach so schöne Borte hindurchstarrte, die ihre Mutter ihr zeigte, schmiedete sie einen Plan.

Kapitel 2

»Bist du sicher, das ist alles, was ihr an Papier braucht?« Papiermüller Hannes blickte zwischen Gabriel und den wenigen Kisten hin und her, die er und seine Leute im Hof der Kobler'schen Buchdruckerei abgeladen hatten. Es war kaum ein ganzer Wagen voll gewesen. Aber die Menge passte zu der leichten Börse, die Gabriels Vater ihm gegeben hatte, um die Lieferung zu bezahlen.

Gabriel hob die Schultern. »Ich schätze, irgendwann hat jede Familie in Augsburg mindestens eine Bibel.« Er bemühte sich, nicht bitter zu klingen, aber so ganz konnte er den Ärger nicht aus seiner Stimme heraushalten. Dem Buchdruckergewerbe ging es so gut wie nie. Allerdings hatte man das größtenteils den vielen Streitschriften und Thesenpapieren zu verdanken, die all die gelehrten Herrschaften im ganzen Land produzierten. Wenn man sich allerdings weigerte, besagte Streitschriften und Thesenpapiere zu drucken, dann blieb von dem Wohlstand, den andere Drucker genossen, nicht mehr allzu viel übrig.

Hannes jedoch lachte nur. »Gebetbüchlein braucht man für jede Kommunion.« Er klopfte Gabriel auf die Schulter. »Wart's ab, das Geschäft läuft bald wieder besser. Spätestens wenn sie diesen Luther endlich auf dem Scheiterhaufen verbrennen. Habe gehört, der soll ein echter Ketzer sein und nicht mal einen großen Hehl draus machen.«

Gabriel nickte nur. Was er gehört hatte, hatte nicht ansatzweise so dramatisch geklungen, aber er wollte keinen Streit vom Zaun brechen. Den hatte er schon oft genug mit seinem Vater.

»Ich für meinen Teil«, fuhr Hannes fort, offensichtlich nicht entmutigt von Gabriels Schweigen, »finde es sehr bewundernswert, dass die Druckerei Kobler ihren Prinzipien treu bleibt. Ich meine, Geschäft ist Geschäft, aber die anderen Drucker, denen ich Papier liefere …« Er beugte sich verschwörerisch vor. »Einige von denen werden auch noch auf dem Scheiterhaufen enden, das sage ich dir. Kaum noch gute Katholiken unter denen.«

»Wer kann's ihnen verdenken?«, konnte Gabriel sich nun doch nicht verkneifen. »Hast du gehört, in Nürnberg soll sich ein Mann einen Ablassbrief für den Mord an seiner Frau haben ausstellen lassen, noch bevor er sie umgebracht hat.« Das konnte doch nicht der Wille des Herrn sein, oder? Dass die Menschen nicht die geringste Reue mehr für ihre Taten verspürten, weil sie einen Zettel besaßen, auf dem stand, dass ihnen vergeben wurde. Aber es war das, was der Papst als Wille des Herrn verkündete – während gleichzeitig all das Geld, das der Ablasshandel der Kirche einbrachte, in immer prunkvollere Bauten in Rom gesteckt wurde. Und eventuell auch für Kurtisanen ausgegeben wurde, wollte man den Flugschriften glauben. Gabriel war geneigt, das zu tun, auch wenn er sie heimlich lesen musste.

Hannes jedoch lachte nur. »Kluger Mann! Das muss ich mir merken.« Dann lehnte er sich noch ein weniger mehr vor und legte einen Arm um Gabriels Schulter. »Ganz im Ernst, diese neue Unart, öffentlich gegen die Kirche zu schimpfen … Das wird sich wieder legen. Irgendwann treiben sie es zu weit, dann greift Rom streng durch, und dann muss deine Konkurrenz zumachen. Haltet einfach die Ohren steif bis dahin. Wirst schon sehen.«

Wieder nickte Gabriel. Glauben allerdings konnte er Hannes' Worte nicht so ganz. Und er wollte es auch nicht. Niemand hatte es verdient, auf dem Scheiterhaufen zu landen, nur weil er darauf hinwies, dass hohe Geistliche keine Kurtisanen haben sollten. Gott mochte unfehlbar sein, aber die Menschen, die ihm dienten, ganz sicher nicht.

Kapitel 3

Sie würde klein anfangen. Felicitas blätterte durch die Flugschrift, die sie vorhin auf dem Markt gekauft hatte. Sie war nicht allzu skandalös, was man schon allein daran erkennen konnte, dass der Autor sie unter seinem echten Namen abgefasst hatte. Er war ein gewisser Daniel Habermann, und der Junge, der ihr das Flugblatt verkauft hatte, sagte, er lebe in Köln. Er schrieb auf Deutsch, und viele der Formulierungen waren holprig. Die Argumente, die er zugunsten vorsichtiger Kirchenreformen vorbrachte, hatte sie größtenteils in ähnlicher Form schon anderswo gesehen. Aber genau deshalb würde er schwerlich auf sie herabsehen können, nicht wahr? Er war es nicht gewohnt, dass man ihm bewundernd lauschte, wie das bei von Adelmannsfelden wahrscheinlich der Fall war. Er freute sich womöglich noch über jede Zuschrift.

Daniel Habermann zu schreiben war sicher. Selbst wenn er herablassend reagierte, musste sie zumindest nicht mit der Herablassung einer Person umgehen, die sie wirklich bewunderte.

Also verfasste Felicitas einen kurzen Brief, in

dem sie auf einige der Punkte in der Flugschrift einging. Gerade genug, um hoffentlich einen freundlichen Austausch anzustoßen. Als sie nur noch ihren Namen unter den Brief setzen musste, hielt ihre Hand mit der Schreibfeder jedoch wie von selbst inne.

Felicitas Schäffler, das war die junge Frau, der Bernhard Adelmann von Adelmannsfelden nicht einmal zugetraut hatte, die simpelsten lateinischen Phrasen zu verstehen. Die Frau, der er ständig ins Wort gefallen war, um ihr zu erklären, was sie gerade selbst hatte sagen wollen.

Ein Klopfen an ihrer Tür schreckte Felicitas auf. Sie legte die Schreibfeder beiseite. »Ja?«

Die Tür öffnete sich langsam, und Markus lugte herein. Für einen Moment starrte er sie einfach nur missmutig an.

»Was kann ich für dich tun?«, fragte Felicitas schließlich.

»Du musst sagen: ›Tritt näher, mein Vasall, und berichte mir von deinen Schlachten.‹«

Oh, wollte er nun also doch der Königin Bericht erstatten? Felicitas lächelte in sich hinein. Manche Dinge brauchten wohl einfach nur etwas Zeit.

»Tritt näher, mein Vasall, und berichte mir von deinen Schlachten.« Felicitas drehte sich auf ihrem Stuhl um, so dass sie ganz der Tür zugewandt war.

Endlich schob sich Markus ganz ins Zimmer. Etwas zögerlich trat er auf sie zu, dann fiel er auf ein Knie, wie die Ritter in Gemälden und Holzschnitten es oft taten. »Meine Königin, die Sarazenen haben die Stadt zurückerobert, aber ich habe achthundert Mann, um die Mauern zu stürmen. Was sind Eure Befehle?«

Felicitas setzte sich etwas aufrechter hin. Eine Königin würde sicher auf ihre Haltung achten. Dann dachte sie nach. Den Befehl zum Angriff zu geben, wäre einfach, aber sie wollte Markus ein wenig mehr für sein Spiel bieten. Sie versuchte, sich an alles zu erinnern, was sie aus alten Geschichten und Theaterstücken über Taktik wusste.

»Nun, mein Feldherr«, begann sie schließlich, »die Mauern einer Stadt zu stürmen, wird viele Verluste kosten. Ich denke, es wäre klüger, einen Spion hinter die Mauern zu schicken, der die Tore von innen öffnet.«

Sie war ein wenig stolz auf diesen Einfall. Er würde doch sicher für ein spannendes Spiel sorgen. Markus allerdings verzog das Gesicht. »Einen so feigen Vorschlag hätte der König nie gemacht. Wie sollen meine Männer da Ruhm in der Schlacht erringen?«

Felicitas runzelte die Stirn. Sollte sie nachgeben oder nicht? Sie wusste nicht, wie das Spiel normalerweise zwischen Leopold und Markus ablief. Aber vielleicht war es am besten, einfach in der Rolle der Königin zu bleiben. Und die würde sich bestimmt nicht widersprechen lassen.

»Ich denke, der König wäre glücklich, wenn du seine Männer nicht in den Tod führen würdest, Feldherr.«

Markus schnaubte und erhob sich. »Das war eine dumme Idee. Du verstehst es einfach nicht.« Missmutig wandte er sich zur Tür. »Ich wünschte, Leopold wäre hier. Oder ich hätte noch einen Bruder.«

Bevor Felicitas etwas sagen konnte, war er aus dem Raum. Mit einem Seufzer sackte sie auf ihrem Stuhl zusammen. Sie war sich nicht ganz sicher, was sie falsch gemacht hatte. Gab es nicht viele Epen, in denen sich die Helden listenreich verhielten?

Nun, es brachte wohl nichts, sich darüber den Kopf zu zerbrechen. Mit einem weiteren Seufzer wandte Felicitas sich wieder dem Brief zu, den sie geschrieben hatte. Sie streifte die nun halb trockene Tinte an der Schreibfeder an einem Tuch ab und tunkte sie erneut in das Tintenfass. Sie musste nur noch ihren Namen unter den Brief setzen.

Bevor sie auch nur einen Strich setzen konnte, stockte sie jedoch wieder. Markus' Worte gingen ihr nicht aus dem Kopf.

Ich wünschte, ich hätte noch einen Bruder.

Wenn nicht einmal ihr jüngerer Bruder damit zufrieden war, dass sie eine Frau war, konnte Felicitas Schäffler für einen Reformationsschreiber je genug sein, selbst für einen eher unwichtigen?

Aber nun hatte sie den Brief schon geschrieben, also würde sie ihn auch abschicken. Felicitas presste die Lippen aufeinander. Dann senkte sie schließlich die Feder auf das Papier.

Für einen Moment starrte sie auf das, was sie geschrieben hatte. Dann nickte sie. Es machte sie nicht glücklich, aber so ginge es vielleicht:

Mit den herzlichsten Grüßen

Leopold Schäffler

Leopold würde es sicher nicht einmal merken.

Kapitel 4

Gabriel lehnte sich zur Seite, damit sein Vater ihm über die Schulter sehen konnte. Er hatte den halben Nachmittag damit verbracht, das Kassenbuch des Familienunternehmens auf den neuesten Stand zu bringen, und das Ergebnis war nicht gut. Es hatte ihn veranlasst, direkt nach dem Druckermeister zu rufen.

Gabriel musste dabei äußerst alarmiert geklungen haben. Sein Vater hielt noch einen Winkelhaken mit Lettern darauf in der Hand, hatte also gerade das Setzen einer Seite unterbrochen.

Der Druckermeister runzelte die Stirn, als er die Schuldensumme sah, mit roter Tinte dick unterstrichen. »Wo kommt das her? Wir waren letzten Monat noch in den schwarzen Zahlen.«

»Dazwischen haben wir eine Lieferung neuen Papiers bekommen.« Gabriel deutete auf einen Posten einige Zeilen über der Summe. »Das verschlingt jedes Mal Unsummen. Gerade jetzt im Winter, wo die Leute ihre Lumpen lieber noch tragen, als sie zur Papiermühle zu geben.«

»Kein Papier, kein Druck«, murrte Gabriels Vater. Die Finger seiner freien Hand spielten mit einem kleinen Zettel, wie die Setzer ihn oft verwendeten, um Lücken zwischen den Buchstaben zu stopfen. Schließlich riss er sich sichtlich zusammen, stopfte den Zettel in den Winkelhaken, da, wo die Letter mit dem *st* wackelte. »Was sollen wir tun? Die Produktion anzuhalten, macht uns auch nicht reicher.«

Gabriel nickte. »Aber Bibeln und Gebetbücher verbrauchen so viel Papier«, wandte er ein. »Überleg mal, mit reformatorischen Flugschriften machen wir pro Exemplar weniger, aber mehr pro Bogen – dem Franz reißen die Leute die Blätter aus der Hand, als wären es warme Semmeln.«

Friedrich seufzte. Er fingerte mit der wackelnden Letter herum, aber so ganz sorgte der Zettel nicht für die gewünschte Stabilität. »Der Franz? Der in diesem Haus wohnt, das der Fugger gestiftet hat? Wo er mit Frau und Kindern auf dem Boden schläft, zwischen Tagelöhnern und Tippelbrüdern? Er wäre besser bei Gebetbüchern geblieben, dann hätten sie sein Haus nicht gepfändet. Solange neue Christen geboren werden, verkaufen sich auch christliche Schriften. Was für ein Blödsinn, keine mehr zu drucken!«

Gabriel schlug das Buch zu. Wie konnte sein Vater nur so sehr die Augen vor der Realität verschließen? »Wir verkaufen jedes Jahr weniger. Seit drei Monaten liegen die neuesten Psalmensammlungen bei uns im Lager. Selbst auf der letzten Frankfurter Messe wollte sie kaum jemand haben.«

»Kein Wunder, wenn du versucht hast, sie gegen diesen holländischen Ketzerschund zu tauschen«, brummte der Meister. Er kämpfte weiter mit der *st*-Letter, doch seine Finger gehorchten ihm nicht mehr. Schließlich knallte er Haken samt Lettern auf den Tisch neben das Kassenbuch.

Obwohl er damit gerechnet hatte, zuckte Gabriel zusammen. Er verfluchte sich selbst innerlich. Er hätte es wissen müssen. So eine Diskussion machte seinen Vater nur wütend. Irgendetwas anderes würde er jetzt nicht mehr erreichen.

»›Lob der Torheit‹«, wetterte der Druckermeister. »Allein der Titel! Ich hätte ahnen müssen, dass du mit so was zurückkommst. Der Lehrling könnte Bücher besser aussuchen als du. Das Geld hättest du lieber einer Magd im Badehaus gegeben.« Er schnaubte.

Gabriel spürte, wie sich sein Magen zusammenzog. Sein Vater war bekannt und gefürchtet für seine Wutanfälle. Gleichzeitig regte sich aber auch Trotz. Er hatte versucht, auf der Buchmesse Werke zu ergattern, die sie hier in Augsburg gewinnbringend weiterverkaufen konnten. Und sie hatten Leben in die kleine Buchhandlung gebracht, die an die Druckerei angeschlossen war.

Zugegeben waren es auch Texte, die Gabriel persönlich interessierten, aber was sprach dagegen, Gewinn und Freude zu verbinden? So oder so hatte er nach den besten Interessen des Betriebs gehandelt.

Er fuhr sich mit der Hand durch die Haare, atmete lang aus und versuchte es noch einmal mit rationalen Argumenten. Immer ruhig bleiben, den Zorn über sich hinwegspülen lassen. So hatte es seine verstorbene Mutter schon gemacht.

»Wir können nicht verhindern, dass die Leute Veränderung wollen.« Er ließ die Worte nachhallen und wartete. Sein Vater widersprach ihm nicht.

»Wir müssen ja nicht die radikalsten Texte verkaufen und drucken, aber wir müssen mit der Zeit gehen. Wir könnten zumindest mal die alten Holzschnitte, an denen du so hängst, durch Kupferstiche ersetzen. Bilder, wie der Dürer sie macht.«

Der Druckermeister wischte seine schwarz verschmierten Hände am Latz ab und griff wieder nach dem Winkelhaken. Er stopfte das Stück Papier noch einmal etwas fester zwischen die Lettern.

»Ich weiß, wir können uns Dürer nicht leisten, aber das ist ja auch nicht so wichtig. Hauptsache Kupferstich. Der ist modern …«

Der Druckermeister zog bei dem Wort die Augenbrauen zusammen. Da aber keine Lettern umherflogen, traute sich Gabriel etwas mehr.

»Die anderen Drucker machen das auch so. Und was die Leute lesen wollen, sind kritische Fragen. Es liegt so vieles im Argen …«

Die *st*-Letter flog davon, als der Druckermeister plötzlich eine heftige Bewegung machte. Er starrte Gabriel wütend an. »Wie oft muss ich es noch sagen? Man stellt dem Papst keine kritischen Fragen. Wenn Gott persönlich auf die Erde käme, um die Heilsbotschaft zu verkünden, würdest du dich dann auch hinstellen und mit ihm über die Gebote der Kirche diskutieren? Nein, das würdest du nicht!« Je mehr er redete, desto lauter wurde seine Stimme. »Und warum nicht? Weil.« Er hob den Winkelhaken. »Es.« Der Winkelhaken stieß so heftig in Gabriels Richtung, dass dieser sich nach hinten lehnte. »Häresie.« Ein weiterer Stoß. »Wäre!«

Beschwichtigend hob Gabriel die Hände. »Es geht doch nicht um Gott. In den höheren Rängen der Kirche sitzen auch nur Menschen.«

»Häresie! Ich brenn lieber meine Presse nieder, als dieses gottlose Zeug zu verlegen!«

»Ich wollte doch nur …«

»Raus hier!« Gabriels Vater hob wieder drohend den Winkelhaken.

Für einen Moment noch zögerte Gabriel. Dann sah er das Weiß um die Knöchel des alten Druckermeisters. Er würde wirklich werfen, nicht wahr? Sein Vater war bekannt für sein Temperament, aber dass Gabriel ihn zuletzt so gesehen hatte, war lange her. Es weckte Erinnerungen an seine Kindheit, die Gabriel lieber vergessen hätte.

»So viel dazu, dass wir das Geschäft gemeinsam führen.«

»Solange du häretische Schriften verbreiten willst, wirst du es nicht mal erben! Raus jetzt, ich will dich heute nicht mehr sehen.«

Noch einmal holte Gabriel tief Luft, um es mit Vernunft zu versuchen.

»RAUS!«

Es hatte keinen Zweck, nicht jetzt. Gabriel ballte die Hände zu Fäusten, aber dann stand er von seinem Stuhl auf und marschierte zur Tür. Es war keine Flucht, dafür war er viel zu wütend. Doch als er die Tür der kleinen Schreibstube hinter sich zuschlug, prallte kurz darauf auf der anderen Seite etwas gegen das Holz. Scheppernd fiel es zu Boden, und Gabriel konnte nicht anders als erleichtert zu sein, dass es ihn nicht getroffen hatte.

Nun nur nicht stehen bleiben, sonst würden die Arbeiter an der Druckerpresse Fragen stellen. Zügigen Schrittes durchquerte er die Werkstatt, bis er schließlich in der schmalen Gasse hinter der Druckerei stand.

Dort holte er tief Luft. Es roch nach Schnee.

Verdammter Narr. Doch Gabriel war sich nicht einmal sicher, ob er sich selbst oder seinen Vater damit meinte. Er hätte ahnen müssen, wie das Gespräch ausgehen würde. Warum hatte er es überhaupt versucht?

Nun würde sein Vater ihn wieder weniger an den alltäglichen Geschäften beteiligen, ihn spüren lassen, wie sehr Gabriel von ihm abhängig war, wollte er etwas lernen, wollte er irgendwann die Druckerei erben.

Die Januarkälte kroch Gabriel die Waden hinauf. Der Vater wollte ihn also für den Rest des Tages nicht mehr sehen? Gut, Gabriel wusste schon, wo er hingehen würde. Wieder entschlossen stapfte er durch den Schneematsch in der Gasse.

Kapitel 5

»Leopold hat einen Brief bekommen.« Felicitas' Mutter klang verwundert. Sie sah durch, was die Magd Erna gerade nach oben gebracht hatte. Ein Junge von der Augsburger Botenanstalt war eben vorbeigekommen, Felicitas hatte ihn klopfen gehört, hatte gehört, wie Erna die Tür geöffnet hatte. Seitdem saß sie wie auf glühenden Kohlen. Sie wusste, sie durfte sich nicht zu auffällig verhalten. Sie hatte keinen guten Grund, an Leopolds Post interessiert zu sein. Und wenn herauskam, was sie getan hatte, bekäme sie Ärger.

»Von wem ist er?«, fragte sie gespielt gelangweilt. Sie wagte es nicht, dabei von der Näharbeit aufzuschauen, die ihre Mutter ihr aufgezwungen hatte. Gleichzeitig allerdings nahm sie den Stoff in ihren Händen kaum wahr.

Die Mutter drehte den Brief hin und her, und nun hob Felicitas doch den Blick. Das gefaltete Papier war eher schmal und schmutzig, war wahrscheinlich durch viele Hände gegangen. Zusammengehalten wurde er von einem einfachen Tropfen Wachs ohne Siegel.

Schließlich reichte ihre Mutter den Brief an

Felicitas weiter. »Sieh du es dir an, ich kann die Schrift nicht entziffern.«

Viel wahrscheinlicher war, dass die hingekritzelten Lettern das Lesevermögen ihrer Mutter überstiegen, aber Felicitas war froh, den Brief in die Hände zu bekommen. Ihr Herz klopfte heftig, als ihre Finger das Papier berührten.

»Er ist aus Köln.« Darauf hatte sie gehofft, und wahrscheinlich klang ihre Stimme ein wenig belegt.

»Köln? Ich wusste nicht, dass Leopold dort Freunde hat, aber wir sollten den Brief wohl nach Padua weiterleiten.«

Das war ihre Chance! »Das kann ich übernehmen«, bot Felicitas an. »Ich wollte ohnehin nachher noch zum Bäcker gehen. Sonst bringt Erna wieder das verbrannte Brot mit.«

»Du solltest solche Botengänge nicht erledigen müssen«, wandte ihre Mutter ein.

»Es macht mir nichts aus, und den Brief sollte jemand abschicken, der lesen und schreiben kann.«

»Nun gut.«

Felicitas musste all ihre Willenskraft aufwenden, um ihre Miene gelangweilt zu halten. Sie schob den Brief in die Tasche ihres Rocks und beugte sich dann wieder über ihre Näharbeit. Die Mutter würde sie nicht gehen lassen, solange sie nicht diese eine Naht beendet hatte. Was sie vor sich liegen hatte, war der Ärmel des Kleides, das ihr angeblich einen guten Ehemann einbringen sollte. Felicitas presste die Lippen aufeinander und nähte, so schnell sie konnte, gerade noch gründlich genug, dass sie nicht alles noch mal auftrennen musste, sobald ihre Mutter es sah.

Die nächste halbe Stunde schien sich bis in die Ewigkeit zu strecken. Noch nie hatte Felicitas für eine Naht gefühlt so lange gebraucht. Als sie endlich den Rest des Fadens verknotete und aufstand, hatte sie das Gefühl, vor Ungeduld schier platzen zu müssen. Sie wagte es nicht, irgendetwas zu sagen, sondern winkte ihrer Mutter nur zu und trat aus dem Raum.

Kaum war sie allein auf dem Gang, beschleunigte sie ihre Schritte, bis sie beinahe zu ihrem Zimmer rannte. Eilig fingerte sie dort den Brief aus ihrer Tasche und zerbrach den kleinen Wachsklumpen, der ihn verschlossen hielt. Mit angehaltenem Atem las sie.

Geehrter Leopold,

mit Freude habe ich Deinen Brief gelesen. Deine Gedanken zu meinen Thesen fand ich sehr erhellend und bereichernd. Deine These, dass der Ablasshandel die Menschen eventuell noch dazu ermutigt, zu sündigen, ist allerdings äußerst gewagt. Ich bin noch unschlüssig, was ich dazu denken soll, gerne würde ich aber mehr darüber hören. Ich denke auch, dass die Vergebung von Sünden nicht käuflich sein sollte, aber ist es nicht in der Natur des Herrn, den Sündern zu verzeihen, wenn sie nur aufrichtig bereuen? Kann man es nicht vielleicht als Zeichen der Reue sehen, wenn man einen Teil seines weltlichen Guts gibt, um dafür Seelenfrieden zu erlangen?

Absolut inakzeptabel finde ich allerdings, wozu diese Gelder letztendlich verwendet werden. Meiner Meinung nach sollten sie an die Armen gehen und nicht in Prunkbauten in Rom gesteckt werden. Oder gar in Eroberungsfeldzüge. Der Papst sollte wahrlich keinen Krieg führen. Als Vertreter Christi auf Erden sollte er den Frieden zwischen den Völkern fördern und bewahren.

Deine Gedanken dazu würden mich sehr interessieren, und ich hoffe, bald wieder von Dir zu hören.

Mit den herzlichsten Grüßen aus Köln,
Daniel Habermann

Glück ließ Felicitas' Herz höher schlagen. Nicht nur nahm Daniel Habermann sie ernst, er wollte sogar zu weiteren Punkten ihre Meinung hören. Wie einfach plötzlich alles war, kaum dass sie den

Namen ihres Bruders unter den Brief geschrieben hatte.

Nun gut, Daniel Habermann mochte kein wichtiger Reformationsschreiber sein, ganz sicher nicht einer der führenden Denker ihrer Zeit. Aber er schien einen guten Gesprächspartner abzugeben. Endlich hatte sie jemanden gefunden, mit dem sie sich austauschen konnte.

Sofort schnappte sich Felicitas Papier, Tinte und Feder, um eine Antwort zu formulieren.

Geehrter Daniel,

sicher kann man die Aufgabe weltlichen Reichtums als Zeichen der Reue sehen, doch ist es nicht so, dass man die Armen damit viel härter trifft als die Reichen? Ein reicher Mann mag sich Vergebung für einen Mord erkaufen, ohne dass es sein Vermögen stark schmälert. Ein armer Mann dagegen mag aus Hunger ein wenig Brot gestohlen haben und sich dann nicht einmal die Vergebung dieser vergleichsweise kleineren Sünde leisten können. Kann dies wirklich im Sinne dessen sein, was Jesus Christus predigte?

Die Worte flossen nur so aus ihrer Feder. Endlich hörte ihr jemand zu. Es tat so gut. Und während sie schrieb, versuchte sie bereits, sich Daniel

Habermanns Antwort auszumalen. Sie konnte es kaum erwarten, seinen nächsten Brief zu bekommen.

Als sie etwas später durch die Straßen lief, um den Brief wegzuschicken, sprudelte Felicitas nur so vor Ideen und neuen Plänen. Die Januarkälte nahm sie nicht einmal wahr, und sie musste sich beherrschen, um nicht die Straße hinunterzuhüpfen. Die Witwe Kauer aus dem Haus an der Straßenecke blickte ihr lächelnd und leicht kopfschüttelnd entgegen, als Felicitas sie fröhlich grüßte. »Was ist los, Mädchen? Hat ein junger Mann dein Herz erobert?«

»Wer weiß!« Felicitas lachte.

Daniel Habermann war der Anfang gewesen. Wem konnte sie nun als Nächstes schreiben? Vielleicht jemandem aus Augsburg. Das würde weniger Geld kosten, und solange Leopold in Padua studierte, würde niemand hinterfragen, warum er sich nicht persönlich treffen wollte. Zu gern würde sie außerdem von Adelmannsfelden beweisen, dass sie durchaus verständige Diskussionen führen konnte.

Nachdenklich biss sich Felicitas auf die Unterlippe. Sollte sie es wagen, Konrad Peutinger selbst zu schreiben? Wie befriedigend wäre es, einen regen Meinungsaustausch mit dem Mann zu beginnen, zu dem selbst Adelmannsfelden aufschaute. Leise lächelte Felicitas in sich hinein. Genau das würde sie tun. Irgendwann konnte sie dann ihre wahre Identität enthüllen. Und dann würde es niemand mehr wagen, sie »entzückend« zu nennen und ihr die einfachsten lateinischen Vokabeln zu übersetzen.

Während sie ging, formulierte sie in Gedanken schon einmal den nächsten Brief vor. Auf dem Rückweg beschleunigte sie unwillkürlich ihre Schritte, konnte es kaum erwarten, zu ihrem Schreibpult zurückzukehren.

Erst als sie das elterliche Haus bereits am Ende der Straße sehen konnte, beschlich sie der Verdacht, dass ihr Beutel erstaunlich leicht war. Hatte sie nicht irgendetwas kaufen sollen?

»Brot!« Felicitas blieb abrupt stehen. »Oh verflucht, das Brot!«

Mit Flüchen, die sie allesamt bei ihrem großen Bruder belauscht hatte, machte sie auf dem Absatz kehrt und rannte zurück. Hoffentlich hatte der Bäcker noch einen Laib von dem guten Brot.

Und hoffentlich merkte ihre Mutter nicht, wie lange sie unterwegs gewesen war.

Es war schon später am Tag, als Felicitas endlich einen Bäcker fand, der noch gutes Brot übrig hatte. Sie verfluchte sich selbst dafür, dass sie sich hatte ablenken lassen. Inzwischen kroch die Kälte durch alle Kleiderschichten in ihren Körper, und sie spürte ihre Zehen nicht mehr. Der Saum ihres Kleides war nass und gefror langsam. Die vielen Menschen auf der Straße hatten den am Morgen gefallenen Schnee zu Matsch zertreten, der sich nun überall anheftete.

Der Bäcker hatte seinen Laden ganz in der Nähe der Heilig-Kreuz-Kirche. Als sie mit dem Laib Brot unter dem Arm wieder auf die Straße trat, fiel ihr vor dessen Eingang ein Menschenauflauf ins Auge.

»Und das ist …«, drang aus der Menge eine Stimme zu ihr herüber, »… warum jeder gute Christenmensch diese Flugschriften zerreißt! Zerreißt und verbrennt, sobald er sie sieht!«

Teilweise drang Applaus herüber, teilweise hörte Felicitas unzufriedenes Murren. Neugierig ging sie näher.

Eine bunt gemischte Gruppe aus betuchten Spaziergängern, Handwerkern, Mägden und Botenjungen hatte sich um einen dürren Mann in Pfarrertracht versammelt. Dieser war soeben dabei, Stapel von Papier zu zerreißen, die er rings um sich auf dem Boden abgestellt hatte. Hatte er sie irgendeiner unglücklichen Person abgenommen oder irgendwo gekauft?

Der Pfarrer ließ Papierschnipsel auf den Boden

regnen und stampfte sie wütend in den Schneematsch. Felicitas glaubte einen Holzschnitt zu erkennen, der die Hure Babylon mit einer Papsttiara zeigte. Eine reformatorische Schrift also. Neuerdings hatte man angefangen, den Papst mit solchen Karikaturen anzugreifen und zu beleidigen.

»Häresie! Ketzerei!«

Ohne wirklich darüber nachzudenken, schob sich Felicitas durch die Menge nach vorn. Vielleicht ließen sich ein paar Exemplare der Flugschrift noch retten? Mal ganz abgesehen davon, dass sie gern gewusst hätte, um welche es sich handelte. Etwas Neues oder der Nachdruck von etwas Altem?

Bewegungen rechts von ihr zogen ihre Aufmerksamkeit auf sich. Noch jemand hatte offensichtlich dieselbe Idee wie sie. Ein Mann ungefähr in ihrem Alter arbeitete sich ebenfalls in die erste Reihe vor. Unter seinem zerzausten braunen Lockenschopf war seine Stirn in Falten gelegt. Sein scharfes Profil mit den hohen Wangenknochen wirkte ruhig, aber konzentriert.

»Wie viel habt Ihr für dieses Schauspiel bezahlt, Herr Pfarrer?«, erklang seine Stimme über die Köpfe der Menge. Er hatte sich also auch gefragt, woher der Pfarrer die ganzen Flugblätter hatte.

Felicitas schob eine beleibte Frau vor ihr zur

Seite und stand dann endlich in der ersten Reihe, sehr gespannt auf die Antwort.

Der Pfarrer starrte irritiert in die Richtung, aus der die Frage gekommen war. »Was? Was hat diese Frage zu bedeuten?«

Felicitas konnte sich nicht zurückhalten. Während der Lockenkopf sich noch an den vordersten Schaulustigen vorbeischob, ergriff sie das Wort.

»Das ist doch offensichtlich.« Sie deutete auf die Stapel noch nicht zerrissener Flugblätter. Nun, da sie sie aus der Nähe sah, erkannte sie die ersten Worte einer schon etwas älteren Schrift. Felicitas hatte die darin enthaltenen Beleidigungen gegen den Papst immer für etwas zu vulgär gehalten, aber irgendjemand hatte sie offensichtlich mit einer neuen Illustration noch einmal abgedruckt. »Entweder Ihr habt diese Flugschriften irgendeinem armen Ausrufer abgenommen und ihn damit um seinen Lohn gebracht, oder Ihr habt sie einem Drucker abgekauft, der sich jetzt sicherlich über seinen Gewinn freut.«

Gemurmel erhob sich ringsum, aber auch ein bisschen Gelächter. »Ich würde das Geld ja verwenden, um gleich noch mehr zu drucken«, rief jemand fröhlich von weiter hinten.

Derweil tauchte der Lockenkopf ganz in Felicitas' Nähe aus der Menge auf. Er nickte ihr anerkennend zu, lächelte dann. Felicitas' Herz schlug schneller. Wer auch immer er war, mit einem Mal fühlte es sich an, als verbinde sie etwas. Gemeinsames Wissen und ein gemeinsames Ziel: die Absurdität dessen zu überführen, was der Pfarrer hier tat. Und das Risiko, das sie damit eingingen. Noch schien die Menge unsicher zu sein, auf wessen Seite sie sich schlagen sollte, aber falls genug Leute für den Pfarrer Partei ergriffen, konnte es ungemütlich werden.

Immerhin, ihre Familie ging normalerweise nicht in die Heilig-Kreuz-Kirche zur Messe, also war es nicht ihr eigener Pfarrer, mit dem sie sich hier anlegte.

»Ihr habt doch für diese Flugblätter bezahlt, Herr Pfarrer?«, hakte der Lockenkopf nach.

Doch inzwischen hatte der alte Mann sich wieder gefangen. Er starrte den Lockenkopf aus zusammengekniffenen Augen an. »Sieh an, bist du nicht Gabriel Kobler, der Sohn von Drucker Kobler? Soweit ich weiß, hält dein Vater auch nichts von solchen Reformationsschriften.«

Gabriel Kobler schwieg, und seine Miene machte deutlich, dass er für seine vorwitzigen Worte eventuell Ärger bekommen würde. Mit einem Mal tat er Felicitas leid. Und da war immer noch diese Verbindung, die sie zu ihm fühlte. Sie musste ihm helfen!

»Verzeihung, Herr Pfarrer«, zog sie die Aufmerksamkeit des Pfarrers wieder auf sich. »Aber ist es nicht die Pflicht eines jeden Christenmenschen, sich um seinen Nächsten zu sorgen? Menschen leben von dem Verkauf dieser Flugblätter. Und auch wenn sich über den Inhalt sicher streiten lässt, so wäre es doch sicherlich sehr unchristlich, einen armen Mann um seinen Lebensunterhalt zu bringen, nur um ein Exempel zu statuieren.«

»Hört, hört«, erklang es hier und dort aus der Menge. Felicitas musste an sich halten, um nicht breit zu lächeln. Vielleicht musste sie sich gar nicht hinter dem Namen ihres Bruders verstecken, um ernst genommen zu werden? Hier sahen die Menschen, dass sie eine Frau war, und dennoch erhielt sie Zustimmung und Zuspruch.

Der Pfarrer jedoch starrte sie nun genauso an, wie er zuvor Gabriel Kobler angestarrt hatte. »Das sind komplizierte Worte für eine junge Frau. Wo hast du die denn aufgeschnappt?«

Jegliches Hochgefühl verflog. Da war sie wieder, die Annahme, dass sie auf keinen Fall so verständig sein konnte, wie sie sich anhörte. Felicitas presste die Lippen aufeinander. Zu gern hätte sie noch etwas Schlagfertiges erwidert, aber nun sah sie wieder von Adelmannsfelden vor sich, der ihr lateinische Vokabeln erklärte. Mit einem Mal war ihr Kopf wie leer gefegt.

Mit einem zufriedenen Gesichtsausdruck wandte sich der Pfarrer von ihr ab. Die Worte, die er an die Menge richtete, bekam sie nicht mehr mit.

Erst eine sanfte Berührung an ihrem Arm riss sie in die Wirklichkeit zurück. Gabriel Kobler stand vor ihr, lächelte ihr zu. »Danke für die Rettung.«

Bevor sie etwas erwidern konnte, verschwand er wieder in der Menge. Doch sein Lächeln wärmte ihr Herz auf dem Weg nach Hause.

Kapitel 6

Gabriels Herz schlug noch immer etwas zu schnell, als er sich die Straße hinunter seinem eigentlichen Ziel näherte. Hoffentlich würde der Pfarrer den Vorfall eben vor der Heilig-Kreuz-Kirche nicht seinem Vater gegenüber erwähnen. Das würde ansonsten nur wieder ein Donnerwetter geben. Was hatte er sich dabei nur gedacht, ausgerechnet den Pfarrer seiner eigenen Gemeinde vorführen zu wollen? Er hätte einfach den Mund halten sollen.

Aber er hatte nicht anders gekonnt, und letztendlich hatte es sich gelohnt, allein schon wegen der hübschen Frau, die so schlagfertig für ihn Partei ergriffen hatte. Wer sie wohl war? Er hätte sie nach ihrem Namen fragen sollen, aber er war froh, seinen Dank herausbekommen zu haben, ohne über die Worte zu stolpern.

Aber vielleicht begegneten sie sich irgendwann einmal wieder.

Der Gedanke gefiel ihm, und er war so sehr darin versunken, dass er fast an dem Tor vorbeigelaufen wäre, das den Eingang zum Anwesen das Stadtschreibers Konrad Peutinger darstellte.

Das Haus war größer, als Gabriel es in Erinnerung hatte. Die Fassade war stuckverziert, und das zweiflügelige Tor aus massivem Holz.

Mit einem Mal zweifelte Gabriel daran, dass es eine gute Idee gewesen war, hierherzukommen. Er wusste, dass Konrad Peutinger hier eine Sodalitas gegründet hatte, eine Zusammenkunft wichtiger humanistischer Denker. Aber was hatte ihn auf die Idee gebracht, dass er darin einen Platz finden könnte?

Mit einem Mal kam er sich dumm vor.

Allerdings, sein Vater wollte ihn für den Rest des Tages nicht mehr sehen. Also, was hatte er zu verlieren? Die Alternative war, in der Kälte herumzustehen.

Gabriel suchte und fand einen Türklopfer an dem massiven Tor. Der Ton hallte, als er das Stück Metall an seinen Platz zurückfallen ließ.

Gabriel lauschte. Nichts als Stille auf der anderen Seite. Er schob die Hände zurück in die Taschen, um sie warm zu halten, und trat von einem Fuß auf den anderen.

Vielleicht war es ganz gut, wenn niemand öffnete. Was sollte er überhaupt sagen? Dass er gegen den Willen seines Vaters hier war? Ob jemand wie Peutinger das wohl gutheißen würde?

Gabriel wollte sich schon wieder abwenden und zurück nach Hause gehen, als auf der anderen Seite endlich das Schaben eines Riegels erklang. Das Tor wurde einen Spaltbreit aufgeschoben. »Ja bitte?«

Durch den Türspalt lugte ihm ein Mann mit einer Nase entgegen, die aussah, als hätte man damit Butter schneiden können.

Gabriel räusperte sich. Nun war es zu spät, um es sich anders zu überlegen. »Falls der Herr Peutinger ein wenig Zeit erübrigen könnte, hätte ich ihn gerne gesprochen.«

»Wen kann ich ankündigen, und was ist der Grund Eures Besuchs?«

»Mein Name ist Gabriel Kobler, und ich ...« Warum war er überhaupt hier? Weil er sich mit Gleichgesinnten austauschen wollte. Doch was hatte er Konrad Peutinger dafür zu bieten? Er mochte ein wenig Latein können, aber in Sachen Bildung konnte er sich bestimmt nicht mit den Männern in der Sodalitas messen. »Ich bin Drucker«, schloss er schließlich.

Er würde das Versprechen nicht halten können, das diese Aussage implizierte, das war ihm klar. Er konnte nicht bestimmen, was in der Druckerei seines Vaters gedruckt wurde. Aber für den Hausdiener, der die Tür geöffnet hatte, schien es zu reichen. Der Torflügel schwang knarzend etwas weiter auf.

»Tretet ein.«

Gabriels Schritte hallten, als er durch den Torbogen trat. Die Bogenhalle war lang und führte schließlich auf einen schmalen Innenhof hinaus.

»Wartet hier«, beschied ihm der Diener und verschwand dann durch eine Seitentür ins Haus.

Neugierig sah Gabriel sich um. In die Wände rings um den Innenhof waren einige Steintafeln eingelassen, die deutlich älter aussahen als der Rest des Gebäudes. Er verschränkte die Hände hinter dem Rücken und schlenderte näher, hoffte, dass er damit nicht unhöflich war.

Auf einer der Tafeln entdeckte er eine Inschrift auf Latein, die andere ... war das Hebräisch? Gabriel konnte auf jeden Fall nicht einmal erahnen, was dort stand.

Ein Räuspern hinter ihm ließ ihn herumfahren.

»Ich sehe, das Schicksal hat einen interessierten jungen Mann in mein Haus geführt.« Peutinger war ein beleibter Mann mit schlohweißem Haar. Er lächelte freundlich. »Bist du des Hebräischen mächtig?«

»Leider nicht«, gab Gabriel zu. »Aber ich habe so eine Inschrift noch nie zuvor gesehen und war neugierig. Es tut mir leid, falls ...«

Peutinger winkte ab. »Neugierde ist das Zeichen eines wachen Geistes. Es gibt nichts Schlimmeres, als mit Desinteresse durch die Welt zu gehen. Diese Inschrift stammt aus dem Jahr 1445 und ist das erste Zeugnis hebräischer Sprache in Augsburg seit der Vertreibung der Juden aus der Stadt 1440.«

»Ich wusste gar nicht, dass im letzten Jahrhundert Juden aus Augsburg vertrieben wurden.« Gabriel kam sich mit einem Mal noch unwissender vor als zuvor schon.

»Es gibt sehr vieles, was der durchschnittliche Christenmensch nicht über die Juden weiß. Aber ich finde die jüdische Kultur sehr faszinierend. Und ich bin der Meinung, man sollte das Alte Testament einmal im hebräischen Original gelesen haben, wenn man sich ernsthaft mit der Theologie auseinandersetzen möchte. Es gibt einige faszinierende Unterschiede zur Septuaginta. Das fängt bei der Zählung der Psalmen an und hört bei der exakten Bedeutung einiger Wörter auf.«

»Das klingt … sehr faszinierend«, brachte Gabriel höflich hervor. Über die genaue Bedeutung einzelner Wörter in der Bibel zu diskutieren, fand er immer ein wenig kleinlich. Aber er wusste, dass es einigen Humanisten sehr wichtig war.

»Ich kann dir gerne mehr darüber erzählen.« Konrad Peutinger lächelte. »Aber du bist wahrscheinlich nicht hier, um dir Vorträge über Geschichte anzuhören.«

»Nicht direkt«, gestand Gabriel. »Ich bin hier,

weil …« Er rang nach den richtigen Worten. Wenn er nun das Falsche sagte, würde er sich vielleicht die einzige Chance auf einen Austausch mit Gleichgesinnten verbauen.

»Ich bin auf der Suche nach verständigen Menschen, mit denen ich über Themen wie Luthers Thesen reden kann.«

»Ach, dann bist du gar kein Drucker?« Glücklicherweise wirkte Peutinger nicht allzu wütend. Eher überrascht.

»Schon, aber mein Vater ist derzeit noch der Druckermeister, und er weigert sich, humanistische Texte zu drucken. Ich …« Gabriel stockte. Er war sich nicht sicher, wie viel er von sich offenbaren sollte. Aber Peutingers freundliches Gesicht bewog ihn schließlich dazu, weiterzureden. »Wir hatten darüber heute einen Streit, und er möchte mich für den Rest des Tages nicht mehr sehen.«

Peutingers Stirn legte sich in Falten. Mist. War Gabriel nun doch zu weit gegangen? »Nun, junger Mann«, begann der Stadtschreiber. »Leider unterscheidet sich die Sodalitas litteraria Augustana insofern von anderen Sodalitäten, dass wir uns nicht darum bemühen, Nachwuchs heranzubilden.«

Gabriel seufzte. Das Glück war heute wirklich nicht mit ihm. »Dann tut es mir leid, und ich …«

Peutinger hob eine Hand. »Ich möchte mir allerdings auch nicht nachsagen lassen, junge, wissbegierige Menschen der Tür verwiesen zu haben. Warum kommt du nicht herein?«

Wie sich herausstellte, sammelte Konrad Peutinger nicht nur alte Inschriften, sondern auch Bücher. Selbst als Sohn eines Druckers hatte Gabriel noch nie so viele Bücher an einem Ort gesehen – außer vielleicht auf den Messen in Frankfurt und Leipzig.

Mit großen Augen wanderte er zwischen den Regalen hindurch. Viele der Titel waren auf Latein, einige aber auch auf Deutsch verfasst. Es ging um Naturwissenschaften, Philosophie und Geschichte.

Peutinger deutete auf einen dicken Band, auf dessen Rücken »Historia Gothorum« stand. »Das habe ich herausgegeben. Es wurde ursprünglich von einem gewissen Jordanes im sechsten Jahrhundert nach Christus verfasst. Meiner Meinung nach ist es von äußerster Wichtigkeit, das Wissen aus vergangenen Zeiten zu erhalten.«

»Darf ich?« Gabriel streckte die Hand nach dem Buch aus, zögerte aber, den Einband tatsächlich zu berühren.

»Nur zu.«

Vorsichtig blätterte Gabriel durch den Band, immer darauf bedacht, keine Seiten zu knicken und den Einband nicht zu brechen. Der vertraute Geruch nach Druckerschwärze und Papierleim schlug ihm entgegen. »Wenn ich diese Art von Buch drucken könnte, wäre ich schon glücklich.«

Peutinger lächelte. »Ich nehme das als Kompliment. Aber dein Vater lässt sich nicht davon überzeugen?«

»Vielleicht sollte ich es mal mit historischen Texten versuchen.« Gabriel seufzte. »Aber er ist kein Freund des Humanismus, sagt immer, Humanisten seien nur die Wegbereiter Luthers gewesen.«

Missbilligend schnalzte Konrad Peutinger mit der Zunge. »Das ist eine grobe Verallgemeinerung. Auch Johannes Eck, der in Leipzig gegen den guten Martin disputiert hat, ist den Humanisten zuzurechnen. Wir zeichnen uns unter anderem dadurch aus, dass wir uns gerne uneins sind.«

Gabriel lachte. »Aber gerade das macht die Texte so viel interessanter als die der papsttreuen Schreiber.«

»Oh ja.« Peutinger neigte den Kopf. »Und von einem wirtschaftlichen Standpunkt aus ergibt es Sinn, Schriften drucken zu wollen, die das Gegebene infrage stellen. Die erhalten immer mehr

Aufmerksamkeit. Schade, dass deinem Vater dafür das richtige geschäftliche Gespür zu fehlen scheint. Aber du scheinst mir ein aufgeweckter junger Mann zu sein. Du wirst es sicher einmal weit bringen.«

So entwickelte sich die Einladung schnell zu einem Rundgang durch Peutingers Haus, der mit regen Diskussionen gefüllt war. Mit einem Mal erschien es Gabriel wie ein Glücksfall, dass sein Vater ihn für den Rest des Tages fortgeschickt hatte. Nie wäre er sonst auf die Idee gekommen, hierherzugehen.

»Ich verspreche dir etwas«, sagte Peutinger schließlich. »Ich will die gelehrten Herren fragen, die ich sonst immer zu den Treffen bei mir einlade, ob sie damit einverstanden sind, einen jungen Burschen wie dich hin und wieder zu Gast zu haben. Kann ich dir bei Bedarf einen Boten nach Hause schicken?«

Gabriel überlegte. Wenn sein Vater erfuhr, dass ein Humanist nach ihm schickte, gäbe es sicher wieder Ärger. Andererseits, meistens erreichten die Boten eher ihn. Also nickte er. »Habt vielen Dank für Eure Zeit. Es war ein sehr erhellender Abend.«

Und das war es in der Tat gewesen. Wer hätte geahnt, wie viel mehr es außerhalb des Diskurses um Luther noch gab, das er bisher verpasst hatte.

Auf dem Weg nach Hause malte er sich aus, wie es sein könnte, die Druckerei allein zu führen. Wie er inmitten der Fülle gelehrter Texte auswählte, welche er drucken wollte.

Wenn sein Vater doch nur ein wenig einsichtiger wäre.

Kapitel 7

Der Brief auf Felicitas' Knien sah deutlich weniger abgegriffen aus als die, die sie normalerweise von Daniel Habermann bekam. Es hatte mehrere Wochen gedauert, bis sie es gewagt hatte, Konrad Peutinger zu schreiben. Immer wieder hatte sie einen Brief angefangen, ihn dann aber doch nicht für gut genug befunden. Unzählige Entwürfe hatte sie zerknüllt und zwischen das Feuerholz im Herd geschoben.

Doch sobald sie endlich den Brief einem Straßenjungen in die Hand gedrückt hatte, mit dem Auftrag, ihn am Peutingerhaus abzugeben, war es schnell gegangen. Als Leopold hatte sie viele neugierige Fragen gestellt, hatte sich beklagt, dass ihr Vater zwar humanistisch gebildet, aber eher ängstlich war, wenn es darum ging, Dinge infrage zu stellen. Sie hatte außerdem gebeten, eine Antwort nicht nach Padua zu schicken, sondern zu Leopolds Schwester, die ihn dann weiterleiten würde. So würde sich zu Hause so schnell niemand wundern, warum Leopold so viele Briefe bekam.

Und nun lag Konrad Peutingers Antwort vor

ihr. Mit zitternden Fingern riss Felicitas den Brief auf.

Junger Leopold,

ich freue mich, dass Du in Sachen humanistische Bildung in die Fußstapfen Deines Vaters trittst. Leider fürchte ich, dass Du in unserer Sodalitas nicht ganz finden wirst, was Du suchst. Wir sind ein Zusammenschluss alter Herren, uns fehlt der Elan und der Tatendrang der Jugend. Sehr gerne will ich im weiteren Verlauf dieses Briefes alle Deine Fragen beantworten, aber wie ich bereits einem anderen jungen Mann vor Kurzem sagen musste, bilden wir eigentlich keinen Nachwuchs heran.

Allerdings hast Du sehr viel mit besagtem jungem Mann gemein, der sich letztens ebenfalls an mich gewandt hat. Ich denke, ihr könntet von einem Austausch miteinander profitieren. Sein Name ist Gabriel Kobler, und ich füge hier alles bei, was Du wissen musst, um ihn zu erreichen.

Nun allerdings zu Deinen Fragen …

Das war nicht ganz, was Felicitas sich erhofft hatte, aber immerhin behandelte Peutinger sie nicht so von oben herab, wie von Adelmannsfelden es getan hatte. Die Antworten auf ihre Fragen waren ausführlich, verwiesen sie auf weiterführende Literatur und ließen insgesamt durchscheinen, dass Peutinger eine umfassende humanistische Bildung bereits voraussetzte. Lateinische Zitate hatte er nicht für sie übersetzt. Es fühlte sich gut an, endlich für voll genommen zu werden.

Und Gabriel Kobler … der Name kam ihr bekannt vor. Wo hatte sie ihn noch gleich …?

Felicitas schnappte nach Luft, als es ihr wieder einfiel. »Lockenkopf …«, hauchte sie. Der Mann, der versucht hatte, das unsinnige Handeln des Pfarrers vor der Heilig-Kreuz-Kirche zu entlarven.

Er hatte sich also auch an die Sodalitas litteraria Augustana gewandt. Das passte. Und er war klug und gewitzt mit dem Pfarrer umgegangen. Sie würde ihm auf jeden Fall schreiben, schon allein um zu erfahren, ob er wegen des Vorfalls später noch Ärger bekommen hatte. Sie hoffte, nicht.

Sie legte Konrad Peutingers Brief beiseite, und setzte sich an ihr Schreibpult. Ein frischer Bogen Papier lag schon bereit. Sie öffnete das Tintenfass und griff nach der Feder.

Wo sollte sie anfangen? Zu gern hätte sie Bezug auf das Treffen vor der Heilig-Kreuz-Kirche genommen, aber dann könnte sie nicht unter Leopolds Namen schreiben.

Nachdenklich kaute sie auf dem Ende ihrer Feder. Gabriel Kobler hatte ihre Hilfe gegen den

Pfarrer zu schätzen gewusst. Vielleicht konnte sie ihm unter ihrem echten Namen schreiben? Es wäre eine Erleichterung, sich nicht verstellen zu müssen.

Außerdem konnte sie dann etwas Besonderes machen. Felicitas schob ein paar Papiere auf ihrem Schreibpult hin und her. Wo hatte sie es noch gleich?

Schließlich zog sie eine Flugschrift unter ein paar alten Briefen von Daniel Habermann hervor. *Eccius Dedolatus* lautete der Titel – der enteckte Eck. Es war eine Spottschrift über Johannes Eck, Luthers Gegner bei den Leipziger Disputationen. Sie erzählte in Form eines Theaterstücks, wie Eck sich nach den Leipziger Disputationen schlecht fühlte. Man rief einen Arzt, der ihm nach und nach seine schlecht verdaulichen theologischen Werke herausoperierte, so wie das Geld, das er beim Zinsstreit verdient haben sollte.

Felicitas überflog die Schrift noch einmal. Stellenweise war sie deutlich zu vulgär, aber die Idee gefiel ihr. Humor ließ sich hervorragend verwenden, um die Fehler in der Argumentation eines Gegners zu entlarven.

Und Gabriel Kobler schien ihr wie jemand, der daran auch Freude haben könnte. Also schob sie die Flugschrift wieder beiseite, zog das leere Blatt Papier heran und begann zu schreiben.

(Ein dürres Männlein in Pfarrerstracht springt auf einem riesigen Berg Flugschriften herum. Jedes Mal, wenn es einen Stapel zerreißt, bringen fleißige Drucker neue Flugschriften heran.)

Pfarrersmännlein (kreischend)
Ketzerei! Häresie!

Die Drucker (singend)
Es ist so schön, es ist so schön. Wir lassen ihn zerreißen, was wir drucken, um von dem Geld danach noch mehr zu drucken.

Pfarrersmännlein
Ich will ein Exempel statuieren! Hier, nehmt mein Geld, das ich mit Ablässen verdient habe.

Die Drucker
Wir nehmen es und setzen es gleich um in neue Flugschriften gegen dein Tun.

Pfarrersmännlein
Hört auf! Hört auf mit der Häresie!

Die Drucker
Es wird erst enden, wenn du mit Ablässen kein Geld mehr verdienst. Hör du doch auf, Herr Pfarrer, hör du doch auf.

Mit gerunzelter Stirn las sich Felicitas noch einmal durch, was sie geschrieben hatte. Es fehlte noch etwas. Sie musste es noch einmal durchgehen. Sie fragte sich außerdem, ob es klug gewesen war, auf Latein zu schreiben. Auf Deutsch würde sie wahrscheinlich mehr Menschen erreichen. Außerdem wusste sie gar nicht, wie gut Gabriel Koblers Latein war.

Andererseits juckte es sie in den Fingern, zu beweisen, dass sie Latein gut genug beherrschte, um darin eigene Texte zu verfassen. Vielleicht sollte sie einfach zusätzlich eine deutsche Übersetzung anfertigen.

»Felicitas!« Die Stimme ihres Vaters hallte durchs Haus. Felicitas zuckte zusammen. So laut wurde er normalerweise nicht. War irgendetwas geschehen?

Eilig räumte sie die Briefe und die Flugschrift beiseite, schob alles unter die Bibel, die sie zur Kommunion bekommen hatte. Als sie gerade das Tintenfass zuschraubte, erklangen bereits Schritte vor ihrer Tür.

»Ich komme gleich!«

Doch sie konnte nur gerade so aufstehen, bevor die Tür zu ihrem Zimmer aufflog.

Mit hochrotem Kopf stand ihr Vater im Rahmen. »Felicitas, was hast du dir dabei gedacht?«

Im ersten Moment war sie überzeugt, er habe

irgendwie von der Schrift erfahren, die sie gerade erst verfasst hatte. Kälte griff nach ihrem Herz, als sie daran dachte, was er dazu sagen würde, dass sie sich über einen Pfarrer lustig gemacht hatte.

Aber natürlich konnte er davon überhaupt nichts wissen.

»Ich …« Sie räusperte sich. »Was habe ich mir wobei gedacht?«

»Nun tu nicht so unschuldig! Du hast Konrad Peutinger einen Brief geschrieben! Reicht es nicht, dass du letztens Bernhard beim Abendessen belästigt hast? Nun musst du mich auch noch vor einem der hochangesehensten Gelehrten Augsburgs blamieren!«

Felicitas spürte, wie ihre Wangen heiß wurden. So sah ihr Vater die Sache also. Er glaubte wirklich, sie habe von Adelmannsfelden belästigt.

Und nun ging er davon aus, sie habe ihn auch vor Konrad Peutinger blamiert. Am liebsten hätte sie ihm den Brief gezeigt, hätte ihm bewiesen, dass Peutinger ihre Fragen geduldig beantwortet und sie ein paarmal sogar gelobt hatte. Doch dieser Brief war an Leopold gerichtet.

»Ich habe ihm nicht geschrieben«, sagte sie deshalb.

»Was redest du da?«, brauste ihr Vater auf.

»Erna hat mir doch erzählt, dass ein an dich gerichteter Brief hier angekommen ist.«

Felicitas schüttelte den Kopf. »Der Brief war für Leopold. Er hatte Konrad Peutinger nur gebeten, ihn hierherzuschicken, damit ich ihn weiterleiten kann. So kostet es den großen Gelehrten nicht so viel, dass Leopold mit ihm sprechen wollte.«

Ob Leopold nun wohl Ärger dafür bekommen würde, einen der Männer belästigt zu haben, zu denen ihr Vater aufsah? Allerdings war er weit weg in Padua. Bis ihn überhaupt ein wütender Brief erreichte, würden Wochen vergehen.

Und optimalerweise würde Felicitas einen solchen abfangen können.

Zu ihrer Überraschung jedoch verflog der Ärger ihres Vaters sofort. »Ach, Leopold?«

Felicitas nickte.

»Ach so, nun …« Nachdenklich strich er sich über das Kinn. »Warum hat er sich denn nicht an mich gewandt, damit ich den Kontakt herstelle? Er weiß doch, dass ich ihn immer unterstütze, wenn er sich weiterbilden will.«

Ach? Felicitas öffnete den Mund, aber sie wusste nicht, was sie sagen sollte. Sie wusste, dass die Leute ihr anders begegneten, wenn sie ihnen unter Leopolds Namen schrieb, aber dass der Unterschied so groß war, traf sie doch wie ein Guss kaltes Wasser. Selbst ihr eigener Vater maß hier mit zweierlei Maß. Der Mann, der überhaupt erst dafür gesorgt hatte, dass sie eine humanistische Bildung erhielt.

Warum?, wollte sie ihm entgegenschreien. Warum hatte er ihr all dieses Wissen und Können gegeben, wenn sie es nun nicht nutzen durfte? Damit sie irgendwann mit ihrem Ehemann darüber reden konnte?

Doch ihre Wut hallte nur stumm in ihr wider. Ihr Vater schien davon gar nichts mitzubekommen. »Was schreibt Konrad Peutinger denn?«, wollte er wissen.

Felicitas presste die Lippen aufeinander und hob die Schultern. »Ich werde nicht Leopolds Post lesen. Ich werde dafür sorgen, dass der Brief gleich morgen nach Padua geht.«

Nun lächelte ihr Vater verlegen. »Oh, natürlich. Das ist sehr lobenswert, dass du deinen Bruder so tatkräftig unterstützt. Es hat sich doch gelohnt, dich bilden zu lassen. Verzeih, dass ich mich vorhin vergessen habe.«

Das Lächeln, das Felicitas aufsetzte, war durch und durch falsch. »Schon vergessen.«

»Ein gutes Kind.« Ihr Vater tätschelte ihr die Schulter. »Ich sage es deiner Mutter ja immer wieder. Du bist ein gutes Kind.«

Mit diesen Worten ging er davon.

Langsam schloss Felicitas die Tür hinter ihm. Als sie ins Schloss fiel, lehnte sie sich mit der Stirn gegen das Holz. Mehrmals atmete sie tief durch, konnte aber nicht verhindern, dass Tränen an ihrer Nase entlang nach unten tropften.

Wäre sie doch nur als Junge geboren worden. Dann könnte sie jetzt auch in Padua sein und studieren. Dann würde ihr Vater sie auch bedingungslos unterstützen, wenn sie sich weiterbilden wollte.

Schließlich schniefte sie und wischte sich die Tränen mit dem Ärmel ab. Langsam ging sie zu ihrem Schreibpult zurück.

Besser, sie schrieb auch Gabriel Kobler erst einmal als Leopold. Wenn sie ein besseres Gefühl dafür hatte, wie er dachte, konnte sie sich ihm vielleicht immer noch offenbaren.

Und ihm ihr Stück schicken. Vorerst würde sie das nur Daniel Habermann zeigen.

Und vielleicht … nachdenklich rieb sie an ihren tränenwunden Wangen herum. Wenn ihr Vater nichts dagegen hatte, dass Leopold Briefe von wichtigen Denkern ihrer Zeit bekam, dann konnte sie das auch nutzen. Sie würde mehr Leute finden, denen sie schreiben konnte. Hatte sie nicht vor Kurzem eine sehr intelligente Flugschrift gelesen, die sie ohnehin gern mit ihrem Autor diskutiert hätte?

Ja, sie würde sich so schnell nicht unterkriegen lassen. Sie würde Korrespondenzen in alle Ecken des Reiches beginnen.

Ihr Vater meinte, sie könne das nicht? Sie würde es ihm zeigen.

Kapitel 8

Gabriel spürte den Blick seines Vaters im Nacken, während er durch das Tor der Heilig-Kreuz-Kirche trat. Manchmal versuchte er sich vor der Sonntagsmesse zu drücken, aber zurzeit war die Stimmung zu Hause auch so schon angespannt genug. Also war er diesmal ohne Protest mitgekommen und trottete nun hinter seinen beiden jüngeren Geschwistern her, während diese sich einen freien Platz suchten.

Wenn er den Kopf unten hielt und sie recht weit hinten saßen, bemerkte der Pfarrer ihn vielleicht auch nicht. Warum hatte er nur neulich nicht den Mund halten können? Man fing nicht ausgerechnet mit dem eigenen Pfarrer Streit an. Schon gar nicht, wenn dieser sich womöglich mit seinem Vater verbünden könnte.

Michael, Gabriels jüngerer Bruder, drängte allerdings nach vorn. »Micha, nun warte doch!« Birgit eilte ihm hinterher. Doch Micha hatte in einer der vordersten Reihen einen Freund entdeckt. Er winkte und rief, ohne darauf zu achten, wie seine Stimme in dem Gewölbe widerhallte.

Der Freund drehte sich um, strahlte und wollte aufstehen. Die Frau neben ihm allerdings drückte ihn wieder nach unten.

Bevor Micha seinen Freund erreichen konnte, lief er genau in den Pfarrer hinein.

Dieser hatte gerade mit einer älteren Witwe in der dritten Reihe geredet und sich dabei auf die äußere Kante der hölzernen Lehne gestützt. Micha prallte gegen sein Gesäß und gab ihm damit einen Schubs, der ihn nach vorn überkippen ließ. Als der Pfarrer so in ihren Schoß purzelte, stieß die Witwe einen spitzen Schrei aus.

Instinktiv beschleunigte Gabriel seine Schritte. Sein kleiner Bruder mochte eine elende Nervensäge sein, aber er war gerade drauf und dran, in ernsthafte Schwierigkeiten zu geraten.

Unter Ächzen und mit hochrotem Kopf kam der Pfarrer wieder nach oben. Pikiert rückte die Witwe ihre Kleidung wieder zurecht, während der Pfarrer sich zu Micha umdrehte.

Birgit kam als Erste bei der Stelle an. »Verzeihung, Herr Pfarrer! Mein Bruder ist manchmal ein bisschen ungestüm.«

»Deine Eltern hätten ihm wohl bessere Manieren beibringen sollen.« Die Stimme des Pfarrers klang eisig.

»Es war nur ein Versehen«, beharrte Birgit. »Es war sicher nicht böse gemeint.«

»Gute Absicht schützt vor Strafe nicht.« Der Pfarrer starrte Micha auf dieselbe Art durch zusammengekniffene Augen an, wie er das bei Gabriels letztem Zusammenstoß mit ihm getan hatte. Gabriel hatte ihn noch nie gemocht, aber in letzter Zeit wurde ihm der Pfarrer zunehmend unsympathisch.

Dann endlich hatte auch Gabriel die Gruppe erreicht. »Entschuldige dich, Michael.«

»Entschuldigung, Herr Pfarrer«, murmelte sein kleiner Bruder.

Herausfordernd blickte Gabriel den Pfarrer an. »Damit sollte die Angelegenheit abgegolten sein, nicht wahr?«

Der stechende Blick des Pfarrers richtete sich auf ihn. »Sieh an, Gabriel Kobler schon wieder. Deine ganze Familie ist wohl schwer zu bändigen.«

Verdammt. Erst nun fiel Gabriel auf, dass es vielleicht keine gute Idee gewesen war, sich einzumischen. Am Ende würde sein Streit mit dem Pfarrer ein schlechtes Licht auf seine ganze Familie werfen. Er war seinen Geschwistern zur Hilfe geeilt, ohne darüber nachzudenken. Nun würde sie dieser Impuls eventuell teuer zu stehen kommen.

»Gabriel, was hast du angestellt?«, erklang nun auch noch die Stimme seines Vaters von hinten.

Gabriels Gedanken rasten. Aus dieser Sache kam er wahrscheinlich nicht mehr so einfach heraus. Um Zeit zu gewinnen, tat er einfach so, als habe er die Frage nicht richtig verstanden. »Michael ist aus Versehen gegen den Herrn Pfarrer gestoßen. Er hat sich bereits entschuldigt.«

Ein Blick über die Schulter zeigte ihm, dass sein Vater nickte. Gut. Immerhin hatte sein Herangehen an die Situation diese ein wenig entschärft.

»Herr Pfarrer«, meldete sich nun die Witwe zu Wort. »Ich will gar nicht unterbrechen, die Angelegenheit scheint damit ja geklärt. Der junge Mann hat sich entschuldigt. Vielleicht könnten wir noch mal auf die Beerdigung zurückkommen, bevor Ihr mit dem Gottesdienst beginnen müsst?«

Einen Moment lang starrte der Pfarrer Gabriel noch eisig an. Zu gern hätte er ihm noch mehr Schwierigkeiten beschert, das war ihm anzusehen. Schließlich allerdings nickte er und drehte sich wieder zu der Witwe um.

Druckermeister Kobler klopfte Gabriel auf die Schulter, hatte die Bemerkung des Pfarrers offensichtlich schon wieder vergessen. »Gut geregelt, Sohn.«

Damit marschierte er an Gabriel vorbei und schob sich an einen freien Platz. Überrascht blickte Gabriel ihm nach. Mit allem hatte er gerechnet, nur nicht damit, dass die Situation für ihn auch noch gut ausging.

Allerdings, der Pfarrer würde ihn nun noch genauer im Auge behalten, und bei der ersten sich bietenden Gelegenheit würde er ihm mehr Ärger machen.

Und Birgit war deutlich aufmerksamer als ihr Vater. Als sie sich neben ihn auf die Kirchenbank setzte, beugte sie sich zu Gabriel herüber. »Was hast du nun wirklich angestellt?«

Meistens schätzte er ihre schnelle Auffassungsgabe, aber hier kam sie ihm mehr als ungelegen.

»Das erzähle ich dir später«, flüsterte er zurück.

Eigentlich wollte er es gar nicht erzählen, aber so, wie er sie kannte, gab sie nun keine Ruhe mehr, bis sie eine Antwort hatte.

Der Gottesdienst zog sich ins Unendliche. Gabriel rutschte auf seinem Platz hin und her, bis Birgit ihn anstieß.

»Wenn du Vater wieder wütend machen willst«, zischte sie, »ist das der beste Weg.«

Sie hatte natürlich recht. Gabriel nickte ihr dankbar zu und zwang seine innere Unruhe nieder. Nach der letzten Segnung schaffte er es sogar, nicht sofort aufzuspringen. Stattdessen wartete er geduldig, bis sein Vater aufgestanden war und Birgit ihren kleinen Bruder aus der Reihe geschoben hatte. Dann erst folgte er ihnen.

Er war sich nicht sicher, warum er noch einmal einen Blick zurück zur Kanzel warf. Dort klappte der Pfarrer gerade seine prunkvoll gebundene Bibel zu.

Ihre Blicke trafen sich. Wieder verengten sich die Augen des Pfarrers zu Schlitzen. Er starrte Gabriel an, und dieser konnte den Blick auch dann noch im Nacken spüren, als er sich umdrehte und seiner Familie nach draußen folgte.

Er hatte sich ganz eindeutig einen Feind gemacht.

Diese düstere Ahnung beschäftigte ihn so lange, bis er den Botenjungen erspähte, der vor dem Tor zur Druckerei auf ihn wartete. Er war vielleicht zwölf und blickte der Familie in ihrer Sonntagstracht keck entgegen. »Ich hab hier 'nen Brief für Gabriel Kobler.«

»Das bin ich.« Neugierig trag Gabriel näher. Eigentlich gab es niemanden, der ihm Briefe schrieb.

»Kostet zwei Pfennige«, sagte der Junge. »Die Frau, von der ich ihn hab, hat gesagt, ich krieg noch mal zwei Pfennige hier.«

Nicht unüblich. Irgendwie musste man ja sicherstellen, dass Briefe tatsächlich ankamen und der Bote nicht einfach das Geld dafür einstrich und die Nachricht dann irgendwo entsorgte.

»Das ist doch Betrug!«, mischte sich Gabriels Vater ein. »Wer sollte dir schreiben?«

»Eine Frau offensichtlich«, sagte Birgit trocken. »Vielleicht hat er eine Verehrerin.«

Er war sich nicht sicher, ob er ihr für diesen Einwurf dankbar sein sollte oder nicht. Wahrscheinlich würde sie ihn noch ewig damit aufziehen.

Aber Gabriels Neugierde war auf jeden Fall geweckt. Er kramte in seiner Tasche nach zwei Pfennigen und überreichte sie dem Jungen.

»Betrug, sage ich«, wiederholte sein Vater.

Widerwillen regte sich in Gabriel. Er nahm das gefaltete Papier entgegen und drehte sich dann zu seinem Vater um. »Mir war bewusst, dass du keine allzu hohe Meinung von mir hast, aber du könntest mir zumindest zutrauen, dass sich irgendjemand genug für mich interessiert, um mir zu schreiben.«

Birgit schnappte nach Luft, doch als Gabriel sich nach ihr umsah, funkelten ihre Augen amüsiert.

Sein Vater hingegen rang für einen Moment nach Worten. Würde er wirklich explodieren? Hier auf offener Straße? Bisher hatte er sich in der Öffentlichkeit immer zurückgehalten. Tatsächlich, nach einer Weile holte der alte Druckermeister tief Luft und nickte schließlich. »Nun«, sagte er knapp. »Von wem ist er denn nun?«

Gabriel blickte auf den Brief in seinen Händen hinab. Außen stand nichts drauf, also brach er das einfache Wachssiegel.

Geschätzter Gabriel,

ich schreibe Dir heute mit der Empfehlung von Konrad Peutinger …

Eilig faltete Gabriel den Brief wieder zusammen. Das war etwas, was sein Vater wirklich nicht wissen sollte.

»Eine Frau«, log er.

»Oh«, machte Birgit. Sie hakte sich bei ihm ein und zog ihn durch das Tor in den Hof. »Komm mit, du musst mir alles erzählen.«

Gabriel seufzte. Aber irgendeine Geschichte für Birgit würde ihm schon einfallen. Und das Misstrauen seines Vaters war immerhin zerstreut.

Kapitel 9

Felicitas merkte gar nicht, wie viele Briefe sie in letzter Zeit geschrieben hatte, bis die Antworten eintrudelten. Als am dritten Tag in Folge ein Brief für sie ankam, brachte ihr Vater ihn persönlich in ihr Zimmer hinauf.

Diesmal immerhin wirkte er nicht wütend. Stattdessen hielt er ihr den zusammengefalteten Brief einfach hin. Mit einem Dank nahm Felicitas ihn entgegen.

»Möchtest du mir erklären, was hier geschieht?«

Felicitas hob die Schultern und gab sich alle Mühe, so zu wirken, als sei ihr das Geschehen gleichgültig, auch wenn alles in ihr darauf brannte, den Brief zu lesen. »Leopold lässt seine Post an mich schicken.«

»Die sind alle für Leopold?« Skeptisch beäugte ihr Vater den Brief, den sie in den Händen drehte.

Felicitas nickte. »Möchtest du einen Blick hineinwerfen?« Obwohl ihr Herz dabei schneller klopfte, hielt sie ihm den Brief hin. Er würde an Leopold adressiert sein, es gab nichts zu befürchten. Dennoch widerstrebte es ihr, ihren Vater auch nur ein Wort davon lesen zu lassen.

Diese Briefe gehörten ihr, ihr allein. Sie wollte sie mit niemandem teilen, schon gar nicht mit dem Mann, der meinte, es sei eine gute Idee gewesen, ihr Wissen zu geben und es sie dann nicht nutzen zu lassen.

Für einen Moment blickte ihr Vater den Brief an. Dann winkte er ab. »Es wird schon seine Richtigkeit haben. Und du leitest sie immer zügig weiter?«

Felicitas nickte. »Natürlich. So komme ich ein wenig häufiger raus. Es macht mir Freude.«

Ihr Vater wiegte skeptisch den Kopf, aber dann nickte er. »Falls du Geld dafür brauchst …«

Felicitas musste an sich halten, um nicht nach Luft zu schnappen. Bisher hatte sie sich das Geld für ihre Briefe immer von dem abgespart, was ihre Mutter ihr zusteckte, damit sie sich am Markttag Leckereien oder etwas Hübsches kaufen konnte. Doch wenn sie vorgeblich Leopolds Briefe weiterleitete, dann konnte sie natürlich in der Tat nach Geld fragen.

»Das wäre sehr nett«, sagte sie daher brav. Gleichzeitig konnte sie ihre eigene Dreistigkeit kaum glauben. Sie wollte sich von ihrem Vater Geld geben lassen, um etwas zu tun, das er niemals gutheißen würde.

Aber er hatte es angeboten. Wie sollte sie es ausschlagen?

»Mach mir eine Aufstellung davon, wie viele Briefe du nach Padua verschickst«, sagte ihr Vater. »Dann können wir das abrechnen.«

Felicitas runzelte die Stirn. Er sprach mit ihr, wie er es wahrscheinlich auch mit den Schreibern tat, die im Staatsdienst für ihn arbeiteten. Sah er sie so? Als jemanden, der ihm bei einfachen Aufgaben zuarbeiten konnte?

Sie nickte, gleichzeitig lag ihr eine Frage auf der Zunge, drängte heraus, und war doch schwer über die Lippen zu bekommen.

Ihr Vater wandte sich ab. Jetzt oder nie.

»Vater«, begann sie.

Er hielt inne, drehte sich auf der Schwelle noch einmal um.

»Warum hast du mich humanistisch bilden lassen?«

Felicitas' Vater runzelte die Stirn. »Wie meinst du das?«

Nun war es raus, also konnte sie auch weiterfragen. »Zu welchem Zweck hast du mich humanistisch bilden lassen?«

»Zweck? Muss Bildung denn einen Zweck erfüllen? Bist du nicht glücklich, dass du all die Dinge weißt, die deine Lehrer dich gelehrt haben?«

Natürlich war sie das, aber das war nicht, worauf Felicitas hinauswollte. Frustriert stieß sie die

Luft durch die Nase aus und suchte nach den richtigen Worten. »Was ich meine, ist, was möchtest du, dass ich mit diesem Wissen nun anfange?«

»Du stellst Fragen, Kind.« Ihr Vater schüttelte den Kopf. »Derlei Dinge sind nicht wie Sticken oder …« Er suchte sichtlich nach einem weiteren Beispiel. »Oder was auch immer deine Mutter dir sonst noch so beigebracht hat. Dieses Wissen macht dich zu einem besseren Menschen, und das sollte doch für jeden erstrebenswert sein.«

Felicitas presste die Lippen aufeinander. Was sie am meisten ärgerte, war, dass er nicht einmal unrecht hatte. Aber all das ging an dem vorbei, worüber sie sich beschweren wollte.

Sie hatte einen Vorgeschmack darauf bekommen, was es bedeutete, Teil des humanistischen Diskurses zu sein, aber nun erwartete man von ihr, sich damit zufriedenzugeben und ihr Wissen nur dann zu nutzen, wenn es für die Herren gelegen kam. Und ansonsten sollte sie doch einfach nur den Haushalt verwalten, Hilfsarbeiten erledigen und … sticken wahrscheinlich.

Aber wie sollte sie ihrem Vater das erklären, ohne dass er dachte, sie wolle nur wieder seine gelehrten Freunde belästigen und ihn eventuell sogar vor ebenjenen blamieren? Daher seufzte sie nur und nickte. »Verzeihung, dass ich dich aufgehalten habe.«

Ihr Vater lächelte. »Wenn ich die Zeit dafür habe, beantworte ich deine Fragen immer gerne.«

Am liebsten hätte Felicitas ihre Entschuldigung sofort wieder zurückgenommen, und sie musste sich auf die Zunge beißen, um nichts Dummes zu sagen. Mit geballten Händen starrte sie ihrem Vater hinterher, bis er in seinem eigenen Studierzimmer verschwunden war.

Glaubte er wirklich, sie habe ihre Fragen nur gestellt, weil sie die Natur humanistischer Bildung nicht verstand? Vielleicht sollte sie ihm das nächste Mal direkt sagen, dass sie genauso behandelt werden wollte wie Leopold. Ob sie damit wohl durchkam? Sie bezweifelte es.

Felicitas atmete tief durch. Sie zwang sich, ihre Fäuste zu öffnen.

Erst als dabei etwas zu Boden fiel, erinnerte sie sich wieder daran, dass ihr Vater ihr einen Brief überreicht hatte.

Eilig hob sie das zerknitterte Schriftstück auf. Sie strich es am Türrahmen glatt, dann zog sie sich in ihr Zimmer zurück.

Abgesehen von einigen Knicken hatte das Papier keinen Schaden davongetragen. Mit angehaltenem Atem öffnete Felicitas den Brief. Ihr Blick huschte zu der Unterschrift des Absenders.

Gabriel Kobler! Wie schön, dass er ihr tatsächlich geantwortet hatte.

Geschätzter Leopold,

ich habe mich sehr über Deinen Brief gefreut. Genau wie Du hatte ich mich an Konrad Peutinger gewandt, in der Hoffnung, Gleichgesinnte zu finden, aber was er Dir geschrieben hat, trifft es recht gut. Ich möchte nicht behaupten, dass es nicht äußerst interessant war, sich mit ihm zu unterhalten, doch er gefällt sich sehr in seiner Rolle als Sammler von Wissen. Der Wunsch, etwas zu ändern, scheint in seiner Sodalitas nicht allzu ausgeprägt zu sein.

Ich dagegen möchte etwas tun. Ich möchte die neuen Ideen, die um Luther herum entstehen, in die Welt hinaustragen. Ich möchte allen Leuten vor Augen halten, wie scheinheilig der Papst und die Kardinäle in Rom sind. Hast Du schon einmal darüber nachgedacht, wie viele Arme man mit dem Gold speisen könnte, das all die Kirchen ziert und in den Schatzkammern des Vatikans lagert? Wieso wird es gehortet oder gar für Kurtisanen, Wein und Prunkbauten ausgegeben, wenn man damit in der Welt so viel Gutes tun könnte?

Ich hoffe, das klingt in Deinen Ohren nun nicht zu blasphemisch. Ich denke, es stört mich vor allem, dass ich untätig herumsitzen muss, während die Welt sich verändert. Ich würde zu gerne in der Druckerei meines Vaters (auch meine Druckerei, zumindest auf dem Papier), die Schriften kluger Männer vervielfältigen. Aber mein Vater ist strikt dagegen, also sind mir die Hände gebunden.

Übrigens, meine Schwester Birgit hat Fragen wegen Deines Briefes gestellt. Ich habe behauptet, er sei von einer Verehrerin, aber wenn nun öfter Briefe kommen, wird sie mehr Details wissen wollen. Du weißt ja, wie Mädchen sind, immer an Geschichten über die Liebe interessiert.

Ich habe einen der Papierzulieferer für unsere Druckerei gefragt, ob er Post für mich entgegennehmen könne. Ich möchte Dich daher bitten, in Zukunft an die Papiermühle Möller zu schreiben. Dort hole ich den Brief dann ab.

Ich hoffe, bald wieder von Dir zu hören.
In Ungeduld,
Gabriel

Felicitas las den Brief, und dann las sie ihn noch einmal. Mit jedem Wort erfasste sie neue Aufregung. Selbst die etwas abfällige Bemerkung über Mädchen konnte ihre Freude kaum trüben.

Gabriel hatte in Worte gefasst, was auch sie fühlte. Sie wollte Teil der Veränderung sein, die gerade in der Welt vor sich ging. Und der Punkt mit dem vielen Geld in Rom …

Sie legte den Brief beiseite und eilte zu ihrem

Schreibpult. Sie musste einen Text dazu verfassen, etwas, das die Essenz dieses Widerspruchs auffing und in leicht verständliche Worte und Bilder kleidete. Also machte sie sich daran, ein weiteres Stück zu Papier zu bringen.

Die Worte flossen ihr nur so aus der Feder. Sie zeichnete ein Bild, in dem die Armen vor den Toren des Vatikans standen und um ein wenig Essen baten, während sich der Papst und seine Kardinäle drinnen der Völlerei hingaben. Sie tranken aus goldenen Bechern und aßen von goldenen Tellern. Und dann, ganz am Ende, trat der Papst auf seinem Balkon vor die Menge und predigte Verzicht.

Papst
Und gebt den Armen, die nichts zu essen haben,
wie auch Jesus sein Brot mit seinen Jüngern teilte.

Die Armen
Aber wir haben alle nichts! Wie sollen wir geben?

Papst
Das ist nicht wahr.
(Er deutet auf einen der Armen, der ein halbes Brot in den Händen hält.)
Er hat ein halbes Brot. Wenn er nicht so gierig wäre, würde er es mit euch teilen.

(Der Papst beißt in einen Hähnchenschenkel und geht ab.)

Sehr zufrieden las Felicitas ihr neues Stück noch einmal durch. Es fing ein, was Gabriel hatte sagen wollen, oder nicht? Und sie hatte noch einige eigene Punkte ergänzt. Sie würde noch einmal darüber schlafen, und wenn sie es dann nicht ganz schrecklich fand, würde sie es ihm schicken. Sie war gespannt, was er dazu sagte.

Vorgestern hatte sie einen Brief von Daniel Habermann bekommen mit einer Einschätzung zu ihrem ersten Theaterstück. Er hatte einige Anmerkungen zur Verbesserung ihres Stils gemacht, es aber insgesamt für witzig und klug befunden. Sie schätzte seine Verbesserungsvorschläge, und hatte sie gleich umgesetzt. Nun ein weiteres Stück geschrieben zu haben, fühlte sich gut an. Sie trug endlich etwas zum Diskurs bei und wurde dabei geschätzt und ernst genommen. Nun musste sie nur dabeibleiben, dann würde sie nach und nach immer mehr Menschen erreichen.

Die Zukunft sah plötzlich rosig aus.

Kapitel 10

Lieber Leopold,

bei Gott, wie habe ich gelacht, als ich Dein Stück gelesen habe! Das ist genau das, was ich meine. Als hättest Du meine Gedanken genommen, und sie viel besser in Worte gefasst, als ich das je gekonnt hätte. Du hast wahrlich Talent. Zu gerne besäße ich Dein Geschick mit Worten. Vielleicht könnte ich dann endlich auch meinen Vater überzeugen. Ich habe das Gefühl, er überwacht mich mehr seit unserem Streit. Als könnte ich heimlich etwas drucken, das er nicht mag, wenn er mich nur für einen Moment aus den Augen lässt.

Bitte sende mir mehr Texte, wenn Du welche hast.

Gabriel

Jedes Mal, wenn Gabriel einen neuen Brief geschrieben hatte, wartete er sehnsüchtig auf die Antwort. Jedes Mal zog er sich mit einem neuen Text so schnell wie möglich in sein Zimmer zurück, um ihn sofort zu lesen.

Lieber Gabriel,

Du glaubst gar nicht, wie sehr es mich freut, dass Dir meine Texte gefallen. Ich habe sie noch nicht vielen Leuten gezeigt. Es sind erste Gehversuche auf dem Gebiet, und Deine Bitte nach mehr ist die beste Ermunterung, weitere Schritte zu wagen.

Kennst Du das Gefühl, wenn alle um Dich herum Dich nicht ernst nehmen und die herablassende Art, mit der sie Dich behandeln, die Glut Deiner Schaffenskraft dämpft wie Sand, den man ins Feuer schaufelt? So fühle ich mich oft. Du bist der Erste, der mich beflügelt und inspiriert. Ich bin Dir unendlich dankbar dafür.

Mein Talent mit Worten hat mir aber leider bisher auch nicht geholfen, meinen eigenen Vater davon zu überzeugen, mich am humanistischen Diskurs teilhaben zu lassen. Vielleicht sind Väter einfach immer besonders schwierig.

Ich wünschte außerdem, Du könntest heimlich etwas drucken, wenn Dein Vater einmal nicht hinschaut. Stell Dir vor, er blinzelt, und zack, ein Traktat von Melanchthon ist fertig, und Du musst die Stapel Flugblätter hinter Deinem Rücken verbergen, sobald er wieder schaut.
Ich sende sehr bald einen neuen Text. Versprochen.

Leopold

Die Briefe von Leopold wurden schnell zu dem Ereignis, auf das Gabriel sich am meisten freute. Er wusste nicht genau, wie lange eine Nachricht von Augsburg nach Padua brauchte, aber man hätte einen Kalender danach ausrichten können, wie pünktlich alle zwei Wochen neue Post von Leopold auf Gabriel wartete. Bald schon freute er sich jedes Mal, wenn er wusste, dass ein neuer Brief bald näher rückte.

Immer wieder waren den Briefen auch Texte beigelegt, die sich gut für eine Veröffentlichung geeignet hätten. Am liebsten hätte Gabriel sie unter die Leute gebracht. Aber solange er sich nicht nachts heimlich in die Druckerei schlich und ganz allein die schweren Druckerpressen bediente, fehlten ihm dafür die Möglichkeiten.

Allerdings … konnte er sich nachts in die Druckerei schleichen?

Nein, für die Druckerpresse brauchte es mindestens zwei Personen. Für einen allein war die Arbeit einfach zu schwer.

Als er seinen nächsten Brief verfasste, war Gabriel in Gedanken immer noch bei diesem Problem. Nachdenklich kaute er am Ende des Federkiels und gab sich schließlich einen Ruck. Es konnte nicht schaden, einfach mal nach Hilfe zu fragen.

Lieber Leopold,

sag, hast Du eigentlich vor, irgendwann, vielleicht in Bälde, Deine Familie in Augsburg zu besuchen? Falls Du in der Stadt bist, sag mir bitte Bescheid. Ich finde, wir sollten uns einmal treffen. Ich spendiere Dir gerne ein Bier. Stell Dir vor, wir könnten die ganze Nacht durch reden, unsere Ideen austauschen, ohne dass uns das Papier ausgeht oder wir so lange auf die Antwort des anderen warten müssen.

Seinen Plan selbst wagte er nicht zu Papier zu bringen, aber Leopold würde dafür sicher zu begeistern sein, oder nicht? Sie redeten immerhin seit Monaten darüber, dass sie beide gerne etwas unternehmen würden, um die Veränderung in die Welt hinauszutragen.

Gabriel hatte sich noch nie so voller Tatendrang gefühlt, wie seit seinem Austausch mit Leopold. Gemeinsam konnten sie es mit der Welt aufnehmen, da war er sich sicher.

Kapitel 11

Die Briefe von Gabriel wurden schnell zu dem Ereignis, auf das Felicitas sich am meisten freute. Sie konnte nur ungefähr schätzen, wie lange eine Nachricht von Augsburg nach Padua brauchte, aber sie versuchte, mindestens zwei Wochen verstreichen zu lassen, bevor sie ihm eine neue Antwort schickte. Die Wartezeit war das Schlimmste. Der Versuchung zu widerstehen, einen Brief früher auf den Weg zu bringen, kostete sie oft genug alle Willenskraft, die sie aufbringen konnte.

Immer wieder legte sie den Briefen Texte bei, die sie so gern in Flugblattform gebracht hätte. War es eitel, wenn sie wollte, dass möglichst viele Menschen ihre Worte lasen? Aber solange sie keinen Drucker fand, war diese Überlegung ohnehin müßig. Nun, sie kannte einen Drucker, aber dem waren leider die Hände gebunden.

Die Frage, ob sie ihn vielleicht dennoch bei einer Veröffentlichung um Hilfe bitten konnte, spukte ihr noch im Kopf herum, als seine nächste Nachricht kam.

Wie immer eilte sie mit dem Brief schnell in ihr

Zimmer, konnte es kaum erwarten, das Siegel zu brechen. Sie setzte sich auf ihr Bett, und begann eifrig zu lesen.

Gabriel wollte sie treffen? Für einen Moment schlug ihr Herz höher, bis sie sich daran erinnerte, dass nicht sie es war, die der Druckerssohn sehen wollte, sondern ihr Bruder.

Tiefste Sehnsucht erfasste Felicitas. Die Vorstellung, Nächte hindurch mit Gabriel Kobler zu diskutieren, war verlockend. Die Freundschaft auf dem Papier hatte sie genossen, aber es fehlte das direkte Gespräch. Es fehlte auch die Ehrlichkeit zwischen ihnen. Wie schön wäre es, wenn sie sich Gabriel gegenüber nicht verstellen müsste, wenn sie wirklich sie selbst sein könnte.

Aber vielleicht würde Gabriel ihr auch weiterhin zuhören, wenn sie sich ihm als Frau offenbarte? Er hatte ihr damals für seine Rettung vor dem Pfarrer gedankt. Und je besser sie ihn kennenlernte, desto schwerer fiel es ihr, ihn zu belügen.

Nachdenklich starrte Felicitas den Brief an. Sie wollte ehrlich zu ihm sein, aber was, wenn sie dadurch all das verlor, was sie in den letzten Monaten so beflügelt hatte?

Andererseits war Gabriel inzwischen mehr für sie als einfach ein Gesprächspartner. Er war ein Freund.

Zögerlich griff sie zur Schreibfeder.

Lieber Gabriel,

gerne würde ich Dich treffen, allerdings muss ich Dir etwas gestehen: Mein Name ist nicht Leopold. Leopold ist mein Bruder. Ich heiße Felicitas. Ich habe angefangen, mich als Mann auszugeben, weil das der einzige Weg zu sein schien, ernst genommen zu werden. Doch bei Dir musste ich mich in letzter Zeit oft zurückhalten, um Dir nicht zu verraten, wer ich wirklich bin. Ich denke, dass ich Dir vertrauen kann. Ich hoffe, Du schätzt meine Meinung auch dann noch, wenn Du mich als die kennenlernst, die ich bin.

Bitte verstehe meine Entscheidung, Dich als Leopold anzuschreiben, nicht als Beleidigung. Sie hat sehr wenig mit Dir zu tun und sehr viel mit den Gelehrten, mit denen ich zuvor als Felicitas versucht habe, in einen Dialog zu treten.

Die Brieffreundschaft mit Dir bedeutet mir sehr viel, deshalb möchte ich Dir nun auch die Wahrheit verraten. Ich hoffe sehr, damit nicht alles zerstört zu …

Stimmen unten im Haus unterbrachen Felicitas' Gedanken. Sie hörte Erna etwas ausrufen, dann eine leise Männerstimme, die sie nicht direkt zuordnen konnte.

»Herr Schäffler! Frau Schäffler!« Nun war

Erna gut zu verstehen. »Der Leopold ist zurück!«

Was? Felicitas ließ die Schreibfeder sinken.

»Der Leopold!«, rief Erna noch einmal. »Er ist zurück!«

Kapitel 12

Als Felicitas unten ankam, saß Leopold bereits vor dem Kamin in der Stube. Er war dicht an die Flammen herangerückt, eine Decke lag um seine Schultern. Er musste lange in der Kälte unterwegs gewesen sein.

Bei Felicitas' Eintreten drehte er sich um, und sie sah, dass seine Haltung auch noch andere Ursachen hatte. Die Haut an seinem Hals war mit dunklen Flecken übersät, seine Wangen eingefallen.

»Warum hast du denn nicht geschrieben?« Die Mutter war schon da, knetete unglücklich ihre Schürze und lenkte Leopolds Aufmerksamkeit wieder auf sich. »Und bist du des Wahnsinns, in diesem Zustand zu reisen? Du hättest dir den Tod holen können!«

Leopold lachte trocken. »Es ist die Syphilis, ich hab mir den Tod schon geholt!«

»Nun sagt so etwas doch nicht, junger Herr!« Erna kam mit einer Tasse herein, der Geruch von frisch aufgebrühtem Tee wehte Felicitas entgegen. »Hier, trinkt das erst mal!«

Sichtlich dankbar nahm Leopold die Tasse entgegen, schlang die Finger darum. Felicitas sah seine Hände zittern.

Syphilis konnte Menschen töten, das war ihr klar. Für den Moment verdrängte dieser Gedanke alles andere. Vorsichtig trat sie näher. »Ist es sehr schlimm?«

Leopold hob die Schultern. »Es tut nicht weh, falls du das meinst, aber mein Fieber ist durch die Reise nicht besser geworden.«

»Das meine ich doch!«, fuhr die Mutter auf.

»Ich wollte nicht in Padua sterben«, die Worte kamen leise, ließen aber alle anderen im Raum verstummen.

Felicitas schluckte. Sie hatte nie das engste Band zu ihrem älteren Bruder gehabt, dennoch war er Teil ihres Lebens gewesen, seit sie denken konnte. Früher hatte ihr Hauslehrer sie oft gemeinsam unterrichtet. Leopold hatte viel bei Felicitas abgeschrieben, weil er den Unterricht lieber damit verbracht hatte, zu zeichnen, als zuzuhören. Felicitas hatte die kleinen Zeichnungen gemocht, die er am Rande seiner Schreibübungen hinterlassen hatte. »Du stirbst sicher nicht. Vater kann dir gute Ärzte besorgen.«

Leopold schnaubte. »Gute Ärzte verhindern nicht unbedingt, dass man an Syphilis stirbt.«

»Sag so etwas nicht!«, empörte sich die Mutter. Sie drehte ihre Schürze zu einem Knoten, knitterte den Stoff. Unter normalen Umständen hätte sie Felicitas für so ein Verhalten gescholten.

»Was ist denn hier los?«

Wie alle anderen im Raum auch drehte Felicitas sich zur Tür. Ihr Vater stand im Rahmen, die Stirn in Falten gelegt. »Leopold, warum hast du dein Kommen nicht angekündigt?«

»Das habe ich doch! Der Brief muss verloren gegangen sein.«

Irgendetwas an dem Wort Brief rüttelte Felicitas aus dem Schock über die Krankheit ihres Bruders. Stattdessen fiel ihr etwas anderes siedend heiß ein. Leopold war wieder zu Hause. Sie konnte nicht mehr so tun, als nehme sie Briefe für ihn entgegen. Eventuell würde der Vater ihn sogar nach seinen Korrespondenzen mit den verschiedensten Humanisten fragen. Alles flöge auf. Sie musste etwas tun.

Irgendeinen Teil des Gesprächs musste Felicitas in der Zwischenzeit verpasst haben. Auf jeden Fall wuselte plötzlich Erna geschäftig an ihr vorbei. Dann wandte sich ihr Vater an sie. »Felicitas, geh und hole Doktor Pfister. Schnell! Wir haben keinen Augenblick zu verlieren.«

Ein Blick in Leopolds eingefallenes Gesicht erinnerte sie an die Dringlichkeit der Lage. Ihre eigenen Probleme verblassten dagegen ein Stück weit. Sie nickte und wandte sich der Tür zu. Für den Moment hatte Leopold andere Sorgen als Briefe. Sie hatte Zeit, sich eine Lösung einfallen zu lassen. Vorerst ging es darum, dass er seine Krankheit überlebte.

Kapitel 13

Gabriel! Post für dich!«

Gabriel zuckte zusammen und hätte beinahe den Setzkasten mit den Lettern umgestoßen. Eilig sah er sich um, ob sein Vater in der Nähe war, aber dieser war nirgendwo zu sehen. An der Druckerpresse mühten sich gerade zwei der Gesellen mit der großen Kurbel ab, die die Druckform fest auf das Papier presste. Und aus der Richtung des Tors zum Hof kam Gerhard auf ihn zu, ein älterer Mann mit gebeugtem Rücken. Offiziell war das Setzen seine Aufgabe, aber Gabriels Vater bestand darauf, dass ein guter Drucker darin stets in Übung bleiben sollte.

Nun wedelte Gerhard mit einem dünnen Brief. Eilig stand Gabriel auf und ging ihm entgegen. Er hatte Leopold doch gebeten, seine Briefe nicht direkt hierherzuschicken. Hoffentlich tratschte Gerhard diese Sache nicht an seinen Vater weiter.

Diesmal konnte Birgit ihn immerhin nicht wegen einer vermeintlichen Liebschaft ausquetschen.

Gabriel rang sich ein Lächeln ab und schnappte

sich den Brief, bevor er zu viel Aufmerksamkeit auf sich ziehen konnte. »Danke.«

Gerhard hob die Schultern, dann nickte er in Richtung Setzkasten. »Soll ich weitersetzen?«

»Was?« Erst nach einem Moment erinnerte sich Gabriel, was er gerade noch getan hatte. »Oh. Ja. Gerne. Aber keine Eile. Wir müssen für heute noch fünfzigmal Seite 42 drucken, und ich bin mit 43 schon fast fertig.«

Gerhard klopfte ihm auf die Schulter. »Du setzt inzwischen fast so schnell wie ich. Dein Vater kann stolz sein, so einen fleißigen Sohn zu haben.«

Fast hätte Gabriel trocken aufgelacht. Allein der Gedanke, dass sein Vater einmal mit etwas zufrieden sein könnte, das er tat, klang absurd.

»Sicher«, sagte er trotzdem nur, drehte dabei den Brief in den Händen. »Danke, dass du übernimmst.«

Gerhard nickte noch einmal und schlenderte dann zur fast fertig gesetzten Druckform hinüber.

Als ihn niemand mehr ansah, beschleunigte Gabriel seine Schritte. Hinter einer Kiste voller Papier fand er schließlich eine ruhige Ecke.

Kaum, dass er sich den Brief näher ansah, war ihm klar, dass er nicht von Leopold stammte. Das Siegel des Stadtschreibers prangte darauf. Konrad Peutinger!

Halb zwischen der Sorge gefangen, dass etwas geschehen sein könnte, und der Aufregung, dass jemand so Hochangesehenes ihm schrieb, öffnete er den Brief.

Junger Gabriel,

ich hoffe, dieser Brief erreicht Dich bei bester Gesundheit.

Ich möchte Dich hiermit zu einem Vortrag über die Altertümer aus der Römerzeit in unserer schönen Stadt Augsburg einladen. Er wird am kommenden Mittwoch in meiner Bibliothek stattfinden.

Ich würde mich freuen, Dich dort begrüßen zu können.

Konrad Peutinger

Nachdenklich starrte Gabriel die Zeilen an. Wieder Altertümer, wo er doch viel lieber über die Zukunft gesprochen hätte. Aber er würde nicht der Einzige sein, der zu diesem Vortrag eingeladen wurde. Vielleicht lohnte es sich allein der Leute wegen, hinzugehen und ein paar weitere Augsburger Humanisten kennenzulernen.

Und vielleicht waren Altertümer ein Thema, das zu drucken sein Vater sich bereit erklären würde? Alles war besser als noch mehr Gebetbücher. Gabriel konnte sich die Themen anhören und dann seinem Vater vorstellen, wenn dieser mal guter Laune war. Einen Versuch war es wert.

Wie es aussah, hatte er am kommenden Mittwoch etwas vor.

Kapitel 14

Es war nicht gerecht. Mit aller Kraft ihrer Wut walkte Felicitas das schmutzige Laken in dem Waschzuber im Hinterhof. Das Schwappen des Wassers übertönte dabei beinahe Markus' Rufe. Er spielte wieder Krieg.

Es war einfach nicht gerecht, dass sie und ihre Mutter nun schon seit Tagen Leopold pflegten, während ihr Vater sich kaum aus seinem Studierzimmer herausbewegte. Er habe wichtige Briefe zu schreiben. Nun, das hatte sie auch. Aber nahm irgendjemand darauf Rücksicht? Stattdessen bekäme sie Ärger, wenn es irgendjemand auch nur wüsste.

Und vorhin, als sie mit der Schmutzwäsche durch die Küche gelaufen war, hatte sie Stimmen an der Haustür gehört. Von Adelmannsfelden hatte sie sofort erkannt. Während sein Sohn krank darniederlag, empfing Johannes Schäffler also Besuch.

Wieder schabte das Laken über das Waschbrett. Das Wasser wurde kaum schmutzig, aber der Doktor hatte empfohlen, die Laken möglichst oft zu wechseln. Hoffentlich nützte es etwas. Wenn Leopold starb, obwohl sie fast jeden Tag seine Laken ausgewaschen hatte, würde sie sich betrogen fühlen.

Sie seufzte, atmete einmal tief durch. So durfte sie nicht denken. Leopold kämpfte um sein Leben, sein Fieber war inzwischen so hoch, dass sie ihn ständig in kalte Tücher wickeln mussten. Und natürlich machte sie sich Sorgen um ihn. Gleichzeitig war es aber schwer zu übersehen, wer all die Arbeit erledigte, die zu seiner Genesung beitragen sollte.

»Felicitas …«

Felicitas sah auf, pustete sich eine Haarsträhne aus dem Gesicht. Markus stand neben dem Waschzuber und blickte auf sie herab. »Mir ist langweilig!«

Was sollte sie dagegen tun? Königin spielen konnte sie ja offensichtlich nicht. »Du kannst mir gerne helfen.«

Markus verzog das Gesicht. »Das ist doch Frauenarbeit. Vater macht die auch nicht.«

Felicitas' Finger krallten sich fester in den feuchten Stoff. »Dann wirst du wohl zu den Männern gehen müssen«, sagte sie scharf. »Ich höre, Vater hat Besuch, mit dem er über kluge Themen redet.«

Eigentlich sollte sie Markus davon abhalten, ihren Vater und seine Gäste zu stören. Aber im

Moment war ihr ganz und gar nicht danach. Sollten sie auch mal etwas Nützliches tun und den Jungen beschäftigen, damit sie in Ruhe arbeiten konnte.

Markus zog an seiner Unterlippe und starrte in Richtung Haus. »Wenn die so klug daherreden, ist das ziemlich langweilig.«

Gut, in seinem Alter hätte Felicitas das wahrscheinlich auch noch gedacht. »Wenn du das langweilig findest«, sagte sie trotzdem, »solltest du mal den ganzen Nachmittag Wäsche waschen.«

Markus kicherte. »Du bist lustig, wenn du schlechte Laune hast.«

Ach, der Bengel merkte also, dass sie schlechte Laune hatte, und ließ sie trotzdem nicht in Ruhe. »Freut mich, dass ich zu deiner Unterhaltung beitragen kann«, murrte Felicitas. »Wenn der Herr sich ausreichend amüsiert hat, lasse ich gleich den Klingelbeutel rumgehen.«

Markus grinste. »Ich sollte König Leopold vorschlagen, dass er dich als Hofnarren anstellen soll.«

Es dauerte einen Moment, bis Felicitas merkte, dass Markus von seinem Spiel redete. Sie zog das Laken aus dem Bottich und machte sich daran, es auszuwringen. »Ach, zur Königin tauge ich nicht, aber zum Hofnarren schon?«

Markus grinste. »Wenn du so vor dich hin grummelst.«

Ein wenig ansteckend war Markus' Grinsen ja schon. Dennoch spielte Felicitas die Missmutige weiter, starrte ihn so lange aus zusammengekniffenen Augen an, bis er kicherte. In Gedanken allerdings war sie weit weg. Was machte sie anders, wenn sie schlechte Laune hatte? Sie achtete nicht so sehr darauf, was sie sagte. Sie war sarkastischer und ein bisschen zynisch, so wie in ihren Stücken.

Und Markus mochte das? »Ich weiß nicht, ob ich König Leopold, dem Kriegstreiber, zu Diensten sein möchte«, sagte sie versuchsweise das Erste, was ihr zu dem Thema in den Sinn kam. »Wenn es an seinem Hof genauso blutig zugeht wie bei seinen Eroberungsfeldzügen im Heiligen Land, verliere ich nur ganz schnell meinen Kopf.«

»Nee«, widersprach Markus. »Dafür hat man als Narr ja Narrenfreiheit. Du darfst sagen, was du willst, und er darf dich dafür nicht köpfen.«

Wenn doch nur im echten Leben mehr Menschen diese Freiheit gewährt würde. »Alles, was ich will?« Felicitas tat nachdenklich.

Markus nickte eifrig.

»Und wenn ich ihm sage, er soll gefälligst seine Wäsche selbst waschen, sobald es ihm wieder besser geht?« Sie hob das halb ausgewrungene Laken.

Wieder kicherte Markus, dann sah er sie plötzlich ernst an. »Du machst wirklich nicht so gerne Frauendinge, oder?«

Felicitas seufzte. Gab es irgendeine Frau, die gerne Wäsche wusch? »Ich mach nicht so gerne Frauendinge«, bestätigte sie, fragte sich allerdings gleichzeitig, wieso Wäschewaschen überhaupt ein Frauending war. Das Einzige, was die Männer davon abhielt, war, dass sie glaubten, Besseres zu tun zu haben.

»Das ist schlecht.« Nachdenklich fuhr Markus sich durch die Haare. »Wo du doch eine bist.«

Wo er recht hatte … Aber was nützte es, sich darüber den Kopf zu zerbrechen.

»Na ja«, sagte Felicitas schließlich. »Jetzt bin ich ja ein Narr. Und ich mache sehr gerne Narrendinge.«

Markus lachte. »Leopold wird seinen neuen Narren lieben.«

Als Felicitas am Abend auf ihr Zimmer zurückkehrte, taten ihre Schultern und ihre Arme weh. Ohne sich auch nur auszukleiden, ließ sie sich auf das Bett fallen. Kurz fiel ihr Blick auf das Schreibpult, wo immer noch der fast fertige Brief an Gabriel lag. Sie machte eine Bewegung, um sich aufzurichten, und sofort zuckte ein dumpfer Schmerz durch ihren Rücken. Mit einem Seufzer ließ sie sich wieder in die Matratze sinken.

Morgen war auch noch ein Tag. Oder übermorgen. So bald würde Gabriel ohnehin nicht mit einer Antwort rechnen. Sie hatte noch Zeit.

Kapitel 15

Der Vortrag über Altertümer aus der Römerzeit war fast so langweilig, wie Gabriel ihn sich vorgestellt hatte. Auch wenn der Gedanke, dass unter den Fundamenten der Stadt ältere Fundamente darauf warteten, gefunden zu werden, ihn durchaus faszinierte. Lange Erläuterungen zu einzelnen Splittern einer vergangenen Zivilisation, die Konrad Peutinger gefunden hatte, machten es allerdings schwierig, diese Faszination aufrechtzuerhalten. Zu sehr verlor der Gelehrte sich in Details über die Beschaffenheit des Steins oder einzelner Aspekte der Inschriften oder Bilder darauf.

Viel interessanter war da aus Gabriels Sicht der Rest des Publikums. Im Anschluss an den Vortrag stellte Peutinger die Anwesenden einander vor.

»Extra aus Nürnberg angereist ist heute Willibald Pirckheimer.« Peutinger deutete auf einen beleibten Mann in der Tracht eines hohen Beamten. Dieser lächelte und nickte den Anwesenden zu.

»Und das, …« Peutinger machte eine weitere

Handbewegung, und plötzlich fand Gabriel sich im Mittelpunkt der Aufmerksamkeit. »… ist Gabriel Kobler. Er kam vor Kurzem zu mir, um sich auszutauschen, und ich wollte ihn nicht abweisen. Er wird irgendwann den Druckerbetrieb seines Vaters übernehmen.«

Das brachte Gabriel interessierte Blicke ein. Wenn man etwas zu sagen hatte, brauchte man wohl immer jemanden, der bereit war, diese Botschaft zu verbreiten.

»Druckt Kobler nicht vor allem kirchentreue Texte?«, ließ sich jemand vernehmen.

»Ja«, gab Gabriel zu. »Aber ich würde das gerne ändern.«

Anerkennendes Gemurmel. Er hatte das Gefühl, eine Prüfung bestanden zu haben.

»Ich habe den jungen Mann mit Leopold Schäffler in Verbindung gebracht«, fuhr Peutinger fort. »Dieser hat mir nämlich geschrieben und sich darüber beklagt, sein Vater sei nicht begeistert genug von Luthers Ideen.«

Einer der umstehenden Männer schnaubte amüsiert. »So kann man es wohl auch nennen«, sagte er. »Der gute Johannes hat Angst, in Schwierigkeiten zu geraten.«

»Ah, danke Bernhard. Das erklärt natürlich auch, wieso er sich länger schon nicht mehr hier hat sehen lassen.«

Nun erinnerte sich Gabriel auch an den vollen Namen des Mannes. Bernhard Adelmann von Adelmannsfelden. Peutinger hatte ihn vorhin bereits vorgestellt.

Bernhard wandte sich nun ihm zu und musterte ihn kritisch. »Mich überrascht durchaus, dass Leopold Interesse am humanistischen Diskurs zeigt. Er schien mir bisher ein rechter Tunichtgut zu sein.«

Gabriel runzelte die Stirn. So redete niemand über seinen Freund! »Ich weiß nicht, woher Ihr diese Idee habt«, erwiderte er so freundlich wie möglich. »Leopold ist sehr klug und gewitzt. Er schreibt sogar seine eigenen Texte, die es wirklich verdient hätten, gedruckt zu werden.«

»Hm …« Von Adelmannsfelden rieb sich das Kinn. »Nun, das Letzte, was ich gehört habe, war, dass er mit Syphilis nach Hause zurückgekehrt ist. Das klingt mir doch eher nach einem Lotterleben.«

Leopold war was? Gabriel öffnete den Mund, um den Freund in Schutz zu nehmen, aber er blieb stumm. Er konnte sich einfach nicht entscheiden, auf welchen Teil der Neuigkeit er sich zuerst konzentrieren sollte. Leopold war in Augsburg! Aber Leopold war außerdem schwer krank. Und ja, die Syphilis bekam man nicht davon, dass man über Büchern brütete, das war ihm auch klar.

»Ich kann Euch nur sagen, was ich aus seinen Briefen weiß«, erwiderte er schließlich steif. »Und in diesen zeigt er sich so, wie ich ihn eben beschrieben habe.«

Er spürte eine Hand auf seiner Schulter, drehte sich um, um Konrad Peutinger zu sehen. »Es ehrt dich, dass du deinen Freund verteidigst, Gabriel. Und ich möchte an dieser Stelle mahnen, dass wir nicht wie die Marktweiber am Brunnen Klatsch verbreiten sollten.« Bei diesen Worten warf er von Adelmannsfelden einen strengen Blick zu. »Die Zeit wird zeigen, wie viel an diesen Gerüchten tatsächlich dran ist.«

Noch nie war Gabriel Peutinger dankbarer gewesen. Gleichzeitig wurde der Gedanke immer stärker, dass Leopold in der Stadt war und es ihm offensichtlich nicht gut ging. Während sich das Gespräch wieder zu römischen Altertümern verlagerte, überlegte Gabriel fieberhaft. Er wusste, wo Leopold wohnte. Vielleicht sollte er auf einen Krankenbesuch vorbeigehen? Bei dem Gedanken, seinen Brieffreund endlich richtig kennenzulernen, erfasste ihn Aufregung. Das sollte er auf jeden Fall tun.

Kapitel 16

Am fünften Tag nach Leopolds Heimkehr sank sein Fieber endlich. Als Felicitas morgens eine Hand auf seine Stirn legte, glühte diese nicht mehr wie noch zuvor. Leopold blinzelte und öffnete die Augen.

Er blickte sie tatsächlich an, etwas, das er seit Tagen nicht mehr getan hatte. Felicitas lächelte. Sie hatte schon fast aufgehört zu glauben, dass er diese Krankheit überleben konnte. Doch nun schöpfte sie neue Hoffnung.

Leopold stöhnte und schloss die Augen wieder gegen das durchs Fenster fallende Tageslicht.

»Soll ich die Läden wieder schließen?«, fragte Felicitas.

Leopold schüttelte den Kopf. »Geht …« Er stockte, räusperte sich. »Geht gleich besser. Ich habe Durst.«

Felicitas nickte, nahm die Schüssel Suppe vom Nachttisch, die sie kurz dort abgestellt hatte.

»Kannst du dich aufsetzen?«

Beim ersten Versuch knickten Leopolds Arme wieder unter ihm weg. Beim zweiten Versuch schaffte er es, sich weit genug aufzurichten, dass

Felicitas ein Kissen in seinen Rücken schieben konnte.

Löffel für Löffel flößte sie ihm die Suppe ein. Als die Schüssel halb leer war, lehnte Leopold sich erschöpft zurück. »Das reicht erst mal.«

»Wie fühlst du dich?«, fragte Felicitas.

»Als wäre ich durch die Hölle gewandert«, gab Leopold schwach zurück.

Felicitas lachte. »Deinen Sinn für Dramatik hast du immer noch, wie ich sehe.«

»Was soll das denn heißen?«, protestierte Leopold.

»Ich erinnere mich noch, wie du die Aufgaben, die unsere Lehrer uns gegeben haben, als Fronarbeit bezeichnet hast. Wir waren so jung, ich glaube, dir war nicht einmal ganz klar, was das Wort überhaupt bedeutet. Du hast es nur Vater mal verwenden hören.«

Ein Schmunzeln spielte über Leopolds Lippen, ohne dass er jedoch die Augen öffnete. »Und ich erinnere mich, dass du die Aufgaben immer gerne gemacht hast.«

»Ich wollte lernen«, sagte Felicitas.

»Ich wollte immer nur zeichnen.« Für einen Moment sah es so aus, als wollte Leopold noch etwas sagen, doch ein Klopfen an der Tür unterbrach ihn.

»Ja?« Seine Stimme war so leise, dass die Person auf der anderen Seite der Tür sie sicher nicht hörte.

»Ja?«, wiederholte Felicitas deshalb.

Erna steckte den Kopf herein. »Da ist ein Gabriel Kobler an der Tür. Er sagte, er kennt den Herrn Leopold und möchte seine besten Genesungswünsche ausrichten und, wenn es geht, auf einen Krankenbesuch hereinkommen.«

Gabriel Kobler. Für einen Moment glaube Felicitas, keine Luft mehr zu bekommen. Ihr Herz hämmerte plötzlich heftig in ihrer Brust. Sie musste irgendetwas sagen, irgendwie dafür sorgen, dass ihr Lügengebäude nicht im nächsten Moment in sich zusammenstürzte. Doch bevor ihr etwas einfiel, sprach Leopold bereits: »Ich kenne keinen Gabriel Kobler. Schick ihn weg.«

Nein! Felicitas öffnete den Mund, aber was sollte sie sagen? Also presste sie die Lippen aufeinander, sah nur zu, wie Erna die Tür wieder schloss.

Was sollte sie jetzt nur tun? Sie musste Gabriel irgendwie alles erklären. Mit niemandem sonst konnte sie sich so gut austauschen wie mit ihm. Allein der Gedanke, ihn als Freund zu verlieren, riss ihr schier das Herz aus der Brust.

»Geht es dir gut, Felicitas? Du bist ganz blass.«

Sie blickte auf ihren Bruder hinunter. Wurden seine Augen nicht mit jedem Moment wacher? Und er beobachtete sie scharf.

Felicitas' Gedanken rasten. Vielleicht konnte sie sich ihm anvertrauen. Wenn nun ohnehin alles aufflog, war es zumindest einen Versuch wert.

»Ich …« Sie räusperte sich. »Was würdest du sagen, wenn ich dir erzähle, dass ich in deinem Namen Briefe geschrieben habe, um mich mit gebildeten Männern auszutauschen?«

Leopold blinzelte überrascht. »Ich würde sagen, dass ich noch nie einen langweiligeren Grund für eine Lüge gehört habe.«

Mit allem hatte Felicitas gerechnet, aber nicht damit, dass ihr Bruder sich über sie lustig machte. »Bitte, wenn Vater dich fragt, ob ich all die Briefe an dich weitergeleitet habe, kannst du ihm sagen, dass du sie bekommen hast?«

Leopold zog eine Augenbraue in die Höhe. Er würde dabei nicht mitmachen, oder? Nun hatte sie sich selbst verraten.

Doch zu Felicitas' Überraschung grinste er plötzlich. »Vorerst schon, aber du schuldest mir eine Erklärung.«

Erleichtert atmete Felicitas auf.

»Ich erkläre dir gerne alles. Aber zuerst muss ich mich um etwas kümmern.« Ohne auf eine Antwort von Leopold zu warten, eilte sie Richtung Tür. Mit plötzlicher Klarheit wusste sie, was sie zu tun hatte. Sie musste ehrlich sein, Gabriel endlich die Wahrheit gestehen.

In der Tür blieb sie allerdings noch einmal kurz stehen. »Danke!« Dann huschte sie in ihr eigenes Zimmer hinüber.

Der unfertige Brief an Gabriel lag noch immer auf ihrem Schreibpult, unter anderen Papieren und ihrer Kommunionbibel begraben. Sie schnappte sich das Stück Papier, eilte damit die Treppe hinunter. Keine Zeit, ihn fertig zu schreiben. Das Wichtigste stand bereits drin.

Unten kam sie an Erna vorbei, die gerade in Richtung Küche ging. Die Magd schüttelte den Kopf. »Was für ein seltsamer junger Mann. Hat darauf bestanden, dass Leopold ihn kennen muss.«

»Seltsam«, murmelte Felicitas abwesend. Sie schob sich an Erna vorbei, zwang sich, die letzten paar Schritte bis zur Haustür nicht zu rennen.

Erst als sie auf der Straße stand und die Tür hinter ihr zufiel, rannte sie. Sie wusste, in welche Richtung Gabriel höchstwahrscheinlich gegangen war. Hoffentlich konnte sie ihn einholen. Hoffentlich hatte er sich wirklich direkt auf den Weg nach Hause gemacht.

Hinter der ersten Straßenecke erspähte sie ihn endlich. »Gabriel!« Sie achtete nicht auf die Passanten, die ihr verwirrte Blicke zuwarfen. »Gabriel!«

Nach einer gefühlten Ewigkeit drehte er sich

um. Mit gerunzelter Stirn sah er zu, wie sie langsamer wurde und sich schließlich im zügigen Gehschritt näherte. Außer Atem schnappte sie nach Luft. »Es tut mir leid.« Mehr brachte sie nicht heraus. Stattdessen hielt sie ihm einfach den Brief hin.

»Kennen wir uns?« Gleichzeitig streckte Gabriel zögerlich die Hand nach dem Brief aus. Nach einem Moment hellte sich sein Gesicht auf. »Die Sache mit dem Pfarrer!«

Daran erinnerte er sich? Glück ließ Felicitas' Herz für einen Moment höherschlagen. Sie lächelte und nickte. »Aber ich bin auch Leopold«, sagte sie, endlich wieder bei Atem.

Verwirrt runzelte Gabriel die Stirn. »Wie bitte?«

»Bitte, lies.«

Endlich senkte er den Blick auf das Papier. Felicitas beobachtete nervös, wie seine Augen über die Zeilen huschten. Seine Miene verdüsterte sich.

Er nahm es ihr übel, oder nicht?

»Ich wollte es dir schon früher schreiben«, sagte sie. »Aber dann kam Leopold nach Hause, und wir wussten nicht, ob er seine Krankheit durchstehen würde.«

Gabriel blickte von dem Brief auf, sah sie lange schweigend an. Dann blickte er wieder auf den Brief herab.

»Bitte, sag etwas.«

»Ich …« Er räusperte sich. »Ich danke dir, dass du ehrlich zu mir warst. Ich muss darüber nachdenken.«

Die Kälte in seiner Stimme schmerzte körperlich, und Felicitas konnte nicht mehr tun, als schwach zu nicken. »Es tut mir leid.«

Er nickte seinerseits. Dann wandte er sich ab und ging davon.

Felicitas blickte ihm noch lange nach. Es fühlte sich an, als hätte sie gerade etwas sehr Kostbares verloren.

Kapitel 17

Gabriel ging nicht nach Hause. In den frühen Märzwochen war es bereits warm genug, dass man sich an den Rand eines Brunnens setzen konnte, ohne dass einem dabei der Hintern abfror. Also tat er genau das. Er las den Brief wieder und wieder. Und was er las, ergab Sinn. Er hatte es nicht bewusst wahrgenommen, aber natürlich war bei dem Vortrag in Konrad Peutingers Haus keine einzige Frau anwesend gewesen. Man sprach auch nicht umsonst immer von den klugen Männern, die das humanistische Denken vorangebracht hatten.

Irgendwie war er immer davon ausgegangen, dass Frauen an derlei Dingen schlicht kein Interesse hatten. Immerhin gab es keine Regel, die ihnen die Teilnahme an den Diskursen explizit verbot. Sie konnten sich jederzeit hinsetzen und ihre Meinung niederschreiben.

Und seiner Erfahrung nach waren Frauen auch keinesfalls dumm. Alles, was er über Buchhaltung wusste, hatte seine Mutter ihm beigebracht. Sie hatte die Bücher der Druckerei noch bis ins späte Stadium ihrer fünften, sehr späten Schwangerschaft geführt. Zwei von Gabriels jüngeren Geschwistern hatten zuvor schon ihre Geburt nicht überlebt. Das dritte hatte seine Mutter mit sich genommen.

Bisher war Gabriel nicht auf die Idee gekommen, dass man vielleicht deshalb so wenige weibliche Stimmen im Diskurs hörte, weil sie nicht ernst genommen wurden. Weil sie vielleicht nicht einmal einen Drucker fanden, der bereit war, ihre Schriften zu verbreiten.

Was Gabriel verletzte, war, dass Leo … nein, Felicitas *ihm* nicht vertraut hatte. Er sah sie vor sich, wie sie die Aufmerksamkeit des Pfarrers mit klugen Worten auf sich gelenkt hatte, um ihn vor zusätzlichem Ärger zu bewahren. Er hatte sich bei ihr bedankt damals. Er hatte doch mit keinem Wort verlauten lassen, dass er sie nicht respektiere, ihr Geschick mit Worten nicht zu schätzen wisse.

Er war nicht wie diese anderen Männer, die sie nicht ernst nahmen. Hätte sie ihm direkt unter ihrem echten Namen geschrieben, hätte er sie genauso ernst genommen wie als Leopold.

Auch von Konrad Peutinger konnte er sich kaum vorstellen, dass dieser sie mit irgendetwas anderem als Respekt behandelt hätte.

Stattdessen lief sie jetzt Gefahr, in ein schlechtes Licht gerückt zu werden, wenn sich weiter herumsprach, dass Leopold mit Syphilis nach Hause gekommen war.

Eine Gruppe schwatzender Frauen mit Krügen näherte sich dem Brunnen, und Gabriel stand auf, um ihnen Platz zu machen. Noch immer tief in Gedanken versunken, schlenderte er die Straße entlang. Erst als er vor dem Haus von Konrad Peutinger stand, bemerkte er, welchen Weg er unbewusst eingeschlagen hatte.

Doch seine Füße hatten ihn in genau die richtige Richtung gelenkt, musste er sich eingestehen. Er brauchte Rat, und es gab kaum jemanden, der besser geeignet war, welchen zu geben.

Bevor er es sich anders überlegen konnte, betätigte er den Klopfer an dem großen Tor.

Konrad Peutingers Bibliothek strahlte eine Ruhe aus, die Gabriel sonst kaum irgendwo fand. Es war, als würde in all den Büchern das Wissen wortwörtlich ruhen. In einen tiefen Schlummer versunken, bis jemand einen der Bände aus dem Regal zog, um daraus zu lesen.

Er hatte sich bemüht, seine Geschichte zu erzählen, ohne Namen zu nennen. Doch Peutinger sah ihn nun mit scharfem Blick an. »Es geht um Leopold Schäffler, nicht wahr?«

Was sollte Gabriel da antworten? Er nickte.

»Nun, das erklärt, warum du und der gute

Bernhard so unterschiedliche Eindrücke von ihm hattet.«

»Ich schätze schon«, sagte Gabriel. »Aber das ist nicht die Frage, die mir gerade auf dem Herzen liegt.«

»Natürlich.« Peutinger lächelte. »Ihr ist es also wirklich gelungen, dich zu täuschen?« Er wirkte neugierig. »Du hast zu keiner Zeit vermutet, nicht mit einem Mann in Kontakt zu stehen?«

Gabriel schüttelte den Kopf, runzelte aber gleichzeitig die Stirn. »Wie hätte ich das vermuten können? Wir haben einander Briefe geschrieben.«

»Ich möchte damit nur sagen, es gibt gottgegebene Unterschiede zwischen Mann und Frau ... Dass sie sich so gut in das männliche Denken hineinversetzen kann, finde ich erstaunlich.«

Gabriel gab einen Laut von sich, der alles bedeuten konnte. Waren das die Bemerkungen, mit denen Felicitas sich hatte herumschlagen müssen? Mit einem Mal verstand er ihre Vorsicht ein bisschen besser.

»Aber die Täuschung«, fuhr Konrad Peutinger fort, »das ist etwas sehr Weibliches. Mit Direktheit tun sich Frauen schwer. Deshalb solltest du es ihr vielleicht nicht allzu übel nehmen. Sie wusste es wahrscheinlich einfach nicht besser.«

»Hm ...« Irgendetwas in Gabriel sträubte sich

gegen diese Argumentation. Als Leopold hatte er Felicitas stets als recht direkt wahrgenommen. Sie sagte, was sie dachte. Und auch der Brief, in dem sie ihm gestand, eine Frau zu sein, redete nicht lange um den heißen Brei herum.

»Es tut mir allerdings leid«, fuhr Peutinger fort, »dass ich dich an sie verwiesen habe. Ich dachte, ich könnte dir zu einem Freund verhelfen, mit dem ein guter philosophischer Austausch möglich ist.«

Aber genau das war Felicitas ja für ihn gewesen. Sie hatten sich so gut verstanden, wie Gabriel es noch nie zuvor mit jemandem erlebt hatte. Nur dass sie halt eine wichtige Information über sich selbst zurückgehalten hatte. Weil sie ihm nicht vertraut hatte.

»Danke«, sagte Gabriel. »Das war durchaus möglich. Ich muss sagen, meine Gefühle sind verletzt, aber das ändert nichts daran, dass sie sehr kluge Texte schreibt und äußerst gut mit Worten umgehen kann.«

Peutinger blinzelte überrascht, dann lächelte er wieder. »Nun, wie gesagt, ein wenig Hinterlist wird man von Frauen immer erwarten müssen. Aber wenn du sie für eine gute Gesprächspartnerin hältst, warum ihr nicht vergeben, solange du noch keinen Burschen in deinem Alter für einen Austausch gefunden hast?«

Bei der Implikation, Felicitas sei einem dahergelaufenen Mann natürlich immer unterlegen, sträubte sich alles in Gabriel. Er konnte sich nicht helfen, er hatte sich von dem Gespräch mit Peutinger etwas Besseres erhofft. »Danke«, sagte er, »für den Rat.« Bevor Peutinger noch etwas sagen konnte, stand er auf. »Ich möchte Eure Zeit nun nicht weiter in Anspruch nehmen.«

Peutinger lächelte gütig. »Ich helfe immer gern, soweit es in meinen Möglichkeiten liegt. Lass mich dich noch zur Tür hinausbegleiten.«

Auf dem Heimweg holte Gabriel noch einmal Felicitas' Brief hervor. Er las: *Bitte verstehe meine Entscheidung, Dich als Leopold anzuschreiben, nicht als Beleidigung. Sie hat sehr wenig mit Dir zu tun und sehr viel mit den Gelehrten, mit denen ich zuvor als Felicitas versucht habe, in einen Dialog zu treten.*

Das verstand er nun sehr gut. Aber warum nur hatte sie geglaubt, er würde genauso sein?

Kapitel 19

Erst jetzt, da sie nicht wusste, ob sie Gabriel je wieder einen Brief würde schreiben können, fiel Felicitas auf, wie viel Zeit sie jeden Tag damit verbracht hatte, über den nächsten Brief nachzudenken.

Zu gern hätte sie ihm zum Beispiel von Leopold erzählt.

Dieser lachte herzlich, nachdem sie ihm alles gebeichtet hatte, was sie in seinem Namen getan hatte. Das Lachen ging in ein Husten über, und sie musste ihm einen Becher Wasser reichen, bevor er sich wieder beruhigen konnte.

Über den Becher hinweg grinste er sie an. »Warum denkst du, dass ich es dir übel nehme, mich klüger wirken zu lassen, als ich selbst je sein könnte?« Seine Stimme klang noch immer etwas belegt. Er trank einen weiteren Schluck. »Du hast wirklich in meinem Namen gelehrte Gespräche über Theologie und Politik geführt?«

Felicitas nickte, noch immer nicht sicher, was sie von seiner Reaktion halten sollte. »Ich kann dir die Briefe zeigen, wenn du möchtest.« Der Gedanke widerstrebte ihr zwar, aber da sie sie in seinem Namen geschrieben hatte, hatte Leopold wohl ein Recht darauf.

Ihr Bruder winkte jedoch ab. »Ich würde mich wahrscheinlich zu Tode langweilen, und dem bin ich gerade erst von der Schippe gesprungen.«

»Du bist wirklich nicht im Geringsten böse?«

Noch immer grinsend schüttelte Leopold den Kopf. »Du hast mich wahrscheinlich besser dastehen lassen, als ich selbst das meistens tue.«

»Stellst du dein Licht da nicht etwas zu sehr unter den Scheffel?« Zum einen war Felicitas erleichtert, dass Leopold die Nachricht so gelassen aufnahm, zum anderen tat es ihr leid, dass er so gering über sich selbst dachte.

Das Grinsen auf Leopolds Gesicht verging, und er lachte bitter. »Du hättest hören müssen, mit welchen Vorwürfen Vater mich nach Padua geprügelt hat, damit ich ›endlich Vernunft annehme‹, wie er das nennt.«

Felicitas hatte mitbekommen, dass Leopold nicht allzu begeistert davon gewesen war, zum Studium nach Padua zu gehen, aber der Konflikt hatte sich hinter verschlossenen Türen abgespielt.

»Das tut mir leid«, sagte sie. Warum konnten sie nicht einfach tauschen? Leopold blieb hier, und sie ging nach Padua? Allein die Bücher, die es dort geben musste, wären einen Aufenthalt wert. Und wie viel besser sie Latein lernen könnte, wenn sie nur die Gelegenheit hätte, mit Gelehrten aus aller Welt zu sprechen.

Ihr Bruder winkte ab. »Lass uns über etwas Erfreulicheres reden.« Er setzte sich in den Kissen, die ihn stützten, etwas gerader auf. Seine Augen funkelten. »Wer ist dieser Gabriel Kobler, dem du so eilig nachgerannt bist?«

Felicitas war sich fast sicher, dass sie nicht errötete. Sie nahm die Schultern zurück und begegnete Leopolds amüsiertem Blick. »Er ist der Sohn eines Druckers, und ich führe seit Monaten sehr interessante Gespräche mit ihm.«

»Soso.« Leopold schmunzelte.

Felicitas schnaubte. »Es ist nicht so, wie du es gerade klingen lässt. Ich habe ihm immerhin unter deinem Namen geschrieben.«

»Soso«, machte Leopold wieder, und diesmal war Felicitas sicher, dass er es nur tat, um sie zu ärgern.

»Du bist kindisch.«

Er hob die Schultern, sank wieder in seine Kissen zurück. »Ich bin gerade dem Tod entronnen. Lass mich kindisch sein.«

Felicitas seufzte. Sie konnte ihm nicht lange böse sein. Er hatte sie immerhin gerade vor großem Ärger bewahrt.

»Also«, sagte sie vorsichtig, »wenn Vater dich nach den Briefen fragen …«

»Dann sage ich, ich habe dich gebeten, sie an mich weiterzuleiten. Aber wenn er irgendetwas über die klugen Dinge wissen will, über die ich angeblich mit diesen Leuten gesprochen habe, musst du mir helfen.«

Dankbarkeit erfüllte Felicitas. Sie lächelte. »Das bekommen wir schon hin.«

In nächster Zeit allerdings ließen weitere Briefe auf sich warten. Sicher, Felicitas war nicht zum Schreiben gekommen, während sie Leopold gepflegt hatte, aber es standen noch von einigen Kontakten Antworten aus. Von Daniel Habermann zum Beispiel hatte sie länger nichts mehr gehört. Hoffentlich ging es ihm gut.

Der Brief, der schließlich von ihm kam, war ungewohnt kurz. Felicitas zog sich in ihr Zimmer zurück, um ihn zu lesen.

Leopold oder wie auch immer Du heißen magst,

ich bin Dir zu Dank verpflichtet, dass Du mich vor Kurzem an Konrad Peutinger empfohlen hast. Allerdings habe ich von ihm Schockierendes erfahren. Aus jeder anderen Quelle würde ich diese Nachricht anzweifeln, aber ich kann mir nicht vorstellen, dass ein gelehrter Mann wie Peutinger Lügen verbreiten würde.

Er sagte mir, Du seist nicht derjenige, für den Du dich ausgibst, und Dein wahrer Name sei Felicitas. Ich kann diese hinterhältige Täuschung nicht gutheißen. Ich fühle mich benutzt, weil Du mich dazu gebracht hast, Gedanken mit Dir zu teilen, die mit einem jungen Mädchen zu teilen ich unangebracht finde. Du hast mich ohne mein Wissen zu einem Beschmutzer Deines vormals unschuldigen Geistes gemacht. Dadurch, dass Du niemals vollständig die Tragweite all dessen verstehen kannst, über das wir geredet haben, fürchte ich, ich habe Dich auf einen gefährlichen Pfad geleitet.

Niemals kann ich diesen Fehler wiedergutmachen. Ich beschwöre Dich hiermit, Dich nicht weiter mit all diesen Themen zu beschäftigen. Bitte besinne Dich auf das, was Thomas von Aquin schon als die Tugenden der Frau zu benennen wusste: das Gebären und den Haushalt.

Du wirst nicht wieder von mir hören.

Daniel Habermann

Felicitas ließ den Brief langsam sinken. Für einen Moment starrte sie nur auf einen Punkt über ihrem Schreibpult, ohne wirklich irgendetwas zu sehen.

Konrad Peutinger hatte sie verraten. Das erklärte auch, warum in letzter Zeit so wenige Briefe gekommen waren. Er war mit vielen der Leute bekannt, mit denen Felicitas ebenfalls im Austausch stand.

Und er konnte die Wahrheit über sie nur aus einer Quelle erfahren haben: Gabriel.

Das war der Teil, der am meisten schmerzte. Nicht Daniel Habermanns Ablehnung, nicht Peutingers Verrat, sondern der von Gabriel. Ihm hatte sie vertraut.

Plötzliche Wut stieg in ihr auf. Sie ging zu ihrem Schreibpult hinüber, zog ein Stück Papier hervor, schraubte das Tintenfass auf.

Bist du zufrieden mit dem, was du angerichtet hast?

Felicitas

Erst beim letzten S flossen die Tränen. Eine davon tropfte auf das Papier. Eilig tupfte Felicitas sie mit dem Ärmel fort. Zusammen mit Daniel Habermanns Brief faltete sie ihre kurze Nachricht, versiegelte beides und schrieb Gabriels Namen darauf.

Und sie hatte gedacht, sie könne ihm vertrauen.

Kapitel 20

Der Brief fiel Gabriel aus den Händen und landete im Matsch des Hofes der Druckerei. Es war nur ein Satz, aber die Anklage, die darin mitschwang, erschütterte ihn. Gleichzeitig fühlte er sich seinerseits verraten. Er hatte sich Konrad Peutinger anvertraut, weil er sich nicht anders zu helfen gewusst hatte. Er hatte nicht erwartet, dass dieser Felicitas' Geheimnis der ganzen Welt mitteilte.

Vielleicht hatte Felicitas recht damit gehabt, vorsichtig zu sein. Und er hatte sich angemaßt, es besser zu wissen, und sich davon auch noch persönlich beleidigt gefühlt.

»Ach, was bin ich dumm …«

»Gabriel!«

Er zuckte zusammen, klaubte eilig den Brief wieder aus dem Matsch und wischte ihn an seiner Hose ab.

»Wo steckst du, Faulpelz?« Die Stimme seines Vaters schallte über den Hof. »Du wirst an der Druckerpresse gebraucht!«

»Ich bin gleich da!«

Der Brief zerknüllte unter seinen Fingern, als

Gabriel ihn einfach schnell in seine Tasche stopfte. Wenn sein Vater ihm nur einen Moment Luft ließe, dann könnte er vielleicht sogar über eine Lösung für dieses Problem nachdenken.

»Gabriel!«

Seufzend ging er hinein.

Nach Feierabend fand Gabriel seine Schwester lesend in der guten Stube. Sie saß vor dem Kamin, auch wenn darin kein Feuer brannte. Dafür war es inzwischen zu warm.

Der Vater war noch in einer Wirtschaft mit einigen Freunden, also bestand keine Gefahr, dass er in ein Gespräch hineinplatzte. Dennoch zögerte Gabriel. Konnte er Birgit vertrauen oder würde sie genauso alles weitertratschen, was er ihr erzählte?

Besser, er sagte ihr so wenig wie möglich.

Birgit senkte das Buch und blickte ihn über die Seiten hinweg an. »Kann ich etwas für dich tun?«

Endlich gab Gabriel sich einen Ruck. Er trat in den Raum hinein, zog sich seinerseits einen Stuhl vor den Kamin. »Wenn ich mich einer Frau gegenüber dumm verhalten habe und mich entschuldigen möchte …«, begann er.

Birgit lachte, klappte dabei das Buch zu. »Es geht doch nicht etwa um die, die dir Briefe schreibt?«

»Ist es wichtig, um wen es geht?« Gabriel merkte, wie brüsk er klang, kaum dass die Worte seinen Mund verlassen hatten. Aber genauso harmlos hatte Peutinger auch gefragt.

Birgit wirkte immer noch lediglich amüsiert. »Ich schätze nicht …«

»Also?«, hakte Gabriel nach.

»Also, wenn du mich fragst, wie du mit einer Frau umgehen sollst, weil ich auch eine Frau bin, dann muss ich dich enttäuschen. Wir denken nicht alle gleich.« Sie hob die Schultern. »Aber ich würde dir empfehlen, zu ihr zu gehen und zu sagen: ›Es tut mir leid, dass ich ein Dummkopf war, kann ich das irgendwie wiedergutmachen?‹«

»Darauf hätte ich auch selbst kommen können.« Birgits Amüsement über seine Situation zehrte langsam ein wenig an seinen Nerven.

»Hättest du.« Birgit nickte. »Bist du aber nicht.«

Großartig, nun machte sie sich auch noch über ihn lustig.

Im nächsten Moment jedoch wurde ihre Miene weicher. »Ich wünsche dir viel Erfolg.«

Abrupt verrauchte Gabriels Ärger. »Danke.«

Langsam stand er wieder auf. Hoffentlich war Felicitas überhaupt bereit, ihm zuzuhören.

Kapitel 21

Wenn Markus hinter dem Haus spielte, war das Auswaschen der Bettlaken gar nicht mehr so langweilig. Immer wieder kam er zu dem Waschtrog, in dem Felicitas den Stoff walkte.

»Wir haben über den Ketzerkönig Großnase gesiegt!«

Felicitas gab sich beeindruckt. »König Leopold wird stolz auf dich sein.«

Markus nickte, als wäre das eine Selbstverständlichkeit. »Wir brauchen noch ein Spottlied, um unseren Sieg zu feiern.«

Felicitas erinnerte sich an ihre neue Rolle als königlicher Narr. Sie lächelte. »Über König Großnases große Nase vielleicht?«

»Nein.« Markus schüttelte heftig den Kopf. »König Großnase hat gar keine Nase mehr. Die hat er in einer Schlacht verloren.«

Das klang nach etwas, das Leopold sich ausgedacht hatte. Sein Humor war unverkennbar etwas derb, aber nicht ganz ohne Verstand.

Kurz überlegte Felicitas, legte sich im Kopf ein paar Reime zurecht. Dank der Texte, die sie Gabriel geschickt hatte, hatte sie Übung. »Wie wäre es denn damit?« Zur Melodie eines Kinderlieds begann sie zu singen: »König Großnase, der hätte gern eine große Nase. Stattdessen läuft er wie ein Hase, über das Schlachtfeld davon.«

Markus kicherte. »Er ist wirklich weggerannt. Aber dann hat ihn ein Pfeil in seine Wade getroffen, und er ist von seinen Burgmauern gefallen.«

Sofort wob Felicitas diese Details in ihr Lied. »Auf der Flucht der Majestät ist es doch schon längst zu spät, dem Pfeil noch zu entkommen.«

Markus klatschte und hüpfte, und Felicitas' Herz machte einen glücklichen Sprung. Ihr kleiner Bruder war kein allzu anspruchsvolles Publikum, aber immerhin wusste er ihr Talent im Umgang mit Worten zu schätzen, egal, ob sie eine Frau war oder nicht. »König Großnase schreit und weint und fällt über die Brüstung. Mit seiner Nase wieder vereint, hält er Einzug in des Teufels Festung.«

Markus grinste. »Meinst du, seine Nase hat in der Hölle schon auf ihn gewartet?«

»Oh ja«, bekräftigte Felicitas. »Wie ein treuer kleiner Hund.«

Diese Vorstellung schickte ihren kleinen Bruder in einen Lachanfall, der ihn aus dem Gleichgewicht brachte. Neben dem Waschzuber landete er auf seinem Hosenboden. Nun lachte auch Felicitas mit. »Ich freue mich, dass meine Künste dich erheitern, Feldherr.«

Markus rappelte sich wieder auf. »Du musst das später Leopold vorsingen.«

»Ich weiß nicht, ob ihn das genauso erheitert wie dich, aber das mache ich gerne.«

»Ja, aber jetzt müssen wir erst mal noch feiern und brandschatzen.« Damit rannte Markus davon und verschwand hinter der Hausecke Richtung Straße.

Felicitas schaute ihm nach. Hoffentlich stellte er nichts an. Aber sie hatte nicht den Auftrag bekommen, auf ihren kleinen Bruder aufzupassen, sondern nur, das Laken auszuwaschen. Darum konnten sich also Erna oder ihre Mutter kümmern.

Überraschenderweise bog Markus nach kurzer Zeit wieder mit hoher Geschwindigkeit um die Ecke auf den Hof. Vor dem Waschtrog kam er schlitternd zum Stehen. Verschwörerisch beugte er sich zu Felicitas vor. »Da ist ein Gabriel Korber oder so, der sagt, er muss dich dringend sprechen.«

Felicitas' Herz machte einen verräterisch freudigen Satz, bevor sie sich daran erinnerte, was Gabriel getan hatte.

Kurz erwog sie, Markus zu sagen, er sollte Gabriel einfach wegschicken. Aber je mehr Markus von alldem mitbekam, desto eher würde er ihren Eltern davon erzählen.

»Ach«, sagte sie deshalb. »Es geht sicher um das Buch, das ich für Vater machen lassen möchte.« Sie beugte sich zu Markus vor, versuchte fröhlich zu klingen, obwohl ihr überhaupt nicht danach war. »Sag ihm nichts davon, es wird eine Überraschung.«

Ihr kleiner Bruder hob die Hand wie zu einem Schwur. »Meine Lippen sind versiegelt.«

»Ich verlasse mich auf Euch, Feldherr.« Felicitas wischte sich die Hände an der Schürze ab und machte sich auf den Weg, Gabriel entgegenzutreten.

Er stand an der Hausecke, an dem Eingang des schmalen Gangs, der zum Hinterhof führte. Er hatte die Hände in die Taschen geschoben und trat von einem Fuß auf den anderen, als wisse er nicht genau, ob er hier wirklich richtig am Platz war.

Nun, wenn das nach Felicitas ging, war er das nicht.

Unwillkürlich ballten sich ihre Hände zu Fäusten, während sie sich näherte.

Dicht vor ihm blieb sie stehen.

»Wie kannst du es wagen, dich hier noch einmal blicken zu lassen?« Sie wagte es nicht, die Stimme zu erheben, sonst hörte womöglich Markus sie, aber die Worte zischten vor unterdrückter Wut.

Gabriel sah sie richtiggehend erschrocken an. Beschwichtigend hob er die Hände. »Ich bin gekommen, um mich zu entschuldigen.«

»Ich habe dir Dinge anvertraut, die ich niemandem sonst sagen würde, und das Erste, was du tust, ist, sie an Konrad Peutinger weiterzutratschen!« Mit einem Mal musste Felicitas gegen die Tränen kämpfen. Sie schluckte sie hinunter, konzentrierte sich ganz auf ihre Wut. Er sollte sie nicht auch noch weinen sehen.

Betroffen senkte Gabriel den Blick. Doch dann hob er ihn wieder, und in seinen Augen stand Schuldbewusstsein. »Felicitas, es tut mir wirklich schrecklich leid. Ich habe bei Peutinger Rat gesucht, weil ich mir nicht zu helfen wusste und ihn für einen weisen Mann gehalten habe. Ich habe bewusst deinen Namen nicht genannt, aber er hat erraten, um wen es geht.«

Konnte das wahr sein? Felicitas spürte, wie ihre Wut ein wenig verrauchte. Log Gabriel oder nicht?

»Bitte.« Gabriel flehte nun beinahe. »Ich erwarte nicht, dass du mir verzeihst, aber bitte verurteile mich nur wegen der Dinge, die ich tatsächlich getan habe. Ich war ein Dummkopf, aber ich wollte dir nicht bewusst schaden.«

Er klang so aufrichtig, dass ein weiterer Teil von Felicitas' Wut dahinschmolz. »Was hat Konrad Peutinger dir geraten?« Sie wusste nicht, warum sie fragte. Eigentlich machte es keinen Unterschied.

»Dir nicht böse zu sein wegen der Täuschung.«

Die Antwort kam so überraschend, dass Felicitas blinzelte. »Das zu glauben, fällt mir schwer.«

»Nun ja …« Gabriel zerwuschelte sich mit der Hand die Locken und blickte verlegen zu Boden. »Er hat auch gesagt, dass – und ich betone, das ist nicht meine Meinung – Hinterlist nun mal eine Eigenschaft des weiblichen Geschlechts sei und du deshalb wahrscheinlich nicht anders gekonnt hättest.«

Sofort war die Wut zurück. »Dieser …«, begann Felicitas.

Wieder hob Gabriel die Hände. »Ich stimme ihm nicht zu«, sagte er schnell. »Ich denke, du bist sehr klug, und ich verstehe jetzt, wogegen du versuchst hast, dich selbst zu schützen. Ich …« Er seufzte. »Ich war eine Weile verletzt, weil du speziell mir nicht vertraut hast, aber ich sehe jetzt, dass du nicht wissen konntest, dass ich dich als Frau genauso ernst nehmen würde wie als Mann. Ich dachte, vertrauenswürdige Männer seien einfach zu erkennen, aber ich selbst habe mich ja auch in Konrad Peutinger schwer getäuscht.«

Dass Gabriel, um sie zu verstehen, erst selbst die Enttäuschung hatte erleben müssen, die sie schon so gut kannte, ärgerte Felicitas ein wenig. Warum hatte er ihr nicht einfach glauben können? Aber gleichzeitig gab er ja zu, dass er dumm gehandelt hatte. Und er entschuldigte sich dafür.

»Du hast sehr viel für mich zerstört«, sagte sie leise.

Gabriel ließ den Kopf hängen. »Es tut mir leid. Falls ich es irgendwie wiedergutmachen kann, sag mir bitte, wie.«

Felicitas seufzte, kam endlich zu einem Entschluss. »Es lässt sich nicht mehr ungeschehen machen.« Sie holte tief Luft. »Aber ich habe nicht mehr so viele Menschen, mit denen ich meine Ideen diskutieren kann. Du könntest zur Wiedergutmachung für Debatten zur Verfügung stehen.«

Gabriel lächelte verhalten. »Ich habe mich noch nie so schuldig und glücklich zugleich gefühlt.« Er deutete eine Verbeugung an. »Ich bin dir sehr gerne bei Diskussionen zu Diensten.«

Nun musste auch Felicitas lächeln. »Wag es aber nicht, dich zurückzuhalten, wenn du deine Meinung zu meinen Texten sagst.«

»Ich werde sie so kritisch wie möglich beurteilen, mein Ehrenwort.« Gabriel hob die Hand wie zu einem Schwur.

Misstrauisch beäugte Felicitas ihn. »Machst du dich über mich lustig?«

Sofort ließ Gabriel die Hand wieder sinken. »Ich meine es sehr ernst. Leopold …« Er stockte. »Du warst mir ein sehr guter Freund in den letzten Monaten. Ich möchte das nicht verlieren.«

Wärme strömte in Felicitas' Herz. »Ja«, sagte sie. »So geht es mir auch.«

Das Lächeln auf Gabriels Gesicht drückte pure Freude aus. Noch nie hatte sie einen Mann so jungenhaft glücklich gesehen. Aber seit ihrer Kindheit hatte sie auch kein männliches Wesen mehr als Freund bezeichnet. Es tat gut, diese Art von Verhältnis zueinander zu haben, ganz ohne dass es dabei um Brautwerbung irgendeiner Art ging.

Wobei, genau genommen hätte sie nichts dagegen, umworben zu werden. Aber sobald ein Mann sie als jemanden sah, den man heiraten und der Kinder bekommen konnte, schienen sie nicht mehr auf derselben Stufe zu stehen.

Gabriel behandelte sie gleichberechtigt. Das tat gut.

»Sag«, begann er nun vorsichtig. »Was hast du für den Rest des Tages vor? Ich habe da eine Idee, die ich schon länger mit dir besprechen wollte.«

Das klang vielversprechend. Am liebsten wäre

Felicitas direkt mit ihm aufgebrochen. Stattdessen sagte sie: »Gib mir eine Stunde.«

Er lächelte wieder. »Dann bin ich in einer Stunde wieder hier.«

Kapitel 22

Es war seltsam, neben Felicitas durch die Straßen Augsburgs zu schlendern und zu wissen, dass sie Leopold war, den er schon so lange hatte treffen wollen.

Er hatte sich ihr Treffen anders vorgestellt. Er hatte angenommen, sie könnten zusammen irgendwo auf ein Bier oder zwei einkehren. Doch wenn er das mit Felicitas tat, würde es ein schlechtes Licht auf sie werfen.

Er hatte noch nie darüber nachgedacht, wie viele Dinge Frauen nicht tun konnten. Irgendwie war er immer davon ausgegangen, dass sie Derartiges ohnehin nicht tun wollten. Aber mit Felicitas bei einem Bier zu philosophieren, das konnte er sich vorstellen.

»Was ist nun mit deiner Idee?« Felicitas warf ihm ungeduldige Blicke zu.

»Ich sollte dir irgendwo davon erzählen, wo nicht so viele Leute mithören können.« Gabriel lächelte entschuldigend. »Aber ich weiß gerade nicht, wo wir hingehen können, ohne dass du in Verruf gerätst.«

Felicitas' Lächeln war etwas Besonderes. Sie

zog dabei einen Mundwinkel etwas weiter nach oben als den anderen, was ihr etwas Verschmitztes gab. »Ich bin gerührt, dass du dir um meine Ehre Sorgen machst.«

Machte sie sich über seine Besorgnis lustig? »Ich habe dir schon genug Schwierigkeiten bereitet.«

Felicitas seufzte. »Du hast recht, aber es stört mich, dass es doch immer noch einen Unterschied macht, dass ich eine Frau bin.«

Gabriel nickte. Dann fiel ihm etwas ein. »Komm, wir gehen einfach in die nächstbeste Kirche und setzen uns dort in die hinteren Reihen. Das wird deine Ehre bestimmt nicht beschmutzen.«

Felicitas' Lachen war ein amüsiertes Glucksen. »Ich wollte schon immer mal Dinge, die manch einer für Häresie hält, in einer Kirche besprechen.«

Gabriel grinste. »Wusste ich's doch. Komm, es ist nicht weit.«

Allein das aufgeregte Grinsen auf Felicitas' Gesicht, als sie sich in die hinteren Reihen der Barfüßerkirche schoben, war die Unternehmung schon wert, fand Gabriel. Er ließ ihr den Vortritt, und sie rutschte über das Holz der Bank, bis sie so hinter einer Säule saß, dass man sie vom Altar aus nicht sehen konnte.

Ein Pfarrer war gerade ohnehin nirgendwo zu entdecken, aber der Gedanke war sicher nicht verkehrt. Gabriel ließ sich neben ihr nieder.

»Also …« Ihre Augen leuchteten ob des Abenteuers. »Was war deine Idee?«

Gabriel beugte sich vor. »Ich will deine Texte drucken.«

Für einen Moment starrte sie ihn einfach nur an, dann beugte sie sich ihm ebenfalls entgegen, um ihre Stimme zu einem aufgeregten Flüstern zu senken. »Ist das dein Ernst? Ich dachte, dein Vater würde eher seine Druckerei zugrunde richten, als reformatorische Texte zu drucken.«

Gabriel nickte. »Daran hat sich auch nichts geändert. Deshalb möchte ich sie heimlich drucken.«

Felicitas beäugte ihn skeptisch, und er dachte schon, sie würde ablehnen.

»Wie?«

Oh, wie hatte er nur denken können, sie sei für ein solches Abenteuer nicht zu haben. »Nachts. Es braucht zwei Leute, um die Druckerpresse zu bedienen, und es ist harte Arbeit. Aber wir könnten es schaffen.«

Felicitas blickte ihn zweifelnd an. »Ich habe noch nie eine Druckerpresse bedient.«

»Es ist nicht schwer. Wir drehen gemeinsam

eine schwere Kurbel, bis ich ›Halt‹ sage. Dann drehen wir sie in die andere Richtung. Fertig.«

Langsam nickte Felicitas. »Das klingt wirklich nicht schwer.«

Vorfreude erfasste Gabriel. Sie würde sich wirklich überzeugen lassen, nicht wahr? »Also, bist du dabei?«

Noch ein kurzes Zögern, dann fielen alle Zweifel von Felicitas ab. »Natürlich bin ich dabei!«

Kapitel 23

Als Felicitas an diesem Abend nach Hause kam, setzte sie sich direkt an ihr Schreibpult. Eigentlich war es schon zu spät, und sie sollte schlafen, doch im Schein dreier Kerzen kratzte stattdessen ihre Feder über das Papier.

Frau
(sitzt umgeben von Büchern und Papier an einem Schreibpult und schreibt)

Alter Gelehrter
(kommt heran)
Eine gelehrte Frau? Oh weh, meine Augen müssen mich trügen!

Frau
(hebt eine Hand, um um Ruhe zu bitten, und schreibt dabei weiter)

Alter Gelehrter
Wer hat es gewagt, ihr armes, unschuldiges Gemüt so mit Wissen zu beschmutzen! Niemals wird sie nun den Weg ins Himmelreich finden.

Frau
(nimmt die Bibel auf, für das Publikum gut als solche erkennbar, und liest darin, macht sich Notizen)

Alter Gelehrter
Was wäre nur, wenn sie irgendeinen Sachverhalt besser versteht als ich. Ich würde niemals wieder meines Lebens froh werden!
(jammert und wehklagt)

Frau
(schaut verärgert zu dem wehklagenden Mann)

Alter Gelehrter
Oh weh, ich fühle bereits meine Lenden verschrumpeln, allein ob ihres Anblicks!

Frau
Guter Herr, vielleicht könnt Ihr irgendwo anders Eures Lebens nicht mehr froh werden? Ich hätte für meine Studien gern etwas mehr Ruhe.

Kritisch begutachtete Felicitas, was sie gerade geschrieben hatte. Es war, als wären damit all die Wut und der Frust, die sie in letzter Zeit verspürt hatte, aus ihr herausgeflossen. Aber wem sollte sie es je zeigen? Vielleicht verstand Gabriel es. Andere Leute dagegen? Da hatte sie wenig Hoffnung. Ob es dort draußen wohl irgendwo noch andere Frauen gab wie sie? Aber wenn ja, wie sollte sie sie je finden?

Sorgfältig faltete Felicitas das Papier und schob es zwischen die Seiten ihrer Kommunionbibel. Selbst wenn es nie jemand sah, sie fühlte sich befreit, nun, da sie die Worte zu Papier gebracht hatte.

Felicitas gähnte. Zeit, sich zur Ruhe zu begeben. Sie hatte sich in zwei Tagen mit Gabriel verabredet und würde dann die gesamte Nacht hindurch schuften. Bis dahin zumindest wäre es besser, wenn sie genug Schlaf bekam.

Kapitel 24

Gabriel lauschte mit angehaltenem Atem in die Diele seines Elternhauses hinaus. Es war ein kleines Gebäude, das sich dicht neben der Druckerei duckte. Direkt neben dem Zimmer, das er sich mit Michael teilte, lag das von Birgit. Aus dieser Richtung hörte er keinen Mucks. Sein Vater schlief am Ende des Ganges, und sein Schnarchen hallte durch das ganze Haus. Von dort drohte also auch keine Gefahr.

Gabriel warf noch einen Blick zurück zur Gestalt seines kleinen Bruders unter seiner Decke. Im Halbdunkel war nur der wuschelige Haarschopf zu erahnen.

Jetzt oder nie.

Vorsichtig drückte Gabriel die Tür auf und schob sich in den Gang. So leise wie möglich schloss er die Tür wieder hinter sich.

Jemand neben ihm schnappte nach Luft. Gabriels Kopf ruckte hoch, und im nächsten Moment sah er sich Auge in Auge mit seiner Schwester.

Er konnte ihre Miene nicht erkennen, sah nur ihre Umrisse gegen das etwas hellere Rechteck des Fensters neben der Haustür. Auch sie hatte noch die Hand an der Klinke ihrer Tür.

Am Ende war sie diejenige, die sich als Erste von dem Schreck erholte.

»Nun«, sagte sie, »da wir beide nachts durch das Haus schleichen, wie wäre es, wenn wir Stillschweigen darüber wahrten?«

Gabriel musste zugeben, in Sachen Schwestern hätte er es schlimmer treffen können. »Eine ausgezeichnete Idee.«

Für einen Moment schwiegen sie, standen einfach nur da. Schließlich deutete Gabriel an Birgit vorbei zur Tür. »Ich muss dorthin.«

Im Halbdunkel glaubte er sie nicken zu sehen. Sie wandte sich um, öffnete so leise die Tür, dass er sich fragte, ob sie Übung darin hatte. »Vorsicht, die Diele direkt vor der Schwelle knarrt. Mach einen großen Schritt drüber.«

»Du machst das nicht zum ersten Mal, hm?«

»Wenn du mich verrätst, verrate ich dich auch.«

»Keine Sorge.« Gabriel schlüpfte hinter Birgit nach draußen, machte dabei einen großen Schritt über das knarrende Dielenbrett. Birgit zog die Tür hinter ihnen zu.

Für einen Moment standen sie einander wieder nur gegenüber. Das Haus grenzte an die entlegenste Ecke des Hofes der Druckerei.

Gabriel blickte sich um. Der Mond tauchte

den Karren, der hier parkte, in fahles Licht. Nirgendwo bewegte sich etwas. Doch falls Birgit gleich nach vorn hinausging und Felicitas schon wie bestellt dort vor dem Tor wartete, würden sie einander begegnen. Das musste trotz allem nicht sein.

»Ein Liebhaber?«, fragte Gabriel, um ein bisschen Zeit dafür zu gewinnen, sich eine gute Lösung für das Problem auszudenken.

»So in der Richtung«, erwiderte Birgit ausweichend.

Nun, es ging ihn wohl nichts an. Dennoch regte sich Sorge um seine kleine Schwester. »Ich hoffe, falls er dich schwängert, wird er …«

Birgit lachte leise. »Deine Sorge ehrt dich, aber das wird nicht passieren.«

»Oh?«, machte Gabriel.

Birgit senkte die Stimme. »Ich treffe eine Frau.«

»Oh«, machte Gabriel. Er öffnete den Mund, um mehr zu sagen, bevor ihm auffiel, dass er gar nicht wusste, was er sagen sollte. Der Mann mit dem Manne, das war Sünde laut der Heiligen Schrift, aber hatte die Bibel je etwas über Frauen gesagt? Er konnte sich nicht erinnern. Und es war tatsächlich eine Erleichterung, zu wissen, dass keine Unfälle passieren konnten.

»Ich hoffe übrigens«, fuhr Birgit fort, »du legst bei deiner Liebschaft dieselben Standards an.«

»Liebschaft?« Das riss Gabriel wieder in das Hier und Jetzt zurück. Aber natürlich, die Vermutung lag nahe. »Ich habe keine Liebschaft«, korrigierte er. »Wir wollen nur Flugblätter drucken.«

Wieder ein leises Lachen. Im nächsten Moment umarmte Birgit ihn kurz. »Ich bin froh, dich zum Bruder zu haben. Viel Glück.«

Dann eilte sie zu der Mauer rechts vom Haus, kletterte behände auf ein Regenfass und war über die Mauerkrone verschwunden.

Sie machte das wirklich nicht zum ersten Mal.

Kapitel 25

»Felicitas!«

Felicitas zuckte zusammen, als die leise Stimme erklang. Sich aus dem Haus ihrer Eltern zu schleichen, war nicht so schwer gewesen, sobald alle erst schliefen. Auch den Weg durch die Stadt hatte sie leicht gefunden. Das Schwerste war es gewesen, vor dem Tor zur Druckerei auszuharren und auf Gabriel zu warten. Jedes Geräusch wurde zu einer potenziellen Bedrohung, womöglich jemand, der sie überfallen wollte.

Doch es war nur Gabriel. Er spähte durch eine schmale Tür, die in das größere Tor eingelassen war, und winkte sie näher.

»Schnell jetzt!«, rief er.

Felicitas eilte zu ihm. »Hat jemand dich bemerkt?«

Er schüttelte den Kopf, während er sie in den Hof treten ließ und die Tür hinter ihr wieder schloss. »Und dich?«

»Ich glaube nicht. Selbst mein kleiner Bruder schläft inzwischen meistens durch.« Sie blickte sich auf dem Hof um. Ihre Augen hatten sich längst an das fahle Licht des Mondes gewöhnt.

Sie erkannte Fässer und Kisten in einer Ecke, einen Karren auf der anderen Seite. »Wohin?«

Gabriel deutete auf das große Gebäude in der Mitte. »Komm mit.«

Dieses Tor ließ sich aufschieben, wie es aussah, aber Gabriel ging daran vorbei zu einer Tür. Ein Schlüsselbund klimperte, dann winkte er sie hinein. Felicitas trat in absolute Dunkelheit.

Für einen Moment überfiel sie wieder die Angst, die sie draußen auf der Straße verspürt hatte. Doch dann ratschte ein Feuereisen, ein Funke flog, und der Schein einer Öllampe erhellte Gabriels Gesicht.

Er lächelte. »Willkommen in meiner Druckerei.«

Felicitas konnte nicht anders, sie musste das Lächeln erwidern. »Ich dachte, es ist die Druckerei deines Vaters.«

Gabriel hob die Schultern. »Für heute Nacht nicht. Heute feiern wir mein drucker- und verlegerisches Debüt. Und deines als Autor.«

Aufregung kribbelte bei diesen Worten in Felicitas' Magen. »Das klingt sehr gut. Wo fangen wir an?«

Gabriel drehte sich um und hob die Lampe. Das Licht fiel tiefer in den Raum hinein, enthüllte ein klobiges Gerät in der Mitte, außerdem unzählige Stapel Papier.

»Ist das die Druckerpresse?«

Gabriel nickte. Dann schwenkte er die Laterne weiter nach rechts. »Zuerst allerdings brauchen wir das hier.«

Ein Tisch schälte sich aus den Schatten. Viele kleine Kästen standen darauf. Neugierig trat Felicitas näher.

Kleine metallene Lettern lagen in den Kästen. Und auf dem Tisch lag ein flacher Kasten, in dem weitere Lettern zu einem Text angeordnet waren.

»Das ist dein Flugblatt«, sagte Gabriel. »Oder besser gesagt, die Druckform für dein Flugblatt. Ich habe den Text in den letzten Tagen heimlich gesetzt. Wir haben nur leider keine Bilder. Ein schöner Holzschnitt wäre wirklich nett gewesen.«

Fasziniert betrachtete Felicitas die Druckform. Dort, wo keine Lettern saßen, waren flachere Metallstücke eingefügt, um den Text an Ort und Stelle zu halten. »Es ist spiegelverkehrt.«

Dennoch erkannte sie ihre eigenen Wörter, die die Lettern formten. Diese Erkenntnis ließ ihr Vorhaben mit einem Schlag so real werden, dass ihr für einen Moment der Atem stockte.

»Natürlich«, hörte sie Gabriel wie aus der Ferne sagen. »Es muss spiegelverkehrt sein, damit es nachher richtig herum ist, wenn wir es gedruckt haben.«

Felicitas nickte, auch wenn sie diese Aussage nur halb verstand. Sie fuhr mit den Fingern über die Lettern, fühlte die Erhebungen im Blei.

»Wir machen zuerst mal einen Probedruck«, sagte Gabriel. »Dann kannst du noch mal drüberschauen, um sicherzugehen, dass keine Fehler drin sind.«

Die Sorgfalt, mit der er ihr Werk behandelte, rührte Felicitas. »Haben wir dafür Zeit?«, fragte sie dennoch. Sie wusste nicht genau, wie lange das Drucken dauerte, aber sie hatten immerhin nur eine Nacht.

»Wir werden auf keinen Fall eine große Auflage drucken können«, sagte Gabriel, »egal was wir machen. Da können wir uns auch die Zeit nehmen, um sicherzustellen, dass alles richtig ist.«

Das klang einleuchtend. Felicitas nickte.

»Außerdem«, fuhr Gabriel fort, »kannst du dann erst mal lernen, wie man die Druckerpresse bedient, bevor wir in die große Produktion gehen.«

Endlich gelang es Felicitas, sich von der Druckform loszureißen. »Dann lass uns keine Zeit verlieren.«

Gabriel lächelte sie an. »Das ist die richtige Einstellung.«

Druckerschwärze war deutlich zähflüssiger als normale Tinte. Gabriel hielt Felicitas einen Stoffballen hin, den er in die schwarze Masse getunkt hatte. »Zuerst einmal bringt man die Druckerschwärze auf der Druckform auf.«

Felicitas nahm den Ballen entgegen. Auf der hinteren, nicht schwarzen Seite, gab es zu einem Knoten gebundenen Stoff, an dem man ihn gut festhalten konnte. »Man verreibt einfach die Farbe auf den Lettern?«

Gabriel schüttelte den Kopf. »Wenn du sie verreibst, landet sie in den Lücken zwischen den Buchstaben, das wollen wir nicht. Du drückst den Ballen auf die Druckform und rollst ihn ein bisschen hin und her, so dass alle Stellen, an denen Farbe klebt, mit der Druckform in Berührung kommen.«

Felicitas versuchte die Beschreibung in Taten umzusetzen. Tatsächlich blieb Druckerschwärze an den Lettern hängen, allerdings nur sehr wenig.

»Ein bisschen mehr Druck.« Gabriel trat ein Stück näher, legte sacht seine Hand auf ihre, die den Ballen hielt. »Darf ich?«

Die sanfte Berührung schickte ein Kribbeln Felicitas' Arm hinauf, und mit einem Mal war sie sich sehr deutlich der Tatsache bewusst, dass sie hier im schummrigen Licht einer Laterne allein waren.

Gabriel spürte offensichtlich ihre Anspannung, denn er zog die Hand wieder zurück. »Verzeihung.«

Dort, wo er sie berührt hatte, blieb Felicitas' Haut kalt zurück, und sie hätte gern die Wärme seiner Finger wieder gespürt. »Nein, nein«, sagte sie schnell. »Ich würde das gerne richtig lernen.«

Gabriel lachte, dann legte er seine Hand wieder auf ihre. Ihr Herz schlug schneller, aber gleichzeitig durchströmte sie Zuversicht, dass ihnen das, was sie hier taten, gelingen würde. Gabriel hatte sie bisher vor allem beflügelt und inspiriert, er würde jetzt nicht damit aufhören.

Gemeinsam drückten sie den Ballen herunter. »Das ist der richtige Druck. Versuch ihn konstant zu halten, sonst werden einige Stellen des Textes heller und andere dunkler.«

Felicitas nickte, wagte es nicht, etwas zu sagen. Sie hätte noch lange so verharren können, aber Gabriel trat wieder einen Schritt zurück. »Ich bereite schon mal die Druckerpresse vor.«

Felicitas atmete lang aus, merkte nun erst, dass sie für eine Weile die Luft angehalten hatte. Mit einiger Anstrengung schob sie alle Gedanken an Gabriel beiseite. Sie musste sich auf ihre Aufgabe konzentrieren.

Nun, da sie genauer wusste, was zu tun war, war es eine sehr eintönige Arbeit. Sie drückte den Ballen auf die Lettern, bis nicht mehr genug Farbe darauf war. Dann tunkte sie ihn erneut in die Druckerschwärze und wiederholte den Vorgang.

Die hervorstehenden Teile der Druckform wurden schwarz und damit im Lampenlicht leichter sichtbar. Es war der Text über den Reichtum der Kirche in Rom, und Gabriel hatte die Namen der Sprechenden in etwas fetteren Lettern gesetzt als den Rest des Textes. Es rührte sie, wie viel Mühe er sich gegeben hatte.

Ob er die Berührung ihrer Hände wohl genauso wahrgenommen hatte wie sie? Vielleicht hatte er sich nichts weiter dabei gedacht. Sie waren doch Freunde, so, wie sie Freunde gewesen waren, als sie sich noch als Leopold ausgegeben hatte. Um nichts in der Welt wollte Felicitas das verlieren. Auch wenn ihre Gedanken plötzlich davon erfüllt waren, wie warm sich seine Finger auf ihrer Haut angefühlt hatten, so war doch das, was sie am meisten an ihm schätzte, wie sie mit ihm reden konnte.

Konnte sie beides haben? Konnte sie mit ihm vielleicht genauso über Gefühle sprechen, wie sie über die Zukunft des Glaubens, der Kirche und der Welt sprachen? Das schienen zwei vollständig unterschiedliche Welten zu sein. Besser, sie riskierte nichts.

»Bist du so weit?« Gabriels Stimme riss sie in das Hier und Jetzt zurück. Felicitas blickte auf die Druckform hinab. Zumindest im schwachen Licht der Laterne sah es so aus, als sei die Farbe gleichmäßig darauf verteilt.

»Ich denke schon.«

»Dann bring die Druckform hier rüber.«

Vorsichtig hob Felicitas den Holzkasten hoch, in dem die Lettern saßen. Im ersten Moment fürchtete sie, irgendetwas könnte verrutschen, aber die Lettern waren allesamt sorgfältig festgeklemmt. Sie setzte trotzdem vorsichtig einen Fuß vor den anderen, bis sie Gabriel erreichte. Dieser hatte bei der Druckerpresse eine zweite Laterne entzündet.

Der Druckersohn nahm ihr den Kasten ab. Felicitas sah zu, wie er ihn in die Druckerpresse einspannte. Dann legte er auf eine bewegliche Fläche darüber einen Bogen Papier. Ein Schubs, und sie glitt über die eingespannte Druckform.

»Jetzt brauche ich deine Hilfe.« Gabriel deutete auf eine Kurbel am oberen Ende der Druckerpresse. »Die müssen wir drehen.«

Felicitas packte ein Ende der Kurbel, und alle anderen Gedanken wurden hinweggefegt angesichts der Tatsache, dass sie gleich zum ersten Mal in ihrem Leben etwas drucken würde. Sie war furchtbar aufgeregt. Das Holz war glatt, von unzähligen Händen beim täglichen Gebrauch geschliffen.

Gabriel nahm an der anderen Seite Position. »Und los.«

Am Anfang ging es leicht. Sie gingen um die Presse herum und schoben die Kurbel vor sich her. Schnell jedoch berührten Druckform und Papier sich und leisteten Widerstand dagegen, noch fester aufeinandergepresst zu werden. Felicitas stemmte die Füße in den Boden und schob mit aller Kraft.

»Du kannst zupacken!« Gabriels Stimme von der anderen Seite der Druckerpresse klang erfreut.

»Ich habe in letzter Zeit viele Laken ausgewaschen.« Insgeheim freute Felicitas sich über das Lob, stellte es sie doch einmal mehr auf dieselbe Stufe. Sie war nicht »entzückend« wie von Adelmannsfelden sie genannt hatte. Sie war klug, und sie war stark, und Gabriel scheute sich nicht, das einzugestehen.

»Ich wusste nicht, dass Wäschewaschen so viel Kraft kostet«, sagte er.

Felicitas lachte. »Der Dreck geht nicht raus, indem man ihn nett darum bittet.«

Gabriel stimmte in ihr Lachen mit ein, und für einen Moment erfüllte sie ein Gefühl von Glück. Sie war hier, zusammen mit jemandem, dem sie vertraute, und gemeinsam arbeiteten sie an ihrem kleinen Beitrag dazu, die Welt zu verändern.

Was konnte man sich in seinem Leben mehr wünschen?

»Gut«, sagte Gabriel. »Jetzt lockern wir die Presse wieder. Und dann sehen wir, ob die erste Version unseres Flugblattes etwas geworden ist.«

Felicitas strahlte ihn über die Druckerpresse hinweg an. »Ich bin schon sehr gespannt.«

Kapitel 26

Es war schwer, die Augen von Felicitas zu nehmen. Ein paar Strähnen waren ihr beim Bedienen der Druckerpresse aus dem Zopf gerutscht, und hin und wieder strich sie sich diese in einer unbewussten Geste aus den Augen. Darunter strahlte ihr Lächeln fast heller als die Lampen, die Gabriel aufgestellt hatte. Das letzte Mal, als er sie so gesehen hatte, so voller Leben und Feuer, hatte sie sich im verbalen Schlagabtausch mit dem Pfarrer befunden. Sie war wunderschön.

Und Gabriel wagte es kaum, das auch nur lauter zu denken. Es fühlte sich an, als würde er Felicitas' Vertrauen enttäuschen. Sie wollte jemanden, mit dem sie sich austauschen konnte, einen Freund. Und sie war so klug, hatte so viele Ideen, die es wert waren, in der Welt verbreitet zu werden. Er wollte nicht den Eindruck erwecken, als sei er letztendlich doch nur an ihrer Schönheit interessiert, genau wie wahrscheinlich viele andere Männer vor ihm. Sie war so viel mehr als das.

Wieder strich sie sich eine entkommene Haarsträhne aus dem Gesicht, dann beugte sie sich über den ersten Druck des Flugblattes. »Hier sind zwei Buchstaben verdreht.«

»Dann streich es an. Kennst du die Korrekturzeichen?« Gabriel hatte ihr eine Schreibfeder und rote Tinte gegeben. Nun nahm sie die Schreibfeder zur Hand, schüttelte aber den Kopf.

»Bei verdrehten Buchstaben streichst du einfach beide mit senkrechten Strichen durch und verbindest sie mit einem waagerechten oben. Dann wiederholst du das Zeichen an der Seite noch einmal und schreibst die Buchstaben richtig daneben. So finde ich leichter, wo ich etwas ändern muss.«

Felicitas nickte, tunkte die Feder in die Tinte. Gabriel liebte es, ihr dabei zuzusehen, wie sie neue Dinge lernte. Sie saugte neues Wissen förmlich auf wie ein Schwamm, freute sich jedes Mal, wenn sie etwas, was er ihr erklärte, richtig anwendete.

»Genau so«, lobte er.

Sie wandte sich kurz zu ihm um, lächelte. »Gibt es hier in der Druckerei jemanden, dessen ganze Aufgabe es ist, Korrektur zu lesen?«

»Meistens macht das einer der Setzer oder mein Vater oder ich«, erklärte Gabriel.

»Denkst du, du könntest mir das Setzen auch zeigen?«

So viel Begeisterung. Es schmerzte Gabriel, wenn er daran dachte, dass niemand sie je als Setzer ausbilden oder gar beschäftigen würde, egal wie viel Talent sie darin beweisen sollte. »Natürlich«, sagte er. »Du kannst die Stellen, die du jetzt anstreichst, gerne später selbst ändern.«

Ihr Lächeln wurde breiter. Er konnte sich nicht helfen, sie hatte ihn bezaubert.

Gabriel hatte damit gerechnet, den Bärenanteil der Arbeit beim Drucken erledigen zu müssen. Aber wie sich herausstellte, war Felicitas nicht nur kräftig, sie machte auch nicht so schnell schlapp. Nach der Hälfte der Nacht klebte ihr das Haar zwar verschwitzt an der Stirn, aber jedes Mal, wenn er fragte, ob sie eine Pause brauche, schüttelte sie den Kopf. »Je mehr Pausen wir machen, desto weniger Flugblätter drucken wir heute Nacht.«

Gabriel nickte, versuchte seinerseits Atem zu sparen. Stattdessen dachte er an die Arbeit, die noch vor ihm lag. Er konnte die Flugblätter schlecht an die üblichen Buchhändler ausliefern, die auch die Bücher seines Vaters kauften. Aber es gab immer Leute, die sich durch den Straßenverkauf von Flugblättern etwas dazuverdienen wollten. Und dann würden sie sehen, wie erfolgreich Felicitas' Werk sein würde.

»Wenn Papier und Tinte von dem Geld bezahlt sind, das wir hiermit verdienen«, sagte er schließlich, »machen wir Hälfte Hälfte, in Ordnung?«

Abrupt ließ der Druck von Felicitas' Seite auf die Presse nach. Als Gabriel aufschaute, starrte sie ihn über die Kurbel hinweg an.

»Das sind schon recht gute Konditionen«, beeilte er sich zu erklären. »Normalerweise bekommt der Autor …«

»Ich bekomme Geld dafür?«, unterbrach sie ihn.

Gabriel musste lachen. Damit hatte sie gar nicht gerechnet? »Natürlich bekommst du Geld dafür. Oder willst du die Flugblätter verschenken?«

»Ich …« Sie wirkte plötzlich sehr klein hinter der großen Kurbel. »Ich hatte bisher nicht daran gedacht, dass irgendjemand meinen Text so sehr lesen wollen könnte, dass er Geld dafür bezahlt.«

»Natürlich wird irgendjemand deinen Text so sehr lesen wollen! Ich stehe doch nur heute Nacht hier, weil ich genau davon überzeugt bin. Ich würde deinen Text nicht drucken wollen, wenn er nicht gut wäre.«

Felicitas' Mund formte sich zu einem O, als hätte sie auch darüber noch nicht nachgedacht. Nun ließ auch Gabriel seine Kurbel los und ging um die Druckerpresse herum. Vor Felicitas kam er zum Stehen, blickte in ihr verwirrtes Gesicht. Er musste sich zurückhalten, um nicht nach ihren Händen zu greifen.

»Felicitas, was hast du gedacht, warum ich deine Texte drucken möchte?«

Sie blinzelte und schüttelte den Kopf, als müsse sie ihn erst klären. »Ich … ich nehme mal an, du magst sie wirklich. Aber ich …« Sie stockte. Geduldig wartete er, bis sie die richtigen Worte gefunden hatte. »Es ist schwer, mich auf derselben Stufe mit all den anderen humanistischen Schreibern zu sehen.«

»Aber da gehörst du hin!« Wie konnte er ihr helfen, an ihr eigenes Talent zu glauben? Nun griff Gabriel doch nach Felicitas' Händen. Sie lagen warm und geschmeidig in seinen. »Die Menschen sollten dir zuhören, und sie werden es tun, das verspreche ich dir.«

Für einen Moment schaute Felicitas ihn nur an, und in ihren Augen glitzerte es verdächtig, so, als weine sie. Doch dann breitete sich dieses wunderschöne Lächeln wieder auf ihrem Gesicht aus. »Danke.«

Gabriel erwiderte ihr Lächeln, und Wärme und Zuneigung erfüllten sein Herz.

Nach einer Weile räusperte Felicitas sich, blickte etwas verlegen zur Seite. »Wir sollten wahrscheinlich zurück an die Arbeit.«

»Oh.« Eilig ließ Gabriel ihre Hände los, obwohl er nichts lieber getan hätte, als sie weiter zu halten. Verlegen fuhr er sich mit den Fingern durch das Haar. »Du hast recht. Der Sonnenaufgang wartet nicht auf uns.«

»Sonnenaufgang«, sagte Felicitas hinter ihm. »Mir graut ein wenig davor, den morgigen Tag überstehen zu müssen, ohne auch nur eine Minute geschlafen zu haben.«

Gabriel ging es ähnlich, aber vielleicht konnte er irgendwo in einer Ecke unauffällig mal eine oder zwei Stunden schlafen. »Möchtest du früher aufhören?«, fragte er.

Als er sich zu ihr umdrehte, schüttelte Felicitas heftig den Kopf. »Was denkst du von mir? Wir müssen dich doch reich machen.«

Gabriel lachte. »Das ist die richtige Einstellung.«

Kapitel 27

Der Tag kündigte sich bereits als heller Streifen hinter den Hausdächern an, als Felicitas sich auf den Heimweg machte. In ihrer Tasche umklammerte sie den ersten Probedruck ihres eigenen Flugblattes. Gabriel hatte ihn ihr mitgegeben, und sie war froh, ihn zu haben, als Erinnerung daran, dass sie diese Nacht nicht geträumt hatte.

Allerdings erinnerte ihr Körper sie auch daran. Die Arme und der Rücken taten ihr weh, und bis zum Abend würde das sicher nur noch schlimmer werden. Aber diese Nacht war eine der magischsten gewesen, die sie seit Langem erlebt hatte. Am Ende hatten sie einen Stapel Flugblätter gehabt, der ihr bis zum Kinn reichte, wenn sie ihn aufhob. Im Laufe des Tages sollte dieser überall in der Stadt verteilt werden. Ihre Worte, ihre Gedanken.

Selbst wenn sie es sich hätte erlauben können, jetzt schlafen zu gehen, sie wusste nicht, ob sie es gekonnt hätte.

Auch wie ein Traum erschien ihr, wie gut sie und Gabriel zusammengearbeitet hatten, wie sie zusammen gelacht hatten, wie sie die ganze Nacht miteinander geredet hatten. Ihm Auge in Auge gegenüberzustehen, ließ jeden Brief von ihm, über den sie sich in den letzten Monaten so sehr gefreut hatte, wie einen schlechten Ersatz für seine tatsächliche Gegenwart erscheinen.

Gerade als sie in die Seitengasse einbog, die hinter ihr Elternhaus führte, ließ das Klappern der Eingangstür sie zusammenzucken. Sie drückte den Rücken gegen die taufeuchte Mauer, spähte vorsichtig um die Ecke.

Es war Erna, die dort nach draußen trat. Gut, wahrscheinlich würde sie Milch fürs Frühstück holen. Das hieß, der Rest der Familie schlief noch. Und Frühstück klang nach einer sehr guten Idee. Wie aufs Stichwort knurrte Felicitas' Magen so laut, dass das Hungergefühl scharf durch die Wolke aus Müdigkeit schnitt, in der ihr Kopf schwebte.

Erna schloss die Tür hinter sich, drehte sich dann in Felicitas' Richtung. Eilig zog Felicitas den Kopf zurück, huschte den Weg entlang in den Hinterhof. Sie atmete auf, als sie die Hintertür wie meistens unverschlossen vorfand. Auf der Schwelle schlüpfte sie aus den warmen Winterstiefeln, huschte in Strümpfen durch die Küche, die Treppe hinauf und in ihr Zimmer.

Die Spiegelung ihres Gesichts in der Waschschüssel wirkte zerzaust, verschwitzt, und unter ihren Augen lagen tiefe Ringe. Die Augen selbst allerdings leuchteten hell und wach. Und auch wenn sie sich wie gerädert fühlte, sie hätte es genau so noch einmal gemacht.

Felicitas spritzte sich Wasser ins Gesicht und machte sich daran, ihre Frisur zu ordnen. Nun ging es darum, diesen Tag zu überleben.

Das lange Liegen hatte Leopold nicht gutgetan. Auf Felicitas' Schulter gestützt, machte er an diesem Morgen seine ersten Schritte seit Langem.

»Komm, du schaffst es bis zum Stuhl.« Felicitas bemühte sich, fröhlich zu klingen, obwohl sie gleichzeitig ein Gähnen unterdrücken musste.

Leopold war erstaunlich leicht. Unter der Kleidung konnte sie seine Rippen spüren. Und mit jedem Schritt zitterten seine Knie. Er biss die Zähne zusammen und fluchte auf eine Art, die Felicitas zuletzt gehört hatte, als der Wagen eines Apfelbauern im Herbst im Matsch stecken geblieben war.

»Spar dir den Atem«, wies sie ihn sanft zurecht.

»Du bist unerbittlich!«, beklagte er sich.

»Ich verlange nicht mehr, als dass du drei Schritte bis zum Stuhl dort drüben gehst. Oder willst du den Rest deines Lebens hier im Bett verbringen?«

»Lass mich darüber nachdenken«, sagte Leopold. »Ich bin mir noch nicht sicher, was schlimmer ist.«

Felicitas schnaubte. »Du hast dich gestern erst darüber beschwert, dass ich dir keinen Wein bringen wollte. Und du bekommst keinen, bis du selbst in die Küche gehen und dir einen Becher holen kannst.«

Ein weiterer Fluch zwischen zusammengebissenen Zähnen, dann setzte Leopold wackelig einen Fuß vor den anderen.

Felicitas lachte. Sie hatte nicht erwartet, dass die Bemerkung mit dem Wein tatsächlich funktionierte. »Siehst du, geht doch.«

»Ich hätte nie gedacht, dass Gehen mal so schwer sein würde.«

»Du lernst es schnell wieder«, tröstete Felicitas ihn. »Du hast einfach zu lange gelegen und zu wenig gegessen, während du mit dem Fieber gekämpft hast.«

Leopold machte einen weiteren Schritt, und seine Finger griffen nach der Lehne des Stuhls. Eilig verlagerte Felicitas ihr Gewicht, um ihn weiterhin sicher stützen zu können. Irgendetwas fiel dabei mit einem papiernen Geräusch zu Boden. Zu gerne hätte Felicitas nachgesehen, aber sie wagte nicht, sich weit genug zu drehen, aus Angst, damit ihren Bruder zu Fall zu bringen.

Ächzend ließ Leopold sich auf dem Stuhl nieder.

Nun endlich konnte Felicitas sich nach dem heruntergefallenen Gegenstand umsehen. Allerdings hatte inzwischen auch Leopold ihn entdeckt. »Was ist das?«

Eilig hob Felicitas das leicht zerknüllte und zweimal gefaltete Blatt Papier auf. Sie wusste genau, was es war. Ihr Flugblatt.

»Nichts.«

»Oh nein, das glaube ich nicht.« Leopold grinste, und erstaunlich schnell, wenn man bedachte, dass er zuvor noch so viel gejammert hatte, beugte er sich vor und zog ihr das Blatt aus den Fingern.

Felicitas bekam sein Handgelenk zu fassen. »Das geht dich nichts an!«

Leopold zog die Augenbrauen in die Höhe. »Sag bloß, du hast mehr als das eine Geheimnis, das ich schon kenne. Und ich hatte dich für brav gehalten.«

»Ich habe nicht mehr als das eine Geheimnis!«, protestierte Felicitas.

Leopolds Grinsen wurde breiter. »Dann kann ich es ja auch lesen.«

Mit einem Schnauben ließ Felicitas sein Handgelenk los. »Gut, dann lies es halt.« Was sollte es schaden, er wusste doch ohnehin schon, was sie tat.

Zufrieden faltete Leopold den Zettel auseinander. Als er bemerkte, dass der Text auf Latein war, kniff er die Augen zusammen. Sie konnte förmlich sehen, wie es hinter seiner Stirn arbeitete, während er Wort für Wort entzifferte.

Eine ganze Weile herrschte Schweigen im Zimmer, und Felicitas fragte sich schon, ob sie einen Fehler begangen hatte oder ob Leopolds Latein wirklich so schlecht war.

Dann gab Leopold ein amüsiertes Schnauben von sich. »Ich mag das Ende, wo der Papst in den Hühnerschenkel beißt.«

Felicitas blinzelte. »Danke«, sagte sie unsicher.

Leopold reichte das Flugblatt zurück. »Ich hoffe nur, da steht nirgendwo mein Name drauf.«

»Was denkst du von mir?«, ereiferte sich Felicitas. »Da steht nur drauf, was du hier siehst. Es gibt keine zweite Seite. Und natürlich habe ich das anonym veröffentlicht. Denkst du, ich will unsere ganze Familie in Schwierigkeiten bringen?«

Beschwichtigend hob Leopold die Hände, aber gleichzeitig funkelte Interesse in seinen Augen. »Also wurde es in größerer Zahl gedruckt?«

Felicitas stopfte das Blatt wieder in ihre Tasche. »Was, wenn es so wäre?«

»Nichts.« Leopold hob die Schultern. »Mir ist dieser ganze Disput recht gleich.«

»Wirklich?«, fragte Felicitas skeptisch. Musste

man nicht irgendeine Meinung zu dem haben, was die Kirche tat? Immerhin betraf es sie alle, wurde mit dem Geld der Gemeinden bezahlt.

»Wirklich«, bekräftigte Leopold. »Das ist mir alles zu ernst und zu kompliziert.«

Felicitas lachte. »Du studierst Jura!«

Ihr Bruder verzog das Gesicht. »Ich studiere nicht freiwillig Jura.«

Wieder tat er ihr leid. Sie hätte liebend gern mit ihm getauscht, aber im Leben nicht das machen zu können, was man machen wollte, das schmerzte immer.

Leopold hob die Schulter. »Was will man machen?« Dann grinste er wieder. »Nur schade, dass du für den Witz am Ende keinen Holzschnitt hast. War dein Drucker zu geizig dafür?«

Nun konnte sie ihm wohl den Rest auch noch erzählen. »Die Druckerei gehört noch nicht ihm, sondern seinem Vater. Wir haben heimlich gedruckt.«

»Oho!« Leopolds Grinsen wurde breiter. »Weißt du was? Besorg mir mal Holz und ein Schneidemesser. Ich werde sehen, was ich tun kann.«

Moment, verstand sie das gerade richtig, und ihr Bruder wollte einen Holzschnitt für ihr Flugblatt anfertigen? Felicitas konnte ihr Glück kaum fassen.

»Ich bin dir sehr dankbar, aber ich fürchte, ich werde dich jetzt trotzdem zwingen müssen, aufzustehen und zum Bett zurückzulaufen.«

Leopold stöhnte theatralisch, stemmte sich aber vom Stuhl in die Höhe. »Dafür«, sagte er, »habe ich mir aber einen Becher Wein verdient, oder?«

Felicitas lachte. »Vielleicht einen kleinen.«

Kapitel 28

Hier stand gestern noch eine Kiste Papier!« Gabriels Vater deutete auf eine Stelle neben der Druckerpresse.

»Bist du sicher?«, fragte Gabriel. Er wusste sehr genau von dieser Kiste. Er und Felicitas hatten daraus Bogen für Bogen gezogen, um ihre Flugblätter zu drucken.

»Hältst du mich für dumm?«, brauste sein Vater auf. »Wenn ich sage, da stand eine Kiste, dann stand da eine Kiste. Es stellt sich nur die Frage, wo sie hingekommen ist.«

»Vielleicht hat sie jemand zur Seite geräumt.« Gabriel bemühte sich, seine Stimme möglichst ruhig zu halten. Er hatte nicht damit gerechnet, dass seinem Vater das Fehlen von einem Stapel Bögen auffallen würde. Es lagerte noch genug Papier an der hinteren Wand der Halle, die Produktion würde deswegen nicht ins Stocken geraten.

»Weißt du, wie teuer Papier im Moment ist, dank all dieser Taugenichtse, die meinen, sie müssten jeden Furz aufschreiben, der ihnen quer im Hirn stecken geblieben ist? Ich will wissen, wo diese Kiste hin ist, oder ich suche so lange, bis ich denjenigen finde, der sie gestohlen hat!«

Gabriel fluchte stumm. Auf keinen Fall durfte sein Tun sich negativ auf die Arbeiter der Druckerei auswirken. Das hatten sie nicht verdient. Sie waren gute Männer, und die älteren von ihnen hatten Gabriel das meiste beigebracht, was er heute wusste. Er musste den Verdacht von ihnen ablenken. Aber wie, ohne sich selbst des Diebstahls zu bekennen?

Sein erster Impuls war es, wie immer ruhig und beschwichtigend zu reden, die Wut seines Vaters an sich abprallen zu lassen, auch wenn sie jeden Moment explodieren konnte. So hatte seine Mutter es schon immer gemacht, und so hatte er es sich von jeher abgeschaut. Doch was hatte es bisher genützt? Es bestärkte seinen Vater doch nur in dem Glauben, dass er seiner Wut freien Lauf lassen konnte, wann immer er wollte, ohne dafür je Konsequenzen zu spüren zu bekommen. Es bestärkte ihn darin, dass sie sich alles gefallen lassen würden, egal was.

Wie oft hatte Gabriel schon die Drohung gehört, dass sein Vater ihn enterben wolle. Aber dann sollte er doch. Gabriel und Felicitas hatten in der vergangenen Nacht zu zweit einen Stapel Flugblätter gedruckt, der in diesem Moment überall in der Stadt verkauft wurde und ihm einiges an Geld einbringen würde. Mindestens würde er davon die Presse eines anderen Druckers hin und wieder ausborgen können. Und ansonsten konnte er sich als Setzer verdingen. Er konnte Sachen allein auf die Beine stellen, das hatte er in der vergangenen Nacht bewiesen. Er war nicht von seinem Vater abhängig.

Und er war, ehrlich gesagt, auch einfach zu müde, um geduldig zu sein.

Also richtete Gabriel sich gerade auf, trat seinem Vater entgegen. »Du hast eine Kiste Papier verloren, und dir fällt nichts Besseres ein, als zuerst einmal jeden hier des Diebstahls zu bezichtigen?«

Sein Vater öffnete den Mund, aber für einen Moment kam kein Ton heraus. Es war dieser Augenblick, in dem Gabriel auffiel, dass sich auch ansonsten Stille über die Druckerei gesenkt hatte. Selbst das leise Klicken der Lettern am Setzertisch war verstummt.

Hatte er vielleicht doch einen Fehler begangen? Allerdings, sprachlos erlebte man seinen Vater nicht oft.

»Wie …«, begann sein Vater schließlich. »Wie wagst du es, mit mir zu reden?«

Nun gab es nur noch den Weg nach vorn. Wenn er zurückwich, hatte er verloren. »Wie wagst du es, mit uns zu reden?«, schoss Gabriel zurück. »Wenn du willst, mache ich gerne eine Inventur, um sicherzustellen, dass nichts verschwunden ist. Aber solange noch nicht einmal feststeht, ob etwas gestohlen wurde, will ich dich nicht mehr von Diebstahl reden hören!«

Hinter Gabriel schnappte jemand nach Luft. Vor ihm tat sein Vater dasselbe.

Wieder rang der Druckermeister für einen Moment nach Worten. Es sah fast lustig aus. Ein Fisch, der auf dem Trockenen nach Luft schnappte, hochrote Zornesflecken im Gesicht.

»Was stehst du hier noch rum?«, fuhr sein Vater ihn schließlich an. »Fang an mit der Inventur. Wir müssen wissen, was noch fehlt.«

Gabriel presste die Lippen aufeinander. Ihm entging nicht, dass sein Vater nicht von dem Standpunkt abgerückt war, hier handle es sich um einen Diebstahl. Doch Gabriel hatte auch, was er wollte. Eine Inventur würde ihm genug Zeit verschaffen, von dem ersten Geld, das er mit den Flugblättern einnahm, das verwendete Papier zu ersetzen.

Und danach konnte er seinem Vater unter die Nase reiben, dass es keinen Diebstahl gegeben hatte.

Also nickte er einfach nur knapp. »Ich hole das Kassenbuch.«

Auf dem Weg zur Schreibstube der Druckerei kam Gabriel am Setztisch vorbei. Dort saß der alte Gerhard, nun wieder über die nächste Druckform gebeugt. Als Gabriel ihn aber fast erreicht hatte, blickte er auf, lächelte und nickte ihm zu.

Gabriel hatte das Gefühl, gerade einen neuen Verbündeten gewonnen zu haben.

Etwas später zog Gerhard ihn beiseite. »Da ist wieder ein Brief für dich gekommen.« Er zog ein zerknittertes Bündel Papier aus seiner Tasche. »Ich hatte den Eindruck, der Herr Vater sollte nicht davon wissen.«

Gabriel lächelte. »Danke.«

Gerhard klopfte ihm auf die Schulter. »Wir halten einander weiter den Rücken frei, ja?«

»Du kannst dich auf mich verlassen.«

Trotz allem öffnete Gabriel den Brief erst, als Gerhard außer Sichtweite war. Er war von Konrad Peutinger, eine Einladung zu einem weiteren Vortrag. Gabriel setzte schon dazu an, das Papier zu zerknüllen, da hielt er inne.

Er hatte Zugang zu diesem Zirkel, etwas, das Felicitas nie gelingen würde. Vielleicht konnte er das nutzen? Sich umhören? So blieben sie beide stets auf dem neuesten Stand.

Auch wenn es eine weitere Gelegenheit war, zu der er sich aus dem Haus schleichen musste.

Kapitel 29

Sieh dir das an.« Gabriel hielt Felicitas ein Flugblatt hin. Sie hatten sich auf dem Markt getroffen, unauffällig im Publikum eines Jongleurs, der ununterbrochen redete, während er die Bälle fliegen ließ. In Felicitas' Tasche klimperte ein wenig Geld, das ihre Mutter ihr gegeben hatte, damit sie sich etwas Schönes kaufen konnte.

Nun nahm Felicitas das Flugblatt entgegen. »Hast du noch mehr Exemplare von unserem Flugblatt gedruckt?«

Es war eindeutig ihr Text, aber er war etwas anders gesetzt, als sie es in Erinnerung hatte.

Gabriel schüttelte den Kopf. »Keine Sorge, dafür hätte ich deine Erlaubnis eingeholt. Das hier ist ein Nachdruck.«

»Ein Nachdruck?« Felicitas drehte das Blatt in den Händen. Jemand hatte ihren Text für gut genug befunden, um ihn nachzudrucken?

»Das ist, wenn ein anderer Drucker unser Flugblatt abschreibt und selbst noch einmal druckt, um Geld damit zu …«

»Ich weiß, was ein Nachdruck ist«, unterbrach Felicitas ihn.

»Verzeihung.« Er klang ernsthaft zerknirscht.

Felicitas sah von dem Flugblatt auf, begegnete Gabriels Blick, der in ihrem Gesicht nach etwas zu forschen schien. Er hatte es sich wirklich zu Herzen genommen, was sie ihm darüber erzählt hatte, dass man sie nicht ernst nahm, oder? Es rührte sie.

Sie schenkte ihm ein Lächeln. »Ist schon gut, ich hätte es ja genauso gut nicht wissen können.«

Sofort erwiderte Gabriel ihr Lächeln. Allerdings nur kurz. Dann wurde seine Miene wieder ernst. »Nun ja, was ich dir sagen wollte, ist, ich weiß leider nicht, was ich dagegen unternehmen kann. Immerhin wollen wir geheim halten, wer das Flugblatt geschrieben und gedruckt hat.«

Felicitas senkte den Blick wieder auf ihren eigenen Text in den fremden Lettern. Jemand hatte ihn für so gut befunden, dass er ihr die Aufgabe der Verbreitung abnahm. Sie konnte darüber nicht traurig sein.

»Ich muss gestehen, mir ist es vor allem wichtig, gelesen zu werden«, sagte sie. »Und alle unsere Exemplare wurden ja verkauft, oder?«

Gabriel nickte. »Meine Verkäufer haben nach mehr gefragt.«

Felicitas' Herz machte einen glücklichen Satz. »Dann ist es doch gut, wenn jemand anderes für Nachschub sorgt, während wir das nicht können.«

»Hm …« Gabriel rieb sich das Kinn. »So habe

ich das noch nicht betrachtet. Mich stört es allerdings trotzdem, dass diese Drucker wahrscheinlich mehr mit deinem Text verdienen als wir.«

Das war tatsächlich ein eher ernüchternder Gedanke. Allerdings, auf Geld war Felicitas nicht angewiesen. Und davon wollte sie sich ihren Erfolg nicht verderben lassen. »Dann drucken wir eben auch bald mehr. Ich wollte dir nämlich ebenfalls etwas zeigen.«

Interesse funkelte in Gabriels Augen, und das war ganz ohne Zweifel eines der schönsten Dinge daran, ihn tatsächlich zu treffen, anstatt ihm nur Briefe zu schreiben. Man konnte ihm seine Begeisterung ansehen.

Mit einem Lächeln griff Felicitas in ihre Tasche und zog die Skizze hervor, die ihr Bruder ihr am Morgen überreicht hatte.

»Leopold hat die Reinversion davon und arbeitet gerade daran, sie auf eine Holzplatte zu übertragen.«

»Dein Bruder kann zeichnen?« Gabriel betrachtete die Skizze mit großen Augen. »Das ist richtig gut!«

Stolz auf ihren Bruder erfüllte Felicitas mit einem Mal. »Er …«

Jemand in der Menge rempelte Gabriel von hinten an. Er machte einen Ausfallschritt nach vorn, und Felicitas griff instinktiv nach seinem

Arm, um ihn zu stützen. Im nächsten Moment standen sie dicht an dicht. Gabriels Atem streifte Felicitas' Stirn, als er leise fluchte.

Doch sie spürte auch Gabriels freie Hand an ihrem Rücken. Er hatte sich so bewegt, dass er sie gegen den Rempler abschirmte, sie leicht im nächsten Moment ganz außer Reichweite schieben könnte.

Aber nicht nur sie hatte er abgeschirmt. Zwischen ihren Körper hielte er, ganz ohne einen einzigen Knick, Leopolds Skizze.

Felicitas musste lachen, als sie das sah. »Du hast die Skizze beschützt.«

Auch Gabriel schaute nun zwischen ihnen nach unten. Ihre Stirnen berührten einander fast, und das Gefühl, ihm so nahe zu sein, hüllte Felicitas wohlig ein, während er belustigt schnaubte. »Nun, sie ist sehr wertvoll.«

Er schaute nicht die Skizze dabei an, sondern hob seinen Blick, um wieder Felicitas in die Augen zu sehen. Schmetterlinge flatterten mit einem Mal in ihrem Bauch.

»Also wirklich, junger Mann!«, zeterte im nächsten Moment die Stimme einer alten Frau. »Ein bisschen mehr Anstand, wenn ich bitten darf!«

Sofort trat Gabriel einen Schritt zurück, und auch Felicitas blickte peinlich berührt zu Boden.

Dass sie in Verruf geriet, hatten sie mit dem Treffen auf dem Marktplatz doch gerade vermeiden wollen.

»Lass uns in eine etwas ruhigere Ecke gehen«, schlug Gabriel vor. Er deutete über die Köpfe der Menge zu einem Stand, der gebrannte Mandeln verkaufte. »Dort kann man sich besser unterhalten.«

Während Felicitas ihm durch die Menge folgte, kreisten ihre Gedanken schnell. Er wusste auch, was gerade zwischen ihnen geschehen war, oder nicht? Immerhin hatte er sie direkt angesehen, als er vom Wert gesprochen hatte. Er spürte es auch, ganz sicher spürte er es auch.

Aber er ließ sich nichts anmerken. Genauso wenig, wie sie sich zugegebenermaßen etwas anmerken ließ. Wie auch, ohne das zu gefährden, was sie gemeinsam hatten? War das nicht ohnehin viel wertvoller als jegliche Romantik?

Gleichzeitig aber bedauerte sie, von der alten Frau vorhin unterbrochen worden zu sein.

Ach, wenn sie doch nur mit klarem Kopf darüber nachdenken könnte, doch wenn es um Gabriel ging, fühlte sie sich immer zwischen mehreren Sehnsüchten und Wünschen hin- und hergerissen.

Sie mochte, dass er sie nicht wie eine Frau behandelte, dass er ihr nicht den Hof machte, sondern stattdessen ernste Diskussionen mit ihr führte, sie ernst nahm, sich teilweise auch ihrem Wissen beugte, wenn es um Bereiche ging, von denen sie mehr verstand als er.

Gleichzeitig wünschte sie aber auch, ihm nahe zu sein, ihm zu gestehen, wie sehr er ihr Herz zum Flattern brachte.

Konnte sie nicht einfach beides haben? Sie wagte es nicht zu hoffen.

»Gebrannte Mandeln?«, fragte Gabriel, als sie bei dem Stand angekommen waren.

Felicitas nickte und kramte in ihrer Tasche nach dem Geld. Gabriel tat es ihr gleich.

Gemeinsam zählten sie die Münzen ab, die sie zutage förderten. Es fühlte sich an wie früher, als Felicitas und Leopold gemeinsam zum Markt hatten gehen dürfen. Sie hatten immer für die leckersten Süßigkeiten zusammengelegt und dann geteilt.

Zumindest so lange, bis es Leopold zu langweilig geworden war, Zeit mit seiner kleinen Schwester zu verbringen, und er lieber mit den Mägden schäkerte, die Besorgungen für ihre Herren erledigten.

Felicitas schüttelte die unbestimmte Traurigkeit ab, die sie befiel, und sah zu, wie Gabriel eine Tüte Mandeln kaufte. Offen hielt er sie ihr hin, nahm sich gleichzeitig eine heraus.

»Danke.« Auch Felicitas griff zu.

Für eine Weile zogen sie immer wieder abwechselnd süße Köstlichkeiten aus der Tüte. Der Zucker zerging auf Felicitas' Zunge, und sie seufzte wohlig, vergaß für einen Moment alle ihre Sorgen. Wenn sie hier zusammen mit Gabriel stehen und Naschkram essen konnte, was wollte sie mehr?

Als hätte er ihre Gedanken gelesen, lächelte Gabriel sie an. »Was denkst du, bis wann dein Bruder mit dem Holzschnitt fertig sein kann?«, fragte er dann aber.

Felicitas hob die Schultern. »Ich wollte ihn nicht drängen. Er macht es immerhin als Geschenk.«

»Natürlich«, Gabriel nickte. »Aber je früher wir wissen, wann wir wieder drucken können, desto besser kann ich alles planen.«

Das ergab Sinn. »Ich frage ihn mal.«

Gabriels Lächeln wurde noch breiter. »Ich freue mich schon drauf.«

Felicitas war sich nicht ganz sicher, was er meinte. Den Holzschnitt? Das Drucken? Die gemeinsame Zeit ohne irgendwen, der ihnen sagte, wie sie sich zu benehmen hatten?

»Ich mich auch«, sagte sie und war sich auch nicht ganz sicher, was sie selbst meinte.

Zu Hause blickte Leopold kaum von dem Holzschnitt auf, als Felicitas nach ihm sah. Er deutete nur auf einen Brief, der auf dem Nachttisch neben seinem Bett lag. »Post von einem Daniel Habermann. Ich nehme an, der ist für dich.«

Daniel Habermann? Der Daniel Habermann, der ihr einen Brief geschrieben hatte, um anzukündigen, dass er ihr nie wieder schreiben werde? Felicitas runzelte die Stirn.

Nun sah Leopold doch auf. »Stimmt etwas nicht?«

Felicitas winkte ab, griff gleichzeitig nach dem Brief. »Ich bin mir nur nicht sicher, ob es eine gute Nachricht ist. Sein letzter Brief war nicht allzu freundlich.«

»Vielleicht möchte er sich entschuldigen.« Leopold wandte sich wieder seinem Holzschnitt zu, offensichtlich beruhigt, dass es nichts Ernstes war.

»Ja, vielleicht.«

Felicitas wusste nicht, ob sie auf Leopolds Vermutung hoffen sollte, aber neugierig war sie dennoch. Sobald sie sich in ihr eigenes Zimmer zurückgezogen hatte, öffnete sie den Brief.

Geschätzter Leopold,

ich möchte um Verzeihung bitten und hoffe, dass Du mir meinen letzten Brief vergeben kannst. Ich bin böswilligen Gerüchten aufgesessen, hatte ich doch nicht bedacht, dass auch Konrad Peutinger selbst etwas zugetragen worden sein könnte, das nicht stimmt.

Heute habe ich ein Flugblatt mit Deinem Text auf dem Markt erstanden. Ich habe ihn sofort erkannt, und es schmeichelt mir, wie viele meiner Anmerkungen Du berücksichtigt und hervorragend umgesetzt hast. Die wiederholte Lektüre Deines Werks hat mich zu dem Schluss kommen lassen, dass Du niemals jemand anderer sein kannst als der, der Du behauptest zu sein. Es spricht Witz und so viel Verstand aus dem, was Du schreibst. Du blickst hinter die Dinge, mehr als viele andere. Wie kann ich da glauben, Deine Schwester habe etwas Derartiges verfasst?

Ich nehme an, dass Du selbst diesen Irrtum nicht richtiggestellt hast, liegt daran, dass ich Deine Gefühle mit meinen Vorwürfen zutiefst verletzt habe. Ich hoffe aber, dass Du Dir nun, da ich meinen Irrtum erkannt habe, ein Herz fassen und mir verzeihen kannst.

Ich würde mich sehr freuen, wieder von Dir zu lesen.

Demütig,
Daniel

Felicitas las den Brief einmal, dann ein zweites Mal, weil sie Schwierigkeiten hatte, wirklich zu glauben, was dort stand.

Nach dem dritten Mal zerknüllte sie das Papier, ballte es in ihrer Faust zu einem so festen, kleinen Klumpen, wie sie nur konnte. Mit einem wütenden Schrei warf sie ihn gegen die Wand.

Daniel Habermann glaubte also lieber eine Lüge, als zu akzeptieren, dass Frauen mehr konnten, als er dachte. Es hätte lustig sein können, wäre es nicht Ausdruck all der Probleme gewesen, mit denen sie täglich zu kämpfen hatte.

Felicitas ging dorthin, wo das zerknüllte Papier gelandet war, und trat noch einmal drauf.

»Und?«, fragte Leopold später, als sie ihm sein Abendessen brachte. »Hat Daniel Habermann sich entschuldigt?«

Sofort kehrte Felicitas' Wut zurück. »Ja, aber ich bin noch nie so sehr gelobt und gleichzeitig so sehr beleidigt worden.«

Leopold zog die Brauen in die Höhe. »Dein Leben möchte ich haben.«

»Ich tausche gern.« Felicitas war sich der Tatsache bewusst, dass sie etwas zu patzig klang, aber sie konnte es nicht verhindern.

Leopold lachte. »Wir sollten einen Weg finden, wie du heimlich mein Leben leben kannst und ich heimlich deines. Möchtest du nicht für mich Jura studieren gehen?«

Nun musste Felicitas auch lachen. »Ach, du möchtest deine Laken selbst waschen?«

Sofort hob Leopold die Hände. »So weit würde ich nun auch wieder nicht gehen.«

Aber das Angebot blieb hängen. Und es hatte einen verlockenden Klang. Warum konnte sie nicht Jura studieren und Leopold zu Hause darauf warten, dass irgendeine gut betuchte Frau ihn heiratete? Warum konnten sie nicht beide das Leben führen, das zu ihnen passte?

Kapitel 30

Also, daran, dass du das Papier selbst abholst, daran könnte ich mich gewöhnen.« Der Papiermüller Hannes grinste Gabriel an. Er rührte keinen Finger, um dabei zu helfen, die zweite Kiste Papier, die Gabriel gekauft hatte, auf dessen Handkarren zu laden.

»Ich fürchte, die offiziellen Lieferungen wirst du wieder bringen müssen«, sagte Gabriel. »Aber einer der Lehrlinge hat zwei Kisten im Regen stehen lassen, und ich möchte vermeiden, dass er von Vater Ärger bekommt.«

Hannes schnalzte mit der Zunge, schüttelte den Kopf. »Du bist zu freundlich. Wenn der Lehrling Mist gebaut hat, sollte er auch das Donnerwetter dafür ernten.«

Gespielt gleichgültig hob Gabriel die Schultern, obwohl er gleichzeitig fieberhaft überlegte, wie er seine Geschichte weiter ausbauen könnte, so dass sie glaubhaft klang. »Glaub mir, das Donnerwetter hat er von mir bekommen. Vater hat im Moment leider besonders schlechte Laune, und einen Lehrling mit gebrochenen Knochen können wir nicht brauchen.«

Nun war es endlich mal hilfreich, dass sein Vater für seine Wutausbrüche bekannt war, denn Hannes hob zwar überrascht die Brauen, nahm ihm die Geschichte allerdings offensichtlich ab. »Ist es so schlimm?«

Gabriel nickte. »Die Geschäfte laufen nicht so gut, um ehrlich zu sein. Deshalb ist ein kranker Lehrling auch das Letzte, was wir brauchen können.«

Hannes nickte verständnisvoll, und Gabriel fühlte sich ein wenig schlecht, dass er ihn hatte belügen müssen.

»Also, du würdest mir einen großen Gefallen tun, wenn du meinem Vater gegenüber nicht erwähnst, dass ich heute hier war.«

Hannes klopfte ihm auf die Schulter. »Keine Sorge. Dein Geheimnis ist bei mir sicher. Und das mit den Geschäften wird wieder. Ich sag's dir, sobald dieser Luther endlich auf dem Scheiterhaufen landet, wird es sich auszahlen, dass ihr die ganze Zeit auf der richtigen Seite standet.«

Gabriel rang sich ein Lächeln ab. »Danke.« Dann machte er, dass er mit seiner Beute davonkam.

Die Kisten an seinem Vater vorbei in die Druckerei zu schmuggeln, war die größere Schwierigkeit. Allerdings vermisste der Druckermeister ja nur eine, also brachte Gabriel die andere in dem Schuppen mit dem Zaumzeug für das Maultier unter, das den Karren zog. Dort lagerte sie gut, bis Felicitas und er sie brauchen würden.

Während er sich in dem muffigen Schuppen umsah, kam ihm eine Idee. Er stellte die andere Kiste wieder auf den Handkarren und zog sie offen über den Hof.

Sein Vater blickte ihn irritiert an, als er die Kiste in der Druckerei abstellte. »Irgendjemand muss eine Papierkiste mit einer Futterkiste verwechselt haben«, erklärte Gabriel. »Ich habe sie gefunden, als ich das Maultier füttern wollte.«

Sein Vater schnaubte. »Ich bin von Schwachköpfen umgeben.«

Bewusst ging Gabriel nicht darauf ein. Diesmal war es wichtiger, den Druckermeister zu überzeugen.

»Damit ist die Inventur komplett«, sagte er. »Es fehlt nichts.«

Misstrauisch runzelte sein Vater die Stirn. »Ich will deine Liste sehen.«

Ach, also nicht mal das traute er Gabriel zu. »Gerne«, sagte dieser allerdings nur. »Wenn du darauf bestehst, kannst du auch noch mal nachzählen. Dann weiß ich allerdings nicht, wieso du es nicht direkt selbst gemacht hast.«

Sofort bereute Gabriel seine Worte, denn sein

Vater starrte ihn düster an. Zu seiner Überraschung sagte er jedoch nichts mehr. Während Gabriel in die Schreibstube der Druckerei ging, um die Inventurliste zu holen, fragte er sich, ob er das als Sieg verbuchen konnte oder ob er die Rechnung dafür später erhalten würde.

Doch auch für den Rest des Tages verhielt sein Vater sich ruhig. Die Zeit kroch, während Gabriel darauf wartete, dass der Druckermeister doch noch explodierte. Aber selbst beim Abendessen noch verhielt er sich untypisch schweigsam.

Ahnte er etwas?

Sicherheitshalber ließ Gabriel besonders viel Zeit verstreichen, bevor er die zweite Kiste Papier aus dem Schuppen holte. Während er Felicitas' Flugblatt neu setzte, blickte er immer wieder beim kleinsten Geräusch auf, aber sein Vater kam nicht hereingestürmt, um ihn des Verrats zu bezichtigen und endgültig zu enterben.

Gabriel verwendete die Skizze als Referenz dafür, wie viel Platz er für den Holzschnitt lassen musste, hoffte nur, dass es hinhauen werde. Im Zweifelsfall musste er Teile noch mal neu setzen, aber das war immer noch besser, als erst mit der Arbeit anzufangen, wenn Felicitas später dazukam.

Schließlich schlich er sich noch einmal aus der

Druckerei, um so zu tun, als begäbe er sich wie die anderen ins Bett.

Eine Stunde wartete er mit angehaltenem Atem, dann hörte er Birgits leise Schritte auf dem Flur. Vorsichtig schob er die Tür seines Zimmers auf.

»Findest du nicht auch, dass Vater heute ungewöhnlich schweigsam war?«

Der Schemen, den er von seiner Schwester wahrnahm, zuckte zusammen, drehte sich zu ihm um. »Gabriel!«, zischte sie. »Erschreck mich nicht so!«

Gabriel lachte leise, fühlte sich einen Moment lang in unbeschwertere Zeiten zurückversetzt, als er ihr als Junge manchmal Streiche gespielt hatte. Doch dann erinnerte er sich, dass sie beide nicht mehr in unbeschwerten Zeiten lebten. Die Gefahr, erwischt zu werden, war real.

»Verzeihung«, sagte er. »Aber hattest du auch den Eindruck, dass Vater sich seltsam verhalten hat?«

Für einen Moment hielt Birgit inne. Dann kam wieder Bewegung in ihren Schemen. »Lass uns draußen reden.«

Gabriel nickt und folgte ihr.

Wolken verdeckten heute den Mond, und der Hof lag in fast vollständiger Dunkelheit. Gabriel hörte Birgit hantieren, das Ratschen von Metall auf Feuerstein erklang, und dann flammte der Docht einer Laterne auf. Eilig schob Birgit die Blende so weit zu, dass nur noch ein Spalt offen blieb.

»Du bist gut vorbereitet«, stellte Gabriel fest.

»Sich in der Dunkelheit über den Hof zu tasten, macht keinen Spaß.« Birgit wandte sich ganz zu ihm um. »Aber was deine Frage angeht … Er war etwas schweigsamer als sonst. Hattet ihr Streit?«

Gabriel hob die Schultern. »Schon. Allerdings … Er hat klein beigegeben. Er hat noch nie klein beigegeben.«

Überraschung zeichnete sich auf Birgits Gesicht ab. »Ich bin beeindruckt. Bei Gelegenheit musst du mir verraten, wie du das gemacht hast.«

»Ich habe Sorge, dass es sich rächt.«

Nachdenklich wiegte Birgit den Kopf. »Vielleicht. Ich wäre an deiner Stelle noch vorsichtiger als sonst.«

Gabriel nickte. »Ich werde nicht aufhören, Flugblätter zu drucken. Aber sei du auch vorsichtig. Wenn er mir hinterherspioniert, erwischt er dich vielleicht auch.«

Birgit lächelte im schwachen Licht der Laterne. »Ich werde nicht aufhören, Hilde zu sehen. Ich liebe sie.«

Als sie bereits auf dem Weg über die Mauer war und Gabriel in der Dunkelheit zurückließ, hallten diese Worte noch in ihm nach. Warum schlich er selbst sich schon wieder nachts hinaus. Überzeugung? Oder war es vielleicht doch mehr?

Tatsächlich war es nicht einfach, sich über den dunklen Hof zu tasten. Gabriel nahm sich vor, herauszufinden, wo er am besten eine Laterne verstecken konnte. Als er endlich das Holz des Tors unter seinen Fingern spürte, atmete er erleichtert auf.

Auf der anderen Seite wartete Felicitas schon, und sie war klug genug gewesen, eine Laterne mitzunehmen. Als sie ihn sah, hellte sich ihre Miene auf, und ihr Gesicht strahlte förmlich im schwachen Licht.

Gabriel konnte nicht anders, er musste das Lächeln erwidern.

»Ah«, sagte er, »die große Dichterin und Philosophin ist schon hier.«

Er glaubte, sie leicht erröten zu sehen. »Mach dich nicht über mich lustig.«

»Ich meine es ernst«, sagte er. »Heute ist ein neuer Nachdruck von deinem Text aufgetaucht. Die Leute reißen sich darum.«

»In Köln ist auch ein Nachdruck aufgetaucht«, sagte Felicitas. »Ich habe einen Brief bekommen.«

Sie sprach ernst, als würde das nicht einen weiteren Erfolg bedeuten.

Aus zusammengekniffenen Augen blickte Gabriel sie an. »Du wirkst nicht allzu glücklich.«

Sie lächelte müde. »Lass uns reingehen. Ich erzähle es dir gleich.«

Kapitel 31

Es tat gut, den Ärger über Daniel Habermann noch einmal mit jemandem zu teilen, der genau verstand, worum es ging. Felicitas merkte, wie sie sich in Rage redete, während Gabriel die letzten Lettern in der Druckform an die richtige Stelle setzte.

»Am liebsten würde ich nach Köln reisen und bei ihm an die Tür klopfen, um zu beweisen, dass er die ganze Zeit mit einer Frau Briefkontakt hatte.«

Gabriel lachte. »Pass auf, nachher erschüttert dein Anblick ihn so sehr, dass er an Ort und Stelle tot umfällt.«

Ganz sicher hatte Gabriel das nicht böse gemeint, doch die Worte trafen etwas in Felicitas. Sie seufzte, stieß mit der Luft auch all ihre Wut aus. Zurück blieb Traurigkeit. »Bin ich so erschreckend, Gabriel?«, fragte sie. »Ist es so unnatürlich, dass ich eine Meinung zu anspruchsvollen Themen habe?«

Gabriel hielt inne. Er legte den Winkelhaken beiseite und stand auf, die Miene nun ebenfalls ernst. »Ich denke nicht, dass es unnatürlich ist.

Dir wurde ein wacher Geist gegeben, und es wäre eine Schande, wenn du ihn nicht benutzen würdest.«

Felicitas wusste nicht genau wie, aber plötzlich lagen ihre Hände in seinen. Seine Worte und seine Nähe strahlten beruhigende Wärme aus.

»Ich denke«, fuhr Gabriel fort, »Daniel Habermann hat Angst. Er hat gemerkt, dass du klüger bist als er, aber es gelingt ihm nicht, zu einer Frau aufzusehen. Also hält er lieber an dem Glauben fest, dass du ein Mann bist. Dadurch fühlt er sich weniger bedroht.«

Die Worte schmeichelten ihr, aber Felicitas war sich nicht sicher, wie ernst sie sie nehmen konnte. »Was ist mit dir?«, fragte sie. »Fühlst du dich nicht bedroht?«

Zu ihrem Entzücken lachte Gabriel wieder. »Ich weiß, was ich kann. Ich finde Texte, die druckenswert sind, und drucke sie. Von dem, was du tust, verstehe ich nicht allzu viel.«

So einfach konnte es also sein? Mit einem Mal hatte Felicitas das Gefühl, als sei eine Last von ihr genommen worden. »Danke.«

Gabriel lächelte schief. »Ich weiß nicht, was ich getan habe, aber ich habe es gern getan.«

Nun musste auch Felicitas lachen. Und zu ihrer Freude ließ Gabriel ihre Hände in all der Zeit nicht los. Stattdessen drückte er sie fester. Sie erwiderte den Druck. Es fühlte sich so natürlich an. Als gehörten ihre Hände in seine.

»Je bekannter dein Text wird, desto mehr musst du mit Angriffen rechnen«, sagte Gabriel plötzlich ernst. »Das ist dir klar, oder?«

»Du meinst Flugblätter mit Gegenreden«, sagte Felicitas. Das war ihr klar. Sie verfolgte den humanistischen Diskurs immerhin schon seit einer Weile, und sie wusste, wie grob er werden konnte.

Gabriel nickte. »Aber nicht nur das. Ich gehe hin und wieder zu Vorträgen, die Konrad Peutinger organisiert.«

»Immer noch?« Aus irgendeinem Grund tat das weh. Immerhin hatte Konrad Peutinger sie so schmählich an viele ihrer Briefkontakte verraten.

Gabriel hob die Schultern. »Dort trifft man in ganz Augsburg die meisten Humanisten an einem Fleck. Und ich bin immer auf dem neuesten Stand, worüber sie reden. Wenn sie irgendetwas Spannendes sagen, kann ich dir davon erzählen. Den Nachdruck deines Textes habe ich auch dort gefunden.«

Felicitas wiegte den Kopf, aber schließlich nickte sie. Ihr Bedürfnis nach Informationen versöhnte sie ein wenig mit dem Gedanken. Außerdem hatte sie ohnehin nicht darüber zu bestimmen, was Gabriel tat.

»Nun«, fuhr Gabriel fort, »beim letzten Mal wurde gemunkelt, dem Papst gehe die ganze Aufregung um Luther langsam zu weit. Er will jemanden damit beauftragen, eine Bulle dazu zu verfassen.«

Das waren in der Tat große Neuigkeiten. Felicitas merkte, wie ihr Magen sich ein wenig zusammenkrampfte. Was, wenn Luther doch noch auf dem Scheiterhaufen landete? Dann sähe es für seine Anhänger auch nicht gut aus. »Was soll in der Bulle drinstehen?«

Gabriel hob die Schultern. »Ich sage dir Bescheid, sobald ich es weiß. Aber wenn Rom sich nun schon für diese Sache interessiert, ist es umso wichtiger, dass niemand erfährt, wer du wirklich bist.«

Mit einem Mal wurde Felicitas klar, was es bedeutete, dass Daniel Habermann sowohl ihren als auch Leopolds Namen kannte. Aber Leopold würde er nicht verraten, oder? Leopold verehrte er.

»Denkst du, ich sollte Daniel Habermann in Leopolds Namen schreiben, dass ich ihm vergebe? Einfach, um mich mit ihm gut zu stellen, damit er mich nicht verrät.«

»Hm ...« Gabriel ließ ihre Hände los, um sich nachdenklich über das Kinn zu streichen. Felicitas musste dem Impuls widerstehen, seine Hände festzuhalten.

»Vielleicht wäre das eine gute Idee.«

»Aber du möchtest trotzdem meinen Text noch einmal drucken?«, vergewisserte sie sich. Immerhin wäre es verständlich, wenn er nicht in Konflikt mit dem Vatikan geraten wollte.

Gabriel lachte. »Das fragst du mich? Ich hatte dich fragen wollen, ob du immer noch möchtest, dass ich deine Texte drucke.«

»Natürlich!« Felicitas grinste. »Wenn ohnehin niemand glaubt, dass ich ich bin, wie soll ich dann Ärger bekommen?«

Die Art, wie Gabriel ihr Grinsen erwiderte, ließ ihr Herz höherschlagen. »Na dann, auf an die Arbeit. Wir haben nur die ganze Nacht.«

Kapitel 32

Johannes Eck?«, fragte Gabriel. »Der Johannes Eck aus dem *Eccius Dedolatus?*«

Es war Ende Mai, und eine warme Frühlingsbrise zupfte an den Strähnen, die Felicitas' Zopf entkommen waren. Sie und Gabriel waren zum Stadttor hinausgeschlüpft und saßen nun am Ufer des Lech. Hier war ein Baum am Flussufer umgekippt und bildete eine natürliche Bank dicht am Wasser.

Felicitas nickte eifrig. Sie konnte es selbst auch immer noch nicht glauben. »Seine Antwort auf meinen Text ist wirklich bitterböse ausgefallen.« Der Gedanke, dass ein so berühmter Gegner Luthers sich genug über ihren Text aufgeregt hatte, um etwas dazu zu schreiben, erfüllt sie immer noch mit Genugtuung. »Hör dir das an.« Sie zog das Flugblatt aus ihrer Tasche, das sie am Morgen auf dem Markt erstanden hatte. Sie hatte es bereits mehrfach gelesen und die Anfänge einer Entgegnung im Kopf. Nun zitierte sie daraus: »Sosehr jeder gute Christenmensch auch angehalten ist, Almosen zu geben, darf Armut keine Entschuldigung für Faulheit werden. Würde die heilige Mutter Kirche all ihr Gold an die Armen geben, wer würde dann noch Lumpen sammeln gehen für die Papierherstellung? Wer würde in den Gerbereien arbeiten? Wer die Waren aus den Schiffen laden, die von weit her ihre Güter bringen?«

Neugierig sah sie vom Flugblatt auf, um auch ja keine von Gabriels Reaktionen zu verpassen.

Dieser kratzte sich das Kinn. »Es gefällt mir nicht, dass er die Armen faul nennt, aber hat er ansonsten nicht vielleicht recht?«

Felicitas schüttelte den Kopf. »Verstehst du nicht? Er sagt, man muss die Leute durch Hunger dazu zwingen, diese Berufe auszuüben, weil sie sonst niemand machen will. Ist das etwa christlich? Und er verliert kein Wort über die Menschen, die nicht arbeiten können, weil sie krank sind oder Krüppel.«

Langsam zeichnete sich Verstehen auf Gabriels Gesicht ab. »Stimmt, er urteilt sie einfach allesamt als faul ab.«

Felicitas nickte aufgeregt. Wenn sie das in ihrem nächsten Flugblatt herausstellen konnte, würde sie Johannes Eck als schlechten Christenmenschen entlarven können. »Nicht nur das«, fügte sie hinzu, »ich denke, er erwähnt sie bewusst nicht, weil er sie nicht für wichtig hält. Es geht ihm nur darum, was andere Menschen für ihn tun können. Darüber hinaus sind sie ihm egal.«

»Oooh.« Gabriels Augen leuchteten auf. »Das heißt, du kannst seine Moral infrage stellen.«

Ohne wirklich darüber nachzudenken, griff Felicitas nach seiner Schulter. Die Möglichkeiten, die sich ihr eröffneten, waren einfach zu großartig. »Ich kann an seinem Thron rütteln. Am Thron des Mannes, der in Leipzig gegen Luther disputiert hat!«

Gabriel grinste. »Ich liebe dich. Wann darf ich das nächste Flugblatt drucken?«

»Ich …«, begann Felicitas. Dann erst ging ihr auf, was sie gerade gehört hatte.

Ihr Herz klopfte schneller, aber ihr Magen krampfte sich zusammen. Plötzlich war sie sich ihrer Hand an seiner Schulter überdeutlich bewusst. Langsam zog sie sie zurück.

»Was hast du gerade gesagt?«, brachte sie heiser hervor.

Gabriels erschrockenes Gesicht sagte mehr als tausend Worte. Er würde es gleich wieder zurücknehmen, oder? »Es … Ich …« Er holte tief Luft. »Es tut mir leid. Ich wollte dir nicht zu nahe treten. Meine Gefühle spielen keine Rolle, und das Wichtigste ist für mich, dass du Teil meines Lebens bleibst. Ich möchte unsere Freundschaft nicht mehr missen.«

»Aber … aber du hast es so gemeint?« Das Herz klopfte ihr bis zum Hals. Stumm betete sie, er möge Ja sagen.

Stattdessen seufzte er. »Ist das wichtig?«, fragte er.

»Ich weiß es nicht«, gestand Felicitas. »Ich habe auch Angst, dass wir kaputt machen könnten, was wir schon haben.«

Ihr Herz sank, als Gabriel nickte. Ein wenig hatte sie gehofft, er werde ihr widersprechen, irgendwelche guten Gründe finden, warum das nicht passieren konnte.

»Dann«, sagte er leise, »werde ich deine Frage erst beantworten, wenn du mir sagst, dass die Antwort tatsächlich etwas ändern würde.«

Felicitas nickte. Die Worte lagen ihr auf der Zunge. *Ja, es würde etwas ändern.* Aber sie kamen ihr nicht über die Lippen. Was, wenn er nach und nach schleichend aufhören würde, sie ernst zu nehmen, wenn er um sie warb? Was, wenn es in irgendeiner Weise die Gleichheit zwischen ihnen störte, die sie so sehr genoss?

Felicitas räusperte sich. »Ich denke darüber nach.«

Als sie sich kurz danach verabschiedeten, war die Stimmung gedrückt.

»Ich habe bald einen neuen Text fertig«, sagte Felicitas dennoch.

Gabriel lächelte. »Ich freue mich sehr darauf, ihn zu lesen.«

Das zu haben, war schön. Aber ging da nicht vielleicht doch mehr? Nun hatte sie wohl Zeit, darüber nachzudenken.

Kapitel 33

Gabriel rutschte unruhig auf der Kirchenbank hin und her. Es war Sonntagmorgen. Er saß ganz am Rand der Reihe, neben ihm Birgit und dann sein kleiner Bruder Michael.

Und er wusste, eigentlich sollte er zumindest vorgeben, sich auf die Messe zu konzentrieren, doch seine Gedanken wanderten immer wieder zu Felicitas. Nun, eigentlich waren seine Gedanken die ganze Zeit bei Felicitas. Darin lag ja das Problem.

Warum nur war ihm herausgerutscht, dass er sie liebte? Er hatte die Brillanz ihrer Ideen bewundert, und er hätte so vieles sagen können. Dass sie herausragend war, dass er sie hoch schätzte. Aber nein, was über seine Lippen gekommen war, war ausgerechnet, dass er sie liebe.

Es stimmte, oder nicht? Sosehr er sich auch einredete, dass es nicht so war, es stimmte einfach. Doch nun standen die Worte zwischen ihnen, und vielleicht reichten sie schon, um zu zerstören, was sie bisher gehabt hatten.

»… hat Johannes Eck aus Nürnberg beauftragt …«

Der Name riss Gabriel in die Gegenwart zurück. Was hatte der Pfarrer gerade gesagt?

»... Namen deutscher Ketzer unter die Bannandrohungsbulle zu setzen«, schallte es von der Kanzel herüber.

Gabriel beugte sich zu Birgit. »Worum geht es?«

Seine Schwester schnaubte. »Wo warst du denn mit deinen Gedanken?«, flüsterte sie.

»Nicht bei der Predigt, sonst würde ich nicht nachfragen«, gab Gabriel zurück. »Bitte, es ist wichtig.«

Birgit seufzte. »Der Papst hat eine Bannandrohungsbulle gegen Luther und alle seine Anhänger verabschiedet. Alle, deren Name darauf steht, müssen Luthers Lehren abschwören, oder sie werden exkommuniziert.«

Gabriel fluchte leise, lehnte sich aber wieder in seinem Sitz zurück. Gut, dass er und Felicitas so viel Wert auf Geheimhaltung gelegt hatten.

»Die Schriften Luthers«, fuhr der Pfarrer fort, »dürfen nicht mehr verbreitet und sollen von nun an verbrannt werden.«

Noch ein leiser Fluch kam über Gabriels Lippen. Das würde ein paar Drucker ihrer Existenzgrundlage berauben. Sollte der Papiermüller Hannes am Ende doch recht behalten, und jeder, der auf die Schriften Luthers und seiner Anhänger setzte, sollte es noch bereuen?

»Hiermit verlese ich die Namen der Bürger, die auf der Bulle stehen. Auf dass ihr euch vor ihnen in Acht nehmen möget, bis sie bereut und abgeschworen haben.«

Gabriel lehnte sich vor. Wer würde auf der Liste erscheinen? Irgendjemand von den Leuten, die er bei Konrad Peutinger getroffen hatte? Es war absurd, sich vorzustellen, dass irgendjemand dieser alten, behäbigen Männer exkommuniziert werden könnte.

Die Liste war lang. Sie begann natürlich mit Luther und seinen engsten Anhängern: Martin Bucer, Erhard Schnepf, Martin Frecht, Philipp Melanchthon …

Die Namen dröhnten unter dem Gewölbe der Kirche, schienen gar kein Ende nehmen zu wollen.

»Willibald Pirckheimer.« Bei diesem Namen horchte Gabriel auf. War Pirckheimer nicht vor einer Weile bei Konrad Peutinger zu Gast gewesen? Er war Gabriel eher zurückhaltend vorgekommen, nicht wie jemand, der lauthals für Luther Position bezog.

»Leopold Schäffler.«

Der Name war der letzte auf der Liste, und er hallte noch einen Moment in der Kirche nach. Gabriel hatte das Gefühl, als würden alle seine Muskeln gleichzeitig erstarren. Hatte er richtig gehört? Gab es vielleicht noch einen Leopold Schäffler?

Eine Hand berührte ihn sanft an der Schulter, und Gabriel zuckte zusammen. Als er sich umdrehte, blickte er in Birgits besorgtes Gesicht. »Geht es dir gut?«

Ohne darüber nachzudenken, schüttelte Gabriel den Kopf.

»Willst du gehen?«

»Wie denn?«, gab Gabriel zurück, gerade als der Pfarrer mit der Gemeinde ein Lied anstimmte. »Vater reißt mir den Kopf ab.«

»Ruhe dahinten!« Gabriels Vater lehnte sich an dem kleinen Michael vorbei und starrte sie beide düster an.

Sofort setzte Gabriel sich wieder gerade hin. Das Letzte, was er jetzt brauchen konnte, war mehr Ärger.

Birgit dagegen drückte plötzlich die Hände auf den Bauch und krümmte sich. »Es tut mir leid, Vater. Ich glaube, es ist diese Zeit des Monats. Ich habe Gabriel gerade gefragt, ob er mich nach Hause bringen kann.«

Sofort erbleichte der alte Druckermeister. Frauen, die ihre Monatsblutung hatten, waren in der Kirche nicht erlaubt. Das beschmutze die Heiligkeit des Ortes, hieß es.

Er nickte Gabriel zu. »Bring sie heim. Schnell!«

Eilig, aber nicht zu eilig, damit man ihm seine Erleichterung nicht anmerkte, stand Gabriel auf. Er bot Birgit die Hand an, und diese ergriff sie, zog sich daran hoch und stützte sich dann schwer auf ihn, während sie immer noch eine Hand auf ihren Bauch drückte.

Langsam führte er sie durch den Gang zur Tür.

»Danke.«

Sie lächelte. »Kein Problem. Aber sag, was hat es mit diesem Leopold Schäffler auf sich?«

Gabriel zögerte. Sie teilten das Geheimnis ihrer nächtlichen Ausflüge, und sie hatte ihm gerade aus der Patsche geholfen. Aber wollte er ihr wirklich alles verraten? Je mehr Leute davon wussten, desto größer die Gefahr, dass sich irgendjemand mal verplapperte.

Sie schwiegen, bis sie die Tür der Kirche erreichten. Er drückte sie auf, hielt sie für Birgit, bis diese draußen war.

Draußen richtete sie sich auf, nahm die Hand von ihrem Bauch und blickte ihn abwartend an. »Komm schon, ich habe dir geholfen.«

Er seufzte, und nickte. Zumindest den Großteil der Wahrheit konnte er ihr verraten. »Ich drucke seine Texte.«

Birgits Augen wurden groß. »Du hast keine Witze gemacht, als du gesagt hast, ihr druckt nachts Flugblätter?«

»Keine Witze«, bestätigte er.

»Hm …« Sie nickte, starrte nachdenklich vor sich hin. Für einen Moment hatte Gabriel Angst, sie würde verurteilen, was er tat. Sie hatte sich nie geäußert, wie sie zu Luthers Lehren stand. »Dann geh ihn besser schnell warnen«, sagte sie schließlich. »Ich finde den Weg nach Hause allein.«

Gabriel lächelte. »Danke.«

Sie hob die Schultern, erwiderte schließlich das Lächeln. »Wir halten zusammen.«

»Habe ich dir schon mal gesagt, dass du die beste Schwester bist, die man sich wünschen kann?«

Sie lachte. »Ich bin vor allem auch die einzige Schwester, die du hast. Nun geh schon.«

Das ließ Gabriel sich nicht zweimal sagen. Nach ein paar Schritten drehte er sich allerdings noch einmal um. »Falls ich noch nicht zurück bin, wenn Vater aus dem Gottesdienst kommt …«

»… dann habe ich dich geschickt, mir Kamillentee zu holen.«

»Danke noch mal.« Mit diesen Worten drehte Gabriel sich um. Während er die Straße hinuntereilte, holte die Sorge ihn wieder ein. Felicitas steckte tief in der Klemme, und in gewisser Weise war es seine Schuld.

Hätte er nur ihre Texte nie gedruckt.

Und wenn er doch nur einen Weg wüsste, ihr da wieder rauszuhelfen. Doch für den Moment fiel ihm keiner ein.

Kapitel 34

Der Gottesdienst war langweilig gewesen, wie immer. Felicitas war sich ziemlich sicher, dass Pfarrer Ferdinand die Tatsache, dass sich sonntagmorgens Leute in seine Kirche verirrten, eher als Störung empfand. Meistens leierte er immer wieder dieselben Psalmen herunter und ließ seine Gemeinde dieselben Gebete in derselben Reihenfolge sprechen. Hin und wieder schien er auch fast über der großen Bibel mit Goldschnitt einzunicken, die auf dem Pult in seiner Kanzel lag. Meistens stimmte dann der Organist von sich aus das nächste Lied an, und dann konnte man den Pfarrer plötzlich hochschrecken sehen.

Felicitas versteckte ein Gähnen hinter ihrer Hand, während sie hinter ihrer Familie her nach Hause trottete. Leopold ging vor ihr, in ein Gespräch mit dem Vater vertieft. Sie sprachen über sein Studium und wann er nach Padua zurückkehren sollte, um es wieder aufzunehmen. Von seiner Krankheit hatte er sich vollständig erholt.

Felicitas hörte nur mit halbem Ohr zu, formulierte in Gedanken ihre Antwort auf Johannes Ecks Schrift. Sie hatte vor, ihn und den Papst mit dem reichen Mann aus dem Lukasevangelium zu vergleichen, dem es so viel besser ging als dem armen Lazarus. In der Geschichte wünschte Lazarus sich nichts außer ein paar Krumen vom Tisch des reichen Mannes. Aber er bekam nichts. Erst im Jenseits wurde er belohnt, während der reiche Mann leiden musste.

Wozu sich auch selbst etwas ausdenken, wenn man die Bibel für sich sprechen lassen konnte?

Langsam fiel Felicitas hinter den Rest ihrer Familie zurück, während sie sich im Kopf schon die ersten Sätze zurechtlegte.

Erst als sie den Schlüssel ihrer Mutter klappern hörte, bemerkte sie, dass sie bereits zu Hause angekommen waren. Sie blickte auf.

Plötzlich zog etwas ihre Aufmerksamkeit auf sich. An der Ecke zu der Gasse, die hinters Haus führte, lehnte Gabriel an der Wand.

Es gelang Felicitas gerade so, nicht nach Luft zu schnappen. Gabriel seinerseits ließ sich nicht anmerken, dass er sie kannte. Nur kurz trafen sich ihre Blicke. Er wirkte besorgt, deutete unauffällig Richtung Hinterhof.

Felicitas deutete ein Nicken an, hoffte, das würde genügen, um ihm zu vermitteln, dass sie, sobald sie konnte, wieder zu ihm hinauskommen würde. Zuerst einmal jedoch musste sie mit ihrer Familie ins Haus gehen.

Dabei schob sie sich zwischen Gabriel und Markus. Ihr kleiner Bruder hatte den Druckerssohn zum Glück noch nicht bemerkt, zu sehr war er damit beschäftigt, ihre Mutter anzubetteln, ob er diesmal die Tür aufschließen dürfe. So konnte er nicht verraten, dass die beiden sich kannten.

Doch Felicitas' Sorge war ohnehin unbegründet. Sobald sie sich noch einmal nach Gabriel umschaute, stellte sie fest, dass dieser verschwunden war.

Vom Sonntagsessen entschuldigte sie sich unter dem Vorwand, dass ihr schlecht sei. Mit angehaltenem Atem wartete sie am oberen Ende der Treppe, bis alle am Tisch saßen. Sobald Erna den Braten aus der Küche trug, war ihre Gelegenheit gekommen.

Felicitas huschte die Treppe hinunter, in die Küche und durch die Hintertür nach draußen auf den Hof.

Gabriel lehnte dort bereits am Regenfass. Er warf ihr ein Lächeln zu, aber es war gedämpft. Irgendetwas war geschehen. Felicitas' Magen krampfte sich zusammen.

Allerdings sollte sie sich vielleicht keine Sorgen machen, bevor sie etwas Konkretes wusste. Sie zwang sich, sein Lächeln zu erwidern. »Du bist ziemlich gut im Herumschleichen. Hast du schon mal über eine Karriere als Dieb nachgedacht?«

Gabriel stieß ein überraschtes Lachen aus. »Bisher nicht, aber vielleicht sollte ich es in Erwägung ziehen.«

Er stieß sich von dem Regenfass ab und trat näher. »Ich habe schlechte Neuigkeiten.«

Also hatte sie sich doch nicht geirrt, dass es einen Grund gab, sich Sorgen zu machen. »Ist uns jemand auf die Schliche gekommen?« Hatte sein Vater etwa gemerkt, dass in seiner Druckerei heimlich nachts gedruckt wurde?

»Nicht direkt. Aber der Papst hat angekündigt, Luther und seine Anhänger mit dem Kirchenbann zu belegen, wenn sie Luthers Lehren nicht abschwören.«

»Oh.« Für einen Moment war Felicitas nicht in der Lage, mehr dazu zu sagen. Sie selbst hatte darauf geachtet, ihre Schriften anonym zu veröffentlichen, aber viele andere, darunter auch Gelehrte, die sie bewunderte, würde das hart treffen. Und es würde ein harter Schlag für die Verbreitung von Luthers Lehren werden. Man würde immer überlegen müssen, wem man sich anvertraute, wer einen eventuell verraten konnte.

»Leopold steht auf der Liste der Leute, die davon bedroht sind«, fuhr Gabriel fort.

Felicitas erstarrte. »Was …?«

»Leopold steht auf der …«, begann Gabriel noch einmal.

»Wie ist das möglich?«, unterbrach Felicitas ihn. »Sein Name steht nirgendwo auf den Flugblättern, wie kann irgendjemand sie mit ihm in Verbindung bringen?«

Leopold war so freundlich zu ihr gewesen in letzter Zeit. Sie hatten ihr geschwisterliches Band neu entdeckt, und Felicitas genoss das sehr. Und nun sollte er ihretwegen in Schwierigkeiten geraten?

»Wem hast du deine Texte geschickt, bevor sie veröffentlicht wurden? Also, wem außer mir?«

Oh Gott, natürlich. »Daniel Habermann«, sagte Felicitas schwach. »Und er steht in Briefkontakt mit Konrad Peutinger, und sie haben mindestens einmal über mich geredet.«

»Und Konrad Peutinger wiederum steht in Briefkontakt mit sehr vielen Menschen«, fuhr Gabriel fort.

Felicitas nickte langsam. Oh, wie hatte sie nur so dumm und leichtgläubig sein können? Sie hätte niemals einen Text veröffentlichen dürfen, den außer Gabriel schon jemand gesehen hatte. Aber sie hatte angenommen, sie säßen alle im selben Boot. Niemals hätte sie sich träumen lassen, dass ein anderer Anhänger Luthers sie verraten würde.

»Hast du ihm seit seiner Entschuldigung noch einmal geantwortet?«, fragte Gabriel. »Daniel Habermann, meine ich.«

Felicitas schüttelte den Kopf. »Ich habe es nicht über mich gebracht. Ich wollte es immer tun, aber jedes Mal, wenn ich mich hingesetzt habe, um ihm einen Brief zu schreiben, hat sich alles in mir dagegen gewehrt.«

Wie konnte sie so tun, als wäre alles vergeben und vergessen nach dem, was Daniel ihr an den Kopf geworfen hatte? Und er hatte nur seine Meinung geändert, weil er zu dem Schluss gekommen war, sie sei doch ein Mann.

»Vielleicht hat er dich aus Wut verraten«, sagte Gabriel.

»Hinterhältige Schlange«, murmelte Felicitas.

Gabriel lächelte schief. »Kein Einspruch dagegen.«

Unwillkürlich erwiderte Felicitas das Lächeln. Gabriel an ihrer Seite zu wissen, erfüllte sie mit neuem Mut. Mit neuer Entschlossenheit. Sie musste etwas unternehmen. Leopold durfte nicht ihretwegen in Schwierigkeiten geraten. »Ich muss das richtigstellen. Ich schreibe dem Papst und erkläre, dass nicht mein Bruder es war, der diese Texte verfasst hat, sondern ich.«

»Felicitas ...« Gabriel trat noch einen Schritt näher. Er machte eine Bewegung, als wolle er nach ihren Händen greifen, hielt aber im letzten Moment inne. »Bitte tu das nicht. Uns fällt schon irgendetwas ein, wie wir Leopolds Namen von dieser Liste bekommen, ohne dass du dafür exkommuniziert wirst.«

Seine Sorge rührte sie. Eine Welle der Zuneigung für Gabriel ergriff Felicitas.

»Was denn?«, fragte sie dennoch. »Wie sollen wir das anstellen?«

Hilflos hob Gabriel die Schultern. »Wie gesagt, uns fällt schon etwas ein. Johannes Eck ist für die Verwaltung der Bulle zuständig, vielleicht können wir … Ich weiß es nicht. Uns fällt schon etwas ein.«

Bei der Erwähnung des Namens wurde Felicitas kalt. »Johannes Eck? Der Johannes Eck, der sich persönlich über meine Schrift aufgeregt hat?«

Gabriel seufzte. »Ich fürchte schon.«

»Ich glaube nicht, dass er sich so einfach erweichen lassen wird.« Warum musste es ausgerechnet der Mann sein, dem sie mit ihrem Text offensichtlich empfindlich auf die Zehen getreten war? Bei irgendjemand anderem hätte mehr Hoffnung bestanden.

Nein, es führte wirklich kein Weg darum herum. Sie musste zu dem stehen, was sie getan hatte, damit Leopold nicht unschuldig dafür bestraft wurde.

»Ich schreibe ihm«, sagte sie entschlossen.

»Und dann?«, fragte Gabriel. »Lässt du dich

exkommunizieren oder schwörst du öffentlich Luthers Lehren ab?«

»Ich …« Felicitas stockte. Alles in ihr sträubte sich dagegen, Letzteres auch nur zum Schein zu tun.

»Es ist nicht gerecht!«, beschwerte sie sich. »Ich habe die Wahrheit gesagt, und nun soll ich dafür bestraft werden? Schwimmen der Papst und seine Kardinäle etwa nicht in Gold? Geben sie es nicht für Kurtisanen aus?«

»Sie schwimmen nicht nur in Gold, sondern sie haben auch sehr viel Macht und Einfluss«, gab Gabriel zu bedenken. »Genau deshalb muss man aufpassen, was man über sie sagt.«

»Der Papst ist auch nur ein Mensch, und er wurde von anderen Menschen in sein Amt gewählt. Er ist nicht unfehlbar, und ich sehe es nicht ein, klein beizugeben, nur weil er Fürsten erpressen und Schläger bezahlen kann!«

Aus irgendeinem Grund lächelte Gabriel bei diesen Worten. Die Art, wie er sie ansah, durchbrach ihre Wut. Verwirrt blinzelte sie ihn an.

»Verzeihung.« Gabriel lächelte noch immer. »Du bist wunderschön, wenn du …«

Er brach ab, und Felicitas war sich ziemlich sicher, es lag daran, dass sich ihre Miene verdüstert hatte. Sie hatte über Dinge gesprochen, die ihr am Herzen lagen. Aber er hatte nicht richtig zugehört und sie stattdessen angestarrt. »Ich meine es ernst«, sagte sie.

Gabriel nickte. »Ich weiß, und ich verstehe deine Wut. Aber ich bewundere auch das Feuer, das in dir brennt. Ich möchte nicht, dass es je erlischt. Ich mache mir große Sorgen um dich und deine Zukunft, aber ich möchte dich bei deinem Vorhaben so gut unterstützen, wie ich kann.«

Felicitas' Enttäuschung und ihr Zorn schmolzen dahin. Stattdessen schluckte sie gegen einen Kloß in ihrer Kehle an. »Danke.«

Nun trat Felicitas einen weiteren Schritt vor, getrieben von einer weiteren Welle der Zuneigung. Sie ergriff seine Hände. »Danke.«

Diesmal strahlte sein Lächeln hell. »Immer.«

Und er musste es nicht mehr sagen. Sie wusste auch so, dass er sein »Ich liebe dich« vor so vielen Nächten erst gemeint hatte.

»Ich liebe dich auch.« Die Worte kamen nur als Flüstern über ihre Lippen. Ohne noch etwas zu sagen, zog Gabriel sie in seine Arme.

Kapitel 35

Die Zukunft sah düster aus, aber gleichzeitig fühlte sich Gabriel, als wäre er im Himmel. Es war ein warmer Tag, und sie hatten sich wieder ans Ufer des Lech geschlichen. Felicitas saß gegen Gabriel gelehnt, und er hielt ihr Tintenfass, während sie fleißig schrieb. Er hatte ein kurzes Brett aufgetrieben, das sie als Schreibunterlage verwenden konnte.

Gabriel spürte ihre Nähe warm an seiner Seite, und der Duft von Lavendelseife stieg ihm aus ihrer Kleidung und ihrem Haar in die Nase. Für einen Moment schloss er die Augen, verdrängte alles andere und genoss den Moment.

»Was hältst du davon?«, erklang Felicitas' Stimme schließlich.

»Hm?« Gabriel machte sich nicht die Mühe, die Augen zu öffnen.

Felicitas las vor: »An den Verächter der Armen, Johannes Eck: Ich schreibe, um einen Fehler zu korrigieren, der Euch beim Setzen der Namen auf die Bannandrohungsbulle *Exsurge Domine* unterlaufen ist. Den Text *Vom Geiz der angeblichen Vertreter Gottes* hat nicht mein Bruder Leopold verfasst, sondern ich. Daher muss mein Name auf der Bulle stehen und nicht seiner. Ich gehe davon aus, dass Ihr das baldmöglichst korrigieren werdet. Gezeichnet, Felicitas Schäffler.«

Unwillkürlich musste Gabriel lachen. Er hatte gar nicht gewusst, dass Felicitas zu so viel verbaler Kälte in der Lage war. Allerdings hielt das Lachen nicht lange. Sie spielte hier mit dem Feuer. »Musst du ihn unbedingt wütend machen?«

Felicitas seufzte und zerknüllte das Blatt, auf dem sie geschrieben hatte. »Die Versuchung ist einfach zu groß. Und was nützt es mir, wenn ich nett bin? Auf der Bulle lande ich so oder so.«

Nun, da Felicitas beschlossen hatte, nicht nachzugeben, nahm sie keine Rücksicht auf Verluste mehr. Hoffentlich war sie sich wirklich darüber im Klaren, was es bedeutete, ihr ganzes bisheriges Leben so aufs Spiel zu setzen.

Gabriel drehte den Kopf ein wenig, blickte auf ihren Haarschopf hinunter, der an seiner Schulter lehnte. Würde sie mit dem Kirchenbann belegt werden, bedeutete das, dass kein Katholik mehr mit ihr Kontakt haben durfte. Für die Kirche galt sie damit als tot. Natürlich, jeder, der an Luthers Lehren glaubte, konnte das getrost ignorieren, aber wie würde sich diese Glaubensrevolution entwickeln?

»Wenn du Pech hast«, sagte er, »gelingt es dem Vatikan, Luthers Anhänger nach und nach in die Knie zu zwingen, und dann hast du die Wahl, entweder allein weiterzukämpfen oder auch nachzugeben.«

»Meinst du wirklich, Luthers Ideen lassen sich noch aufhalten?« Felicitas klang skeptisch.

Nun zuckte Gabriel mit den Schultern, ganz vorsichtig, um Felicitas nicht zu sehr durchzuschütteln. »Ich weiß es nicht, aber im Vatikan weiß man sich durchzusetzen. Ich hab bei Peutinger letztens jemanden von dem Gang nach Canossa reden hören. Sagt dir das was?«

Er spürte Felicitas' Kopfschütteln an seiner Schulter. Sie legte das Brett und das restliche Papier beiseite und drehte sich auf ihrem Platz. Nun lehnte ihre Wange an seiner Schulter, und sein Herz schlug schneller. Ganz vorsichtig schob er eine Hand an ihren Rücken. Als sie sich nur umso enger an ihn kuschelte, wagte er es, den Arm um ihre Hüfte zu legen.

Ihr so nah zu sein, war aufregend, und es fühlte sich an, als hielte er den kostbarsten Schatz der Welt in Händen. Gleichzeitig hatte es etwas Natürliches, als hätte er schon immer so an ihre Seite gehört. Seit sie ihre Liebe gestanden hatte, erfüllte ihn eine tiefe Ruhe, ein Gefühl der Sicherheit und Zugehörigkeit, das er nie zuvor empfunden hatte.

War es dieses Gefühl, das Birgit immer wieder nachts nach draußen trieb? Wenn, dann konnte er es ihr wahrlich nicht verdenken.

»Erzähl mir von dem Gang nach Canossa«, murmelte Felicitas an seiner Schulter.

Ach ja, er hatte ja etwas sagen wollen. Gabriel räusperte sich, damit er ein wenig Zeit gewann, um seine Gedanken zu sammeln. »Ich erinnere mich nicht an alle Details, aber irgendein deutscher Kaiser hat vor ein paar Hundert Jahren den Papst verärgert.«

»Das würde sich heutzutage auch kein König oder Kaiser mehr trauen«, sagte Felicitas.

Gabriel nickte. »Das hat wohl auch seine Gründe, denn er wurde exkommuniziert.«

Neben ihm setzte sich Felicitas gerader hin. Nun berührte ihre Schulter seine, sie blickte ihn von der Seite her an. »Was hat er dagegen unternommen?«

»Er ist nach Canossa gegangen, wo der Papst damals gerade residierte, und stand drei Tage im Büßerhemd vor dem Tor, bis er eingelassen und ihm vergeben wurde.«

»Oh.« Felicitas sackte merklich in sich zusammen.

Es tat ihm weh, sie so entmutigt zu sehen, aber sie musste sich der Folgen ihres Handelns vollkommen bewusst sein. Er wollte sie unterstützen, das bedeutete auch, sie nicht blind in ihr Verderben rennen zu lassen. »Worauf ich hinauswill«, fuhr Gabriel fort, »ist, dass es immer sein kann, dass Luther diesen Kampf eines Tages verliert. Vielleicht muss er sich auch irgendwann im Büßerhemd vor irgendeinem Tor erniedrigen. Die Frage ist dann, ob du es ihm gleichtust oder ob du eine Ausgestoßene aus der Gesellschaft bleibst. Und wie schwer es für dich wäre, den Bann wieder aufheben zu lassen.«

Felicitas runzelte die Stirn. »Aber was hat das damit zu tun, wie freundlich ich zu Eck bin?«

»Je freundlicher du zu allen Entscheidungsträgern bist, desto mehr Möglichkeiten hältst du dir offen.«

Er sah sie aus dem Augenwinkel nachdenklich auf ihrer Unterlippe kauen. »Hieße das nicht, dass ich direkt von meiner Niederlage ausgehe?«

»Man muss immer das Beste hoffen, aber auf das Schlimmste vorbereitet sein.« Gabriels Mutter hatte das oft gesagt. Oft genug in Bezug auf seinen Vater.

»Hm …«, machte Felicitas. »Aber man muss sich auch irgendwann auf einen Weg festlegen und den dann zu Ende gehen, zum Guten oder zum Schlechten.«

So hatte Gabriel das noch nie gesehen. Er dachte daran, wie er es erst geschafft hatte, seinem

Vater wirklich Kontra zu geben, seit er einen Plan hatte, was er mit seinem Leben anstellen wollte, auch wenn er enterbt wurde. Vielleicht hätte er den Mut schon viel früher finden sollen, egal, was es kostete.

»Vielleicht hast du recht«, sagte er. »Letztendlich ist es deine Entscheidung, und ich unterstütze dich, egal was du tust. Ich will nur, dass du weißt, was du tust.«

Felicitas lächelte. »Ich bin nicht sicher, ob ich weiß, was ich tue. Aber eine Sache wird mir immer klarer.«

»Hm?« Neugierig blickte er zu ihr hinüber.

Sie richtete sich wieder auf, setzte sich so, dass sie ihm direkt in die Augen blicken konnte. »Du bist das Beste, was mir in meinem Leben je passiert ist.«

Glück ließ sein Herz höherschlagen. »So geht es mir auch«, sagte Gabriel. »So geht es mir auch.«

Kapitel 36

Felicitas hätte nie gedacht, dass man gleichzeitig so glücklich und so verzweifelt sein konnte. Sie hatte das Gefühl, als hänge die Axt eines Henkers über ihr, jederzeit bereit, herabzufallen. Als sie schließlich eine deutlich freundlichere Version des Briefes an Johannes Eck abgeschickt hatte, zitterten ihre Hände für den Rest des Tages, und die Mutter verzweifelte schier an der Qualität ihrer Stickarbeit.

»Kind, was ist denn heute los mit dir?«

Felicitas seufzte. »Es tut mir leid, ich fühle mich nicht wohl«, log sie.

»Ja, das sehe ich.« Die Mutter blickte kopfschüttelnd auf die Borte herab, die ein neues Hemd für Leopold zieren sollte. Das Blättermuster darauf zerfaserte gegen Ende hin in Chaos. »So machst du mir mehr Arbeit, als du mir hilfst. Geh und leg dich hin. Erhol dich.«

Dankbar floh Felicitas auf ihr Zimmer.

Gleichzeitig jedoch machte ihr Herz jedes Mal kleine glückliche Sprünge, wenn sie an Gabriel dachte. Sie hatte es endlich gewagt, sie hatte ihm ihre Gefühle gestanden, und es war nicht schiefgegangen. Sie waren sich näher als je zuvor, und die Harmonie zwischen ihnen gab ihr auf eine Art Halt, die sie bisher nicht gekannt hatte. Jedes Mal, wenn sie sich hinausschlich, um mit ihm über den Markt zu schlendern oder ihn an ihrem gemeinsamen Platz am Lech zu treffen, schwebte sie auf Wolken. Und jedes Mal, wenn sie nach Hause zurückkehrte, stürzte sie wieder ab.

Denn zu Hause gab es noch etwas, das sie unbedingt tun musste und für das sie bisher nicht den Mut gefunden hatte. Sie musste Leopold gestehen, was geschehen war, bevor er es aus anderer Quelle erfuhr.

Und nun stand sie mit zitternden Händen mitten in ihrem Zimmer, hatte nichts Nützliches zu tun, nicht einmal Sticken. Vielleicht war das der beste Zeitpunkt, um es hinter sich zu bringen.

Sie trat wieder in den Gang hinaus. Der Weg zu Leopolds Zimmer war die längste Strecke, die sie je in ihrem Leben zurückgelegt hatte. Mit der Hand an seiner Tür hielt sie inne.

Sie musste ihn warnen. Das war das Mindeste, was er verdient hatte.

Sie holte tief Luft und schob die Tür auf.

Ihr Bruder saß mit einem Holzschnittmesser über einem Brettchen. Bei ihrem Eintreten blickte er auf. »Holz hat seine Grenzen«, verkündete er, »wenn es um die Menge der Details geht, die man damit darstellen kann. Denkst du, du kannst mir Materialien für den Kupferstich besorgen, ohne dass Vater es merkt? Er will, dass ich mit diesem …« Leopold setzte einen gespielt strengen Blick auf und ahmte ihren Vater nach. »… ›Künstlerunfug‹ aufhöre und mich wieder auf mein Studium konzentriere.«

»Ich kann es versuchen«, brachte Felicitas heraus. Andere Worte, wichtigere Worte, schnürten ihr die Kehle zu und wollten nicht heraus.

Leopold grinste. »Du bist die beste Schwester, die man sich wünschen kann.«

Das würde er nicht sagen, wenn er wüsste, was sie ihm zu erzählen hatte. Felicitas' Kehle wurde noch enger.

Das Grinsen ihres Bruders verblasste. »Felicitas? Du hast diesen Blick, den man nach dem zweiten Krug Wein bekommt. Falls dir schlecht ist, würde es dir etwas ausmachen, nicht in mein Zimmer zu kotzen?«

Felicitas schüttelte nur den Kopf. »Ich muss dir etwas sagen«, brachte sie endlich hervor.

»Leopold!« Die Stimme ihres Vaters ließ sie zusammenzucken. Sie hörte seine Schritte auf der Treppe. »Leopold!« Er klang wütend.

Leopold verengte die Augen zu Schlitzen.

»Was ist hier los?«

Jetzt oder nie. Sie hatte wahrscheinlich nur noch Momente, um es Leopold selbst zu gestehen. Ihr Vater musste gerade herausgefunden haben, was geschehen war. Felicitas holte tief Luft. »Dein Name steht auf einer päpstlichen Bulle, die den Kirchenbann androht.« Es kam in einem Atemzug heraus, aber noch nie hatte sie etwas so viel Kraft gekostet.

Leopold blinzelte verwirrt. »Was?«

»Dein Name steht auf einer päpstlichen Bulle, die den Kirchenbann androht.« Beim zweiten Mal ging es leichter. »Und es ist meine Schuld.«

Bevor sie mehr sagen konnte, flog die Tür des Zimmers auf. »Leopold, was hast du dir dabei gedacht!«

Der Vater hielt ein Flugblatt in der Hand. Hatten sie es nun also auch gedruckt? Mit zwei Schritten war er im Raum und streckte es Leopold anklagend entgegen.

Felicitas' Bruder griff nach dem Papier, sein Blick huschte dabei zwischen ihr und ihrem Vater hin und her. *Exsurge Domine,* las er schließlich.

Felicitas' Herz hämmerte. Sie musste jetzt etwas sagen, musste dafür sorgen, dass der väterliche Zorn nicht Leopold traf. Sie kämpfte mit den Worten, die ihr im Hals stecken zu bleiben drohten.

»Das war nicht Leopold!«, stieß sie schließlich hervor. »Das war ich!«

Ihr Vater drehte sich zu ihr um, die Stirn in Falten gelegt. »Wie bitte?«

Nun, da es raus war, ging der Rest einfacher. »Ich habe mich als Leopold ausgegeben. All die Briefe waren für mich, nicht für ihn. Und ich habe einen Text veröffentlicht, anonym natürlich. Aber irgendwer hat ihn mit Leopold in Verbindung gebracht.«

Auf Leopolds verwirrter Miene zeichnete sich zum ersten Mal Verstehen ab. Er sank auf seinem Stuhl zusammen. »Herrgott, Felicitas!«

»Was ist das für ein Text?« Die Stimme ihres Vaters klang eisig. »Zeige ihn mir.«

Felicitas nickte. »Ich … ich hole ihn schnell.«

Auf dem Weg in ihr Zimmer zitterten ihre Knie. Sie holte ein Exemplar des Flugblattes unter ihrer Kommunionbibel hervor. Natürlich hatte sie eines behalten müssen. Sie war so stolz gewesen.

Nun fühlte es sich an, als sei sie töricht und dumm gewesen. Wie hatte sie nur glauben können, die Anonymität werde sie schützen?

Das Stück Papier schien in ihren Händen immer heißer zu werden, je näher sie Leopolds Tür kam. Davor blieb sie stehen. Nur ein Moment, um sich zu sammeln. Dann würde sie sich den

Konsequenzen ihres Handelns stellen. Nur ein Moment.

Die Tür vor ihr öffnete sich. Ihr Vater starrte sie unter zusammengezogenen Brauen hervor an. »Nun?«

Langsam hob sie die Hand mit dem Flugblatt.

Ihr Vater riss ihr den Zettel aus den Fingern, winkte sie wieder in den Raum. Mit gesenktem Blick trat Felicitas ein. Kurz sah sie Leopold aus dem Augenwinkel, der das Exemplar der Bulle anstarrte, das ihr Vater mitgebracht hatte.

»Felicitas«, sagte ihr Vater schließlich. »Ich muss sagen, ich bin schwer enttäuscht. Ich habe dir eine humanistische Bildung angedeihen lassen, weil ich dachte, du könntest davon profitieren. Nicht, damit du dein Wissen nutzt, um damit …« Er sah mit angewidertem Blick auf ihr Flugblatt herab. »… so einen Schund zu produzieren.«

Trotz regte sich in Felicitas. Sie hatte mit Ärger gerechnet, aber nicht damit, dass er ihre Arbeit beleidigte. Langsam hob sie den Kopf, begegnete dem Blick ihres Vaters. »Den Leuten scheint es zu gefallen.«

»Den Leuten gefällt das Vulgäre stets am meisten.« Er zerknüllte den Zettel in seiner Hand. Instinktiv streckte Felicitas die Hand danach aus, ohne ihn jedoch retten zu können. Es war ihr einziges Exemplar des Flugblattes.

»Nun, du hast genug Schaden angerichtet«, fuhr ihr Vater fort. »Ich verbiete dir hiermit, irgendwelche Post zu empfangen, weder in deinem Namen noch im Namen deines Bruders. Ich werde allen deinen Briefkontakten schreiben und mich höchstpersönlich bei ihnen entschuldigen. Und ich rede mit Johannes Eck. Ich habe gehört, er ist ein verständiger Mann. Sicher wird er dir dein Ungeschick nachsehen.«

Er tat es schon wieder, behandelte sie wie ein Kind, das nicht wusste, was es tat. Stolz reckte Felicitas das Kinn vor. »Ich habe Eck bereits geschrieben und alle Verantwortung auf mich genommen, so dass Leopold keine Schwierigkeiten bekommen wird.«

Ihr Vater schüttelte den Kopf. »Und was gedenkst du zu tun, sobald dein Name auf der Bulle steht?«

Felicitas öffnete den Mund, doch ihr Vater fiel ihr ins Wort. »Nein, ich will es gar nicht hören. Ich habe gesagt, keine Briefkontakte mehr. Das schließt Eck mit ein. Ich regle das.«

Damit wandte er sich ab und marschierte aus dem Zimmer. Für einen langen Moment starrte Felicitas ihm nach. Sie hatte mit allem gerechnet. Damit, dass er so wütend werden würde, wie sie ihn noch nie zuvor erlebt hatte. Damit, dass er sie vielleicht sogar verstoßen würde. Womit sie nicht gerechnet hatte, war, dass er sie einfach so entmündigte, ihr nicht einmal die Gelegenheit gab, ihren eigenen Fehler wiedergutzumachen.

»Bist du vollständig wahnsinnig?« Leopolds Stimme holte sie in die Gegenwart zurück. »Was hast du dir dabei gedacht?«

Sein anklagender Tonfall tat weh. Vor allem, nachdem ihr Vater sie gerade all ihrer Handlungsmöglichkeiten beraubt hatte. »Du hast den Text doch selbst gelesen«, hielt sie Leopold entgegen. »Du fandest ihn lustig!«

»Da wusste ich aber auch noch nicht, dass mein Name darauf stehen würde.« Leopold sprang auf, lief zu seinem Nachttisch, als suche er dort etwas, hielt inne, kam wieder zurück. »Ich darf nicht von der Universität geworfen werden. Ich brauche zumindest noch so lange Geld von Vater, bis ich mit meinen Bildern genug verdienen kann.«

Das war also sein Plan. Unter normalen Umständen hätte Felicitas ihm viel Erfolg damit gewünscht und ihre Unterstützung angeboten, aber gerade war ihr Kopf voll mit anderen Dingen.

»Dein Name stand nicht darauf!«, verteidigte sie sich. »Es hat nur jemand die richtigen Verbindungen gezogen.«

»›Nur‹«, ereiferte sich Leopold. »Wenn du schon unter meinem Namen Verbotenes machst, dann erwarte ich zumindest, dass du vorsichtig bist!«

Da hatte er ja recht. »Es tut mir leid«, sagte Felicitas. »Aber ich habe wirklich versucht, es richtigzustellen.«

»Und dann?«, fragte nun auch Leopold. »Was, wenn du es richtiggestellt hättest? Kannst du für so was dann nicht auf dem Scheiterhaufen landen?«

Allein diese Möglichkeit in den Raum gestellt zu sehen, ließ Felicitas schlucken. Aber so weit würde niemand gehen, oder nicht? Sie schüttelte den Kopf. »Nur exkommuniziert.«

»›Nur‹«, sagte Leopold wieder. »Vater hat recht, du solltest das ihm überlassen. Du hättest damit gleich zu ihm gehen sollen.«

Vielleicht wäre das tatsächlich klüger gewesen. Felicitas wusste es nicht. Sie wusste nur, dass es sich schlecht anfühlte, ihr Schicksal nicht mehr in der eigenen Hand zu haben.

Aber sie hatte sich wirklich dumm angestellt. Es war dumm gewesen, den Text zu veröffentlichen, den sie Daniel Habermann zuvor gezeigt hatte. Sie hätte ihm nicht trauen dürfen, nur weil sie dieselbe Weltsicht teilten. Oder genauer, weil sie gedacht hatte, dass sie dieselbe Weltsicht teilten. Offensichtlich taten sie das nämlich nicht, wenn es um Frauen ging.

Und vielleicht war es deshalb auch falsch gewesen, Leopolds Namen zu verwenden. Hätte sie ihm als Felicitas geschrieben, hätte sie direkt gewusst, wie viel Ärger er bedeutete.

Als sie schwieg, stieß Leopold lange die Luft aus. »Nimmst du überhaupt irgendetwas von alldem ernst?«

Das sagte der Richtige. Felicitas richtete sich gerader auf. Sich Vorwürfe von ihrem Bruder anzuhören, würde die Situation nicht besser machen. »Ich nehme es ernst, ansonsten hätte ich wohl kaum als Allererstes versucht, klarzustellen, dass du damit nichts zu tun hast.«

Bevor Leopold reagieren konnte, drehte sie sich um und marschierte aus dem Raum.

»Felicitas!«

Der Ruf sorgte nur dafür, dass sie ihre Schritte beschleunigte. Sie eilte über den Flur, ohne noch einmal zurückzusehen. Wieder in ihrem Zimmer, warf sie sich auf das Bett und verbarg das Gesicht in den Kissen. Es dauerte nicht lange, bis die Tränen flossen.

Die nächsten Tage blieb sie einfach auf ihrem Zimmer. Was sollte sie auch tun? Leopold war kaum zu Hause, offensichtlich mit Freunden unterwegs. Wenn er spätabends heim kam, stank er meistens nach Alkohol und sang Lieder, die dafür sorgten, dass Erna und seine Mutter mit ihm schimpften.

Auch der Vater ließ sich kaum blicken. Wenn er mal mit dem Rest der Familie beim Abendessen saß, wirkte er erschöpft und angespannt. Das Klappern des Geschirrs hallte an diesen Abenden oft in der Stille im Raum wider, wurde nur hin und wieder durchbrochen von der Mutter, die mit Markus darüber redete, wie sein Tag gewesen war, oder alle fragte, wie es ihnen schmeckte.

Felicitas' Schreibzeug sammelte Staub. Wie hätte sie es anrühren sollen nach allem, was geschehen war? Stattdessen stickte sie Borten mit einer Verbissenheit, die selbst ihre Mutter verwunderte.

»Kind«, sagte sie schließlich tadelnd. »Der Stoff hat dir nichts getan, du musst ihn nicht erstechen.«

Felicitas hob die Schultern. »Es ist doch egal, was ich mache. Ich bin ohnehin nicht gut in dem, was ich tun soll.«

»Ach Kind.« Sanfte Hände nahmen ihr das Stickzeug weg. Und Felicitas ließ sich in die Arme ihrer Mutter fallen. Es tat gut, einfach nur zu weinen, auch wenn es ihre Probleme nicht löste.

Schließlich, am fünften Morgen nach der Enthüllung, ließ sich ihre Tür kaum öffnen, weil ein Stapel Zettel darunter klemmte.

Kapitel 37

Gerhard!« Gabriel zuckte zusammen, als die Stimme seines Vaters durch die Druckerei hallte. Er mochte nicht derjenige sein, den der Zorn traf, aber allein der Tonfall bedeutete Ärger.

Gerhard ließ seine Arbeit sinken und blickte zum Druckermeister hinüber. »Gibt es ein Problem?«, fragte er freundlich. Wie Gabriel hatte er längst die Kunst gemeistert, angesichts der Wut seines Herrn ruhig zu bleiben.

»Es gibt ein Problem damit, wie viele Fehler du auf einer Seite gemacht hast.« Gabriels Vater wedelte mit dem Bogen, den er gerade geprüft hatte.

Es hatte Tage gedauert, bis er seine ungewöhnlich stille Phase überwunden hatte. Nun polterte er zornig umher wie sonst. Allerdings traf sein Zorn in letzter Zeit erstaunlich selten Gabriel. Stattdessen hatte Gabriel immer noch das Gefühl, unter ständiger Beobachtung zu stehen. Wie jetzt auch. Sein Vater warf einen Blick hinüber zu der Presse, an der Gabriel zusammen mit zwei Lehrlingen arbeitete. »Hat irgendwer gesagt, ihr sollt aufhören?«

Gabriel wandte sich wieder seiner Arbeit zu, und die Lehrlinge taten es ihm eilig gleich. Er zog den bedruckten Bogen unter dem Drucktiegel hervor, legte ihn auf den stetig wachsenden Stapel, holte einen frischen Bogen. Die Lehrlinge stemmten sich gegen die Kurbel der Presse.

Gleichzeitig lauschte Gabriel aber auf das, was hinter ihm geschah.

»Die Nummerierung der Psalmen ist jeweils um eines verschoben«, polterte Gabriels Vater. »Das sollte der zehnte Psalm sein, nicht der elfte, und das der elfte und nicht der zwölfte. Das setzt sich über den ganzen Bogen fort.«

»Das stand so in der Vorlage.« Gerhards Stimme war leiser, dennoch fest.

»Das kann nicht sein! Wer würde denn plötzlich anfangen, die Psalmen falsch zu nummerieren?«

»Ich weiß nicht, was das für eine Vorlage war, die du mir gegeben hast, Friedrich. Aber ich schwöre, es stand dort so.«

»Ach, bin ich jetzt wieder schuld, weil ich nicht einmal die richtige Vorlage heraussuchen kann? Habt ihr in letzter Zeit alle etwas an mir auszusetzen?«

Gabriel warf einen Blick über die Schulter. Sein Vater fuchtelte wild mit dem Bogen herum. »Einer von euch verwechselt Papier mit Eselfutter, aber ich bin der Böse, weil ich euch für klüger halte als das und stattdessen einen Diebstahl annehme. Und jetzt bin ich wieder der Böse, weil ich dir die falsche Vorlage gebe. Bin ich jetzt an allem schuld, was hier schiefläuft, oder was?« Mit der freien Hand hieb er auf den Setzertisch, und Gerhard zuckte sichtlich zusammen. »Wenn die Lehrlinge die Presse falsch bedienen und der Text unleserlich wird, ist das dann auch meine Schuld?«

»Neuer Bogen«, flüsterte einer der Lehrlinge Gabriel zu. Eilig kam dieser der Aufforderung nach, sah sich dann aber direkt wieder nach dem Streit um. Instinktiv wollte er dem Beispiel seiner Mutter folgen, den Kopf unten halten und warten, bis der Sturm vorüber war. Aber das hieß, Gerhard im Stich zu lassen. Es hieß, den Druckermeister in seiner Opferrolle zu bestätigen, nur weil es hin und wieder jemand wagte, ihm zu widersprechen.

Felicitas' Worte hallten in ihm wider: »Man muss sich irgendwann auf einen Weg festlegen und den dann zu Ende gehen, zum Guten oder zum Schlechten.«

Gabriel hatte angefangen, seinem Vater zu widersprechen, und so wie es aussah, war dieser noch nicht darüber hinweg, hatte er doch gerade den Vorfall mit der verschwundenen Kiste Papier wieder angesprochen. Nun bekam Gerhard die Auswirkungen davon zu spüren. Hatte Gabriel überhaupt die Wahl, auf den alten Weg des Beschwichtigens und Duckens zurückzukehren?

»Neuer Bogen«, flüsterte der Lehrling wieder. Doch nun hob Gabriel eine Hand, um ihm zu bedeuten, er solle warten. Er ging zum Setzertisch hinüber.

Sein Vater stierte Gabriel böse an, sagte aber nichts. Mit aller Ruhe, die Gabriel aufbringen konnte, beugte er sich über den fehlerhaften Bogen. Und er hatte genug Psalmensammlungen gesetzt, um das Problem sofort zu erkennen. »Der neunte Psalm ist in zwei Psalme aufgeteilt. Deshalb stimmt die Zählung danach nicht mehr.«

»Das habe ich auch schon gesehen«, sagte sein Vater in einem Ton, der klarmachte, dass er zu wütend gewesen war, um den Ursprung des Fehlers zu finden. »Das stand in der Vorlage bestimmt nicht so!«

Gabriel musste daran denken, was Konrad Peutinger gleich bei ihrer ersten Begegnung über die Zählung der Psalme gesagt hatte. Im hebräischen Original wurden sie anders gezählt. Und übersetzte Martin Luther nicht gerade das Alte Testament anhand des hebräischen Textes? Das zumindest hatte Gabriel bei einem der Vortragsabende aufgeschnappt. Das hieß, eventuell verwendeten Luthers Anhänger eine andere Zählung der Psalme.

Gabriel schüttelte den Kopf. »Diese Zählung gibt es durchaus, allerdings nicht in der Septuaginta. Wo hast du die Vorlage her? War das eine unserer alten Bibeln?«

»Wir haben im Moment keine Bibeln mit dem Alten Testament mehr im Haus, das weißt du sehr wohl! Du nörgelst doch immer daran herum, dass ganze Bibeln zu viel Papier verbrauchen und zu wenig Gewinn abwerfen!«

Dem konnte Gabriel nicht widersprechen. Aber stattdessen nur das Neue Testament und Gebetbücher zu drucken, machte es nicht besser. Die Psalmensammlung, an der sie im Moment arbeiteten, würde ihnen wahrscheinlich auch nur gerade genug einbringen, um das Geschäft am Laufen zu halten.

»Also«, sagte er wieder ruhig. »Wo ist die Vorlage her?«

»Was spielt das für eine Rolle!«, brauste sein Vater auf. Also hatte er nicht darauf geachtet, ob er die richtige Version der Psalmen bekommen hatte. Und nun versuchte er von seinem eigenen Fehler abzulenken. »In was für einer Welt leben wir denn, dass jeder seine Psalme so nummeriert, wie es ihm gefällt? Außerdem, Gerhard …« Er wandte sich wieder an den Setzer, der zwar tapfer das Kinn oben hielt, aber doch inzwischen merklich erschrocken aussah. »Wie konnte dir die falsche Nummerierung beim Setzen nicht auffallen?«

»Du weiß doch«, sagte Gerhard, »man achtet beim Setzen mehr auf die einzelnen Buchstaben als auf den Text.«

»Ich bin nur von Idioten umgeben«, schnaubte Gabriels Vater. Er warf den mit roter Tinte korrigierten Bogen vor Gerhard auf den Tisch. »Verbessere das.« Dann wandte er sich zu Gabriel um, stieß den Zeigefinger in seine Richtung. »Und du gehst zurück an die Arbeit.«

Mit diesen Worten drehte er sich um und stampfte in Richtung Schreibstube der Druckerei davon.

Für eine Weile sahen Gabriel und Gerhard einander stumm an.

»Danke«, sagte Gerhard schließlich.

Gabriel schüttelte den Kopf. »Ich hab das Gefühl, ich mache es schlimmer, egal, was ich tue.«

»Nein«, sagte Gerhard. »Er macht es schlimmer. Du trittst für uns ein, wenn du uns ungerecht behandelt siehst. Das weiß ich sehr zu schätzen.«

Gabriel lächelte, froh über das Lob. »Ich gebe mir Mühe.«

»Zurück an die Arbeit!« Das Brüllen seines Vaters ließ sie beide zusammenzucken. Ein Blick zur Schreibstube, zeigte den hochroten Kopf des Druckermeisters, der aus der Tür lugte.

Gabriel nickte Gerhard zu und eilte zur Druckerpresse zurück. Kein Grund, seinen Vater jetzt noch weiter zu reizen.

Der letzte Bogen des Tages war gedruckt, und das Falten von Bögen war eine Aufgabe, die sehr viel mehr Konzentration erforderte als das Bedienen der Druckerpresse. Acht Seiten wurden auf einen Bogen Papier gedruckt, vier vorn und vier hinten. Faltete man sie falsch, folgte plötzlich Seite eins auf Seite vier oder ähnliches Unglück. Faltete man sie schief, trennte man beim Aufschneiden der Seiten und dem Begradigen des Buchblocks eventuell Ecken des Textes ab.

Gabriel zog eine weitere Falzkante glatt, als jemand ihm auf die Schulter tippte. Er drehte sich um.

Gerhard stand hinter ihm. »Vor dem Tor steht ein Mädchen und sagt, dich sprechen zu müssen.«

Gabriel unterdrückte einen Fluch. Das konnte nur Felicitas sein, und wenn sie tagsüber hier auftauchte, dann war es ernst. Er richtete sich auf. »Danke.«

Gerhard nickte. »Sag ihr, wir wissen alle, wer das Papier liefert, und sie soll sich nächstes Mal eine bessere Ausrede einfallen lassen.«

Oh verdammt. Sie hätten wirklich eine Ausrede verabreden sollen für den Fall, dass es mal wichtig wurde. »Danke«, sagte Gabriel noch einmal mit mehr Nachdruck.

»Ich gebe mir Mühe.« Mit einem Lächeln ging Gerhard davon.

Eilig sah Gabriel sich nach seinem Vater um. Doch dieser schien noch immer in der Schreibstube verschwunden zu sein. Er konnte sich also erlauben, für einen Moment zu verschwinden. Betont gemütlich schlenderte er auf den Ausgang zu.

Doch kaum war Gabriel draußen, beschleunigte er seine Schritte. Bis er beim Tor ankam, rannte er fast.

Das Abendlicht flutete gelb durch die Straßen der Stadt, und die Schatten waren lang. Dennoch hätte er Felicitas eigentlich erspähen müssen. War sie wieder fort?

Doch dann trat sie hinter einem Busch an der Hofmauer hervor.

»Verzeihung«, sagte sie. »Ich wusste nicht, ob der Mann, mit dem ich gesprochen habe, tatsächlich dich holen würde.«

Bei ihrem Anblick musste er unwillkürlich lächeln. Der Zopf war zu dieser fortgeschrittenen Tageszeit nicht mehr ganz frisch, und Strähnen daraus hingen ihr ins Gesicht. So war sie meistens am schönsten. Er trat auf sie zu und schloss sie in die Arme. Mit einem Seufzer schmiegte sie sich an ihn, vergrub das Gesicht an seiner Schulter.

»Ist etwas geschehen?«, fragte er.

»Ich habe eine Antwort von Eck bekommen.«

Gabriels Magen krampfte sich zusammen. Da war er, der Tag, vor dem er sich gefürchtet hatte. Nun würde die Entscheidung endgültig fallen, wie Felicitas' Zukunft aussah. Und damit auch seine, musste er sich eingestehen. Denn er wollte nicht mehr ohne sie sein.

Aber vor allem wollte er etwas von dieser Tragweite nicht zwischen Tür und Angel besprechen. »Gib mir einen Moment. Ich finde eine Entschuldigung, damit niemand mich vermisst. Können wir uns am Lech treffen?«

Felicitas nickte an seiner Schulter.

Vorsichtig löste Gabriel sich von ihr. Dann eilte er wieder davon.

Kapitel 38

Felicitas hielt Gabriel den Brief hin, den sie am Morgen eingeklemmt unter ihrer Zimmertür gefunden hatte. Jemand hatte offensichtlich versucht, ihn unter dem Türspalt durchzuschieben. Da der Brief an Leopold adressiert war, hatte sie auch eine ziemlich deutliche Vorstellung, um wen es sich handelte. Wollte er ihr trotz allem noch helfen? Oder war er einfach der Ansicht, dass es in ihre Verantwortung fiel, ihren Fehler zu beheben?

Nun nahm Gabriel das Papier entgegen. Sie saßen einander gegenüber unter der Weide am Lech, die ihr Treffpunkt geworden war, seit das Wetter es erlaubte. Vögel zwitscherten über ihnen im Geäst, und die Sonne warf ein Muster aus Licht und Schatten durch die Zweige. Es hätte schön sein können.

Gabriels Stirnrunzeln wurde tiefer, während er den Brief las. »Er glaubt dir nicht, dass du den Text geschrieben hast?«

Felicitas nickte. »Er denkt, Leopold verstecke sich feige hinter seiner Schwester.« Tränen der Frustration stiegen ihr in die Augen. »Sie erlauben mir nicht mal, Verantwortung für das zu übernehmen, was ich getan habe! Weder Eck noch mein Vater.«

Sie spürte Gabriels Hände an ihren Schultern, und instinktiv rückte sie näher zu ihm. Seine Umarmung versprach Wärme und Geborgenheit. Er zog sie dicht an sich, und sie spürte einen sanften Kuss auf ihrem Haar. Tröstend strichen seine Hände über ihren Rücken.

Für eine Weile saßen sie schweigend so da.

»Was hast du vor, dagegen zu unternehmen?«, fragte er schließlich.

Felicitas schniefte. »Was kann ich denn dagegen unternehmen? Ich kann ihn schlecht dazu zwingen, mir zu glauben.« Noch nie in ihrem Leben hatte sie sich so machtlos gefühlt. Selbst die Überheblichkeit von Adelmann von Adelmannsfelden war harmlos im Vergleich zu der Demütigung, die sie durch Eck erfahren hatte. Er sprach ihr nicht nur ihre Fähigkeiten ab, er zwang sie dadurch zudem, zuzusehen, wie ihr Bruder an ihrer Stelle bestraft wurde.

»Du kannst beweisen, dass du in der Lage bist, derartige Texte zu schreiben.« Gabriels Hände glitten zu ihrer Wange, und er rückte ein Stück von ihr ab, um ihr in die Augen zu blicken. »Du bist klug und schlagfertig, Felicitas. Du kannst es ihnen beweisen.«

Rührung erfasste sie. Es tat gut, zu wissen, dass wenigstens einer an sie glaubte. »Ich weiß nicht«, sagte sie dennoch. »Es ist egal, was ich mache, sie würden mir nicht richtig zuhören und alles für nicht ausreichend erklären.«

»Dann mach es so gut, dass sie nichts daran auszusetzen finden. Du kannst das!«

Oh, womit hatte sie nur jemanden verdient, der so sehr an sie glaubte? Felicitas hob ihrerseits eine Hand und strich ihm über die Wange. »Ich liebe dich.«

Gabriels Augen leuchteten auf. »Das heißt, du willst es versuchen?« Seine Miene wurde wieder ernst. »Versteh mich nicht falsch, ich will nicht, dass du all das auf dich nimmst. Aber ich sehe, wie sehr du bei dem Gedanken leidest, dass irgendjemand an deiner Stelle bestraft werden könnte.«

Felicitas nickte und seufzte. »Dennoch sollte ich die Lösung des Problems vielleicht einfach meinem Vater überlassen. Auf ihn hören sie zumindest.«

Gabriels Blick wurde weich, aber er widersprach ihr nicht. Stattdessen zog er sie wieder an sich. Felicitas kuschelte sich an ihn und atmete tief durch. Sie sog seinen Duft nach Druckerschwärze und Papier ein. Es machte den neuen Schlag ins Gesicht, den sie heute erhalten hatte, nicht besser, aber es macht ihn erträglicher.

»Danke, dass du versuchst, mich aufzumuntern.«

Gabriel seufzte. »Ich wünschte, ich könnte dafür sorgen, dass dir die ganze Welt zuhört.«

Unwillkürlich musste Felicitas lächeln. »Danke, dass du mir zuhörst.«

»Immer«, murmelte er in ihr Haar. »Immer.«

Die letzten Strahlen der untergehenden Sonne streiften gerade noch die Dächer der Häuser, als Felicitas nach Hause zurückkehrte. Sie fühlte sich ruhiger, aber auch vollständig ausgelaugt. Ihrem Vater die Lösung des Problems zu überlassen, kam ihr wie Aufgeben vor, aber was für eine Wahl hatte sie? Wenn sie darauf bestand, sich weiter einzumischen, machte sie im Zweifelsfall nur alles noch schlimmer.

Vielleicht war Aufgeben ohnehin das Beste. Vielleicht hatte sie zu viel von der Welt verlangt.

Missmutig schob sie die Tür auf.

Im nächsten Moment schallten ihr wütende Stimmen entgegen.

»... fällt dir eigentlich ein, deine Schwester für dich die Schuld übernehmen zu lassen? Leopold, ich weiß, dass du zu jugendlichem Leichtsinn neigst, aber ich hatte gehofft, du könntest mehr Integrität beweisen!«

Felicitas runzelte die Stirn. Hatten sie das nicht geklärt? Zumindest ihr Vater glaubte ihr doch, oder?

Die Stimme kam aus der Stube, also hielt Felicitas auf die entsprechende Tür zu. Leise hörte sie nun Leopold, aber sie konnte seine Antwort nicht verstehen.

»Willst du mir etwa weismachen, dass Felicitas auch diese Bilder hier gezeichnet hat?«, polterte ihr Vater wieder. »In Padua? Nur, um sie heimlich einem deiner Kommilitonen zu geben, der sie dann als deine ausgegeben und einem deiner Professoren überreicht hat?«

Was für Bilder? Felicitas drückte das Ohr ans Holz.

»Nein«, filterte nun auch Leopolds Stimme durch das Holz. »Die Bilder habe ich gemalt.«

Es ging nicht um seine Holzschnitte, oder? Eher klang es, als hätte er schon vorher irgendetwas gezeichnet, woran die Leute nun Anstoß nahmen.

»Und dann soll ich dir glauben, dass du nicht auch diesen Text geschrieben hast? Weißt du, was diese Lüge von dir und deiner Schwester mich gekostet hat? Eck hält mich für rückgratlos oder dumm. Je nachdem. Und er ist drauf und dran, meinen Namen noch unter deinen auf diese Bulle zu setzen.«

Felicitas schluckte. Nicht einmal ihrem Vater war es gelungen, Johannes Eck zu überzeugen? Was hatte sie da nur angerichtet?

»Weißt du, was du jetzt machen wirst, Leopold? Du wirst persönlich nach Nürnberg reisen, du wirst dich bei Eck entschuldigen, und du wirst Luthers Lehren abschwören. Danach wirst du nach Padua zurückgehen und weiter Jura studieren. Und wehe dir, wenn ich noch eine Beschwerde über dich …«

»Felicitas, du sollst doch nicht lauschen.«

Markus' Flüstern ließ Felicitas herumfahren. Ihr kleiner Bruder stand hinter ihr auf der Treppe.

Siedend heiß dachte sie daran, was beim letzten Mal geschehen war, als Markus sie beim Lauschen erwischt hatte. Diesmal allerdings wirkte der Junge deutlich besorgter. »Bekommt Leopold Ärger?« Er flüsterte noch immer.

»Ich glaube schon«, gab Felicitas leise zurück. »Aber um mehr zu erfahren, muss ich weiter lauschen.«

Zu ihrer Überraschung nickte Markus. Er stieg die letzten Treppenstufen hinunter und trat neben sie an die Tür. Dann drückte er sein kleines Ohr auch gegen das Holz.

Irgendetwas an der Geste rührte Felicitas. Er machte sich wirklich Sorgen um seinen großen Bruder.

Im nächsten Moment wurden Markus' Augen groß. »Er schickt Leopold raus!«

Das hieß, sie hatten noch Sekunden, bis die Tür sich öffnen würde. »Schnell!« Felicitas packte Markus an der Hand, und zog ihn Richtung Küche. Sie hatte gerade genug Zeit, die Tür aufzuschieben und durchzuhuschen, bevor Leopold in den Flur trat. Vielleicht sah er sie, sie wusste es nicht. Aber dann war auch Markus durch die Küchentür, und Felicitas schob sie zu.

Mit klopfendem Herzen stand sie einen Moment lang einfach nur da. Die Küche war leer, der Geruch nach Gemüseeintopf aus einem Topf auf dem erkalteten Herd machte deutlich, dass Felicitas das Abendessen verpasst hatte. Doch für den Moment hatte sie ohnehin keinen Hunger.

Schließlich drückte Markus ihre Hand. »Es ist alles gut, Vater hat uns nicht gesehen.«

Unwillkürlich musste sie lächeln, als sie auf ihn hinabschaute. »Danke, dass du mich gewarnt hast.«

Markus grinste stolz. »Ich bin hier, um zu dienen und zu schützen.«

»Das hast du gut gemacht.« In Gedanken jedoch war sie bereits woanders. Ihrem Vater war es wider Erwarten nicht gelungen, ihr Problem zu lösen. Stattdessen hatte Eck ihn irgendwie überzeugt, dass doch Leopold der Schuldige sei.

Irgendetwas musste ihr Bruder während seiner Zeit in Padua gezeichnet haben, das durchaus kirchenkritisch war. Was natürlich die Annahme nahelegte, dass er den Text doch verfasst haben könnte.

»Werden wir alle exkommuniziert?«, fragte Markus plötzlich.

Überrascht sah Felicitas ihn an. »Wie kommst du denn auf die Idee?«

»Vater hat das zu Leopold gesagt, bevor er uns alle rausgeschickt hat.«

Kein Wunder, dass Markus besorgt wirkte. Eilig schüttelte Felicitas den Kopf. »Wir werden nicht alle exkommuniziert.«

»Aber Leopold?«, fragte ihr kleiner Bruder weiter. Seine Augen waren groß, enthielten die stumme Bitte, ihm zu sagen, dass alles gut werde. Und Felicitas wusste, dass sie nicht aufgeben durfte.

»Nein«, sagte sie. »Auch Leopold wird nicht exkommuniziert. Dafür sorge ich.«

Markus' Mund formte ein O. »Du? Wie willst du das machen?«

Im ersten Moment taten die Zweifel in seiner Stimme weh. Allerdings, die Frage war durchaus berechtigt. Wie wollte sie das machen? Es gab immerhin nur eine Sache, die sie richtig konnte. Und genau diese Fähigkeit wollte ihr jeder absprechen.

Nun, dann musste sie wohl den Beweis antreten. »Das ist eine Narrenaufgabe«, sagte sie. »Man braucht dafür vor allem eine spitze Zunge.«

Sofort entspannte sich Markus' Haltung ein wenig. Er nickte, als sei damit alles erklärt. Er vertraute auf ihre Fähigkeiten. Einfach so.

»Wenn du Rückendeckung brauchst, bin ich zur Stelle«, sagte er mit der Förmlichkeit, die er gern bei seinen Feldherrspielen verwendete.

Felicitas schniefte, als Tränen sie plötzlich in der Nase kitzelten. Sie beugte sich hinab, um ihren kleinen Bruder zu umarmen. »Ich danke dir.«

»Wir halten zusammen«, sagte Markus.

Felicitas nickte. »Wir halten zusammen.«

Kapitel 39

Gabriel wusste, wann Felicitas normalerweise ihre Mutter zum Markt begleitete und wann sie für die nächste Stunde gelangweilt bei den Ständen der Stoffhändler stand, während ihre Mutter die neusten Stoffe gründlich untersuchte.

Gabriel wusste auch, dass Felicitas inzwischen beim Warten meistens in der Menge Ausschau nach ihm hielt. Also überraschte es ihn nicht, als sie bereits auf ihn zuhielt, bevor er sie überhaupt entdeckt hatte.

Was ihn überraschte, war die Entschlossenheit in ihrer Miene. »Wir müssen etwas drucken«, begrüßte sie ihn. »Am besten noch heute Nacht.«

Wenn man bedachte, wie niedergeschlagen sie bei ihrem letzten Treffen gewirkt hatte, war der Wechsel sehr willkommen. Gabriel mochte es, wenn ihre Augen Funken sprühten und nichts in der Welt vor ihrer spitzen Zunge sicher schien. Er lächelte. »Dein Wunsch ist mir Befehl. Darf ich dennoch erfahren, worum es geht?«

Nun wurde Felicitas' Gesichtsausdruck etwas verlegen. »Es tut mir leid, dass ich so mit der Tür ins Haus falle. Ich freue mich natürlich, dich zu sehen. Aber ich habe einen Plan, wie ich beweisen kann, dass ich meine Texte geschrieben habe.«

»Ich bin froh, dass du deinen Mut wiedergefunden hast.« Gabriel trat einen Schritt näher, streifte mit den Fingerspitzen ihren Handrücken. Nicht zu auffällig, gerade genug, dass sie beide die Nähe spüren konnten. »Und ich habe versprochen, dich zu unterstützen. Heute Nacht bei Sonnenuntergang. Ich bereite alles vor.«

Felicitas' Lächeln wurde tiefer. »Ich liebe dich.«

»Ich dich auch.«

Und dann, ehe er es sich versah, machte sie einen Schritt vor. Ihre Hände lagen warm und weich auf seinen Wangen, und sie stellte sich auf Zehenspitzen. Er hatte gerade noch genug Zeit, die Hände auf ihre Hüften zu legen, sie zu stützen, dann berührten ihre Lippen die seinen.

Es war ein schneller Kuss, aber einer, der ihm durch Mark und Bein ging. Ringsum wurden Pfiffe laut, jemand lachte, jemand anderes schimpfte über das Benehmen der jungen Leute. Es war ihm alles egal.

Als Felicitas sich auf die Fersen zurückfallen ließ, konnte Gabriel nicht anders, als glücklich zu grinsen. »Wo kam das denn her?«, fragte er. »Nicht, dass ich mich beschweren will …« Doch bisher hatte er es bewusst bei Umarmungen und sanften Küssen auf ihr Haar belassen. Er wollte sie nicht in Verruf bringen.

»Ich habe mir gedacht, wenn ich ohnehin eventuell bald exkommuniziert werde, muss ich mir um meinen Ruf keine Sorgen mehr machen.«

Die Erkenntnis war bitter und süß zugleich. Er hatte sie noch nie so voller Lebensfreude gesehen. Offensichtlich genoss sie die plötzliche Freiheit. Andererseits bedeutete diese Freiheit auch, dass all die Händler auf dem Markt ihr bald nichts mehr verkaufen würden. Weder den edlen Stoff noch ein einfaches Brot.

»Ich stehe hinter dir«, betonte Gabriel noch einmal. Was sonst konnte er auch tun? »Heute Abend. Aber überleg dir bis dahin genau, ob du das wirklich tun willst.«

»Ich habe keine Wahl«, sagte Felicitas nun leise und plötzlich sehr ernst. »Eck hat meinem Vater nicht geglaubt und ihn stattdessen auch auf die Liste gesetzt.«

Der Fluch kam ganz von allein über Gabriels Lippen. Aber er verstand. Wenn es um seine Familie ging, würde er dasselbe tun. Selbst für seinen Vater.

»Wir kriegen das wieder hin«, sagte er.

»Wir müssen das wieder hinkriegen«, sagte Felicitas. »Wir müssen.«

Am Abend in der dunklen Halle mit der Druckerpresse, nur beleuchtet vom Licht einer Laterne, wagte Gabriel es schließlich seinerseits, Felicitas nicht nur fest in die Arme zu schließen, sondern auch ihr Gesicht in seine Hände zu nehmen.

Sie schmiegte die Wange in seine Handfläche, die viel zu schwielig war, als dass die Berührung angenehm hätte sein dürfen. Dann blickte sie zu ihm auf, erwartungsvoll.

Er konnte nicht anders, er beugte sich vor, und als sie ihm ihren Mund entgegenhob, gab er die letzte Zurückhaltung auf.

Gabriels Lippen berührten die ihren, und er fühlte ihre Wärme, schmeckte ihre Süße. Ganz vorsichtig schickte er die Zungenspitze auf Erkundung, traf die ihre, die sich vorwitzig zwischen seine Lippen schieben wollte.

Felicitas stieß einen gedämpften, erfreuten Laut aus, und Gabriel musste lachen. Diese Seite von ihr kannte er noch gar nicht. Vorsichtig löste er sich von ihr.

»Du bist ja richtig fordernd.«

Etwas verlegen blickte sie zu Boden. »Verzeihung.«

»Das war nicht als Beschwerde gemeint.« Er schenkte ihr ein Lächeln. »Mir gefällt es sehr.«

»Wirklich?«

Der Unglauben in ihrer Stimme brachte ihn wieder zum Lachen. »Felicitas, dass du deinen eigenen Kopf hast, ist nun wirklich nichts Neues für mich. Es ist der Grund, warum ich dich so sehr schätze.«

»Damit bist du der Einzige.« Bevor Gabriel noch etwas erwidern konnte, stellte sie sich wieder auf die Zehenspitzen, und ihre Lippen versiegelten die seinen. Und alle anderen Gedanken wurden davongespült.

Ein Klappern, und der Docht der Laterne flackerte. Gabriel war sich nicht sicher, wie viel Zeit vergangen war. Abgesehen von Felicitas' Körper an seinem und ihren weichen Lippen war alles unwichtig geworden. Nun machte sie eilig einen Schritt zurück, und strich sich die Strähnen aus dem Gesicht, die aus ihrem Zopf gefallen waren.

Gabriel spähte in die Richtung, aus der das Geräusch gekommen war. Er griff nach der Laterne, hielt sie hoch über seinen Kopf. Plötzlich schien jeder Schatten mit Bewegungen erfüllt. Und hinter dem Kistenstapel an der gegenüberliegenden Wand …

Langsam schlich er näher. Vielleicht war es nur eine Ratte. Wenn sie jemand entdeckt hätte, würde derjenige sich nicht hier hinten verstecken, oder? Doch da war eine Bewegung! Gabriel tat einen weiteren Schritt.

Dann atmete er auf. »Hier hat sich ein Fensterladen gelöst. Warte.«

Er stellte die Laterne auf den Boden. Wenn er sie zum Fenster mitnahm, würde ihr Licht nur nach draußen scheinen. Dann eilte er zwischen die Kisten, drückte den Laden zu und verriegelte ihn wieder. »War wahrscheinlich nur der Wind.«

Er hörte Felicitas in der Dunkelheit erleichtert seufzen. »Das war ein Schreck.«

Gabriel nahm die Laterne wieder auf, lächelte schief in die Richtung, in der er ihre Umrisse erkennen konnte. »Vielleicht sollten wir lieber mit dem Drucken anfangen, bevor uns wirklich noch jemand entdeckt.«

Er sah sie nicken.

»Dann zeig mir mal den Text, den du gedruckt haben möchtest.«

Kapitel 40

Felicitas beobachtete Gabriel, während er den Zettel las, den sie mitgebracht hatte. Das Licht der Laterne vertiefte die nachdenkliche Falte auf seiner Stirn, und sein Haar war noch zerwuschelter als sonst, dort, wo sie beim Küssen die Finger hineingegraben hatte. Ein wohliger Schauer durchrann sie, als sie daran zurückdachte. Bei all den Erwähnungen in der Dichtung, wie Männer ihrer Liebsten einen Kuss stahlen oder wie er ihnen großzügig gewährt wurde, hatte sie immer gedacht, es sei mehr eine Pflicht, die man als Frau hin und wieder zu erfüllen hatte. Wie sehr sie sich geirrt hatte! Ein Kuss war nicht einfach nur ein Geschenk, das man dem Liebsten machte. Es war etwas, das man wollen konnte, nach dem man sich sehnen konnte. Noch immer schlug ihr Herz ein glückliches Stakkato ob dieser Entdeckung.

»An den Verächter der Armen, Johannes Eck«, las Gabriel vor. Als er schmunzelte, betonte das Laternenlicht die Grübchen in seinen Wangen. »Du wolltest diese Anrede noch unbedingt irgendwo verwenden, nicht wahr?«

Felicitas hob die Schultern. »Nettigkeit hat

mich nicht weitergebracht, also kann ich es nun auch damit versuchen.«

Gabriel nickte, blickte wieder auf den Text hinab. »Ich wiederhole noch einmal öffentlich, was Ihr mir in meinem Schreiben nicht glauben wolltet: Ich, Felicitas Schäffler, habe den Text ›Von der Gier der angeblichen Vertreter Gottes‹ verfasst. Ich will dafür die vollständige Verantwortung übernehmen und nicht meinen Bruder bestraft sehen, der nicht einmal einen klugen Satz zu Papier bringen könnte, wenn es darum ginge, die Frau seiner Träume zu betören.«

Gabriel lachte. »Ich habe ein bisschen Mitleid mit Leopold.«

Felicitas schenkte ihm ein Grinsen. »Er soll sich nicht beschweren, je inkompetenter ich ihn darstelle, desto eher glaubt man seine Unschuld.«

»Ich schätze, so kann man es auch sehen.« Gabriel wandte sich wieder dem Text zu. »Um die Autorenschaft meines Textes selbst Thomas Eck, dem Zweifler, zu beweisen, stelle ich mich gerne einem Test.« Er runzelte die Stirn. »Thomas Eck?«

Felicitas hatte gehofft, er werde diese Anspielung verstehen, aber man erreichte wohl nie jeden. »Thomas, der Zweifler!«, sagte sie. »Der die Hand in Jesu Wunden legen musste, um an seine Auferstehung zu glauben.«

Sofort hellte Gabriels Miene sich auf. »Das wird Eck gar nicht schmecken.«

»Das hoffe ich doch.« Die Zeit der Nettigkeit war vorbei. Je wütender Eck auf sie wurde, desto eher vergaß er Leopold und ihren Vater. Wie sie aus der Misere danach wieder herauskam, würde sie sich später überlegen, aber sie würde ihn zwingen, ihre Leistung anzuerkennen, und sie würde nicht zulassen, dass andere für das litten, was sie getan hatte.

Erst nach einem Moment bemerkte sie, dass Gabriel sie mit hochgezogenen Brauen anschaute. Dann jedoch weichte ein Schmunzeln seine Züge auf. »Erinnere mich daran, dich nie zu meiner Feindin zu machen.«

Nun musste auch Felicitas lachen. Sie stupste ihn an. »So schlimm bin ich doch gar nicht.«

»Deine Zunge ist enorm spitz. Oder eher deine Feder.«

Glücklich flatterte Felicitas' Herz. Gabriel verstand es, Komplimente zu machen, die ihr wirklich gefielen. Allerdings fehlten ausgerechnet ihr plötzlich die Worte für eine Erwiderung. Um ihre Verlegenheit zu überspielen, stupste sie Gabriel erneut an. »Lies weiter!«

»Um die Autorenschaft meines Textes selbst Thomas Eck, dem Zweifler, zu beweisen, stelle ich mich gerne einem Test«, wiederholte Gabriel.

»Ich lade Eck ein, nach Augsburg zu kommen, und ich werde zu einem von ihm ausgewählten Thema in seinem Beisein einen Text schreiben, der in Stil und Witz dem auf meinem Flugblatt gleicht.«

Gabriel ließ das Papier sinken. »Das ist eine große Herausforderung.«

Felicitas nickte, schluckte gleichzeitig gegen einen Kloß der Nervosität in ihrer Kehle an. »Um ehrlich zu sein, ich weiß nicht, ob ich es kann. Aber ich weiß auch nicht, wie ich ansonsten beweisen könnte, dass ich in der Lage bin, derartige Texte zu schreiben.«

Nachdenklich tippte Gabriel mit dem Zeigefinger gegen seine Unterlippe. Irgendetwas daran weckte in Felicitas das Bedürfnis, ihn noch einmal zu küssen. Doch dann ergriff er schon wieder das Wort. »Du hast recht, es geht nur, indem sie sehen, wie du etwas schreibst, ohne dass du dich darauf vorbereiten konntest.« Er seufzte, wandte sich dem Setzertisch zu. »Dann lass uns beginnen.«

Eine Welle der Zuneigung für ihn erfasste Felicitas. »Danke«, sagte sie, »dass du mir hilfst.«

Gabriel lächelte, auch wenn ein Hauch von Traurigkeit darin mitschwang. »Um ehrlich zu sein, ich wünschte, du müsstest all das nicht machen und könntest in der Anonymität bleiben.

Aber da das nicht geht und du kämpfen musst, will ich zumindest, dass du das unter den besten Voraussetzungen tust. Ich stehe hinter dir, so gut ich kann.«

»Danke«, sagte Felicitas noch einmal. Sie meinte es aus tiefstem Herzen.

Sie hatten am Anfang zu viel Zeit verplempert. Nicht, dass Felicitas auch nur einen Augenblick davon bereute, aber nun näherte sich die Nacht ihrem Ende, und noch hatten sie nur einen traurig kleinen Stapel Flugblätter produziert.

Auch Gabriel spähte seit einer Weile zwischen dem Bedienen der Druckerpresse immer wieder zum Fenster. »Wir haben noch ein bisschen Zeit, bis es hell wird. Ein paar schaffen wir noch.«

Felicitas nickte. Ein paar mussten sie noch schaffen. Ihre Herausforderung war eine, die öffentlich ausgesprochen werden musste, sonst ließe Johannes Eck sich niemals darauf ein. Er nahm sie ganz offensichtlich nicht ernst, und er würde von allein auch nicht damit anfangen. Sie musste die Möglichkeit haben, ihn öffentlich als Feigling zu beschimpfen, sollte er sie einfach ignorieren.

Ein paar Flugblätter gingen noch. Wichtig war lediglich, dass sie sich vor Morgengrauen wieder auf den Weg nach Hause machte. Wer brauchte schon Schlaf?

Sie schob ein weiteres Blatt Papier unter die Druckerpresse. Gemeinsam mit Gabriel stemmte sie sich wieder gegen die Kurbel. Die Bewegungen waren ihr inzwischen in Leib und Seele übergegangen. Wahrscheinlich hätte sie selbst im Schlaf noch weiterdrucken können. Tatsächlich hatte sie zunehmend Schwierigkeiten, die Augen offen zu halten. Immer wieder sanken ihre Lider nach unten.

Die Tür zur Halle flog auf.

Felicitas zuckte zusammen. Schlagartig war sie wieder hellwach. Mit hämmerndem Herzen drehte sie sich zur Tür um, erwartete einen wütenden Druckermeister zu sehen.

Stattdessen stand eine junge Frau im Rahmen, ungefähr in Felicitas' Alter. Sie hatte dasselbe Haar wie Gabriel, wild und ungebändigt, auch wenn sie versucht hatte, es in einem Zopf zusammenzuhalten.

»Vater hat bemerkt, dass du nicht in deinem Zimmer bist!«

Während Felicitas' Herzschlag sich wieder ein wenig beruhigte, da sie offensichtlich nicht direkt Ärger bekamen, fluchte Gabriel leise.

»Felicitas, nimm die Flugblätter, und mach die Laterne aus.«

Die Bitte riss Felicitas aus ihrer Erstarrung. Natürlich, wenn Gabriels Vater ihn suchen ginge, sah er vielleicht das Licht bei der Druckerpresse. Eilig schnappte Felicitas sich den Stapel fertige Flugblätter und pustete dann den Docht der Laterne aus.

Für einen Moment stand sie in absoluter Dunkelheit, dann passten sich ihre Augen langsam an. Die Fenster waren fahle Rechtecke, der Himmel draußen trug schon nicht mehr die Schwärze der tiefen Nacht.

Sie spürte Gabriels Hand auf ihrer Schulter. »Es ist besser, du gehst, während ich Vater ablenke. Birgit, kannst du Felicitas den Weg über die Mauer zeigen?«

Birgit? Nun, dem Haar nach zu urteilen, war sie eindeutig mit Gabriel verwandt. Seine Schwester wahrscheinlich.

»Kein Problem.«

Inzwischen hatten sich Felicitas' Augen weit genug an die Dunkelheit gewöhnt, dass sie sehen konnte, wie Birgit auf sie zukam.

»Dafür schulde ich dir was.«

In der Dunkelheit hörte Felicitas Birgit lachen. »Ich werde dich bei Gelegenheit daran erinnern.«

Das Hin und Her zwischen den Geschwistern sowie die Leichtigkeit in Birgits Stimme nahmen Felicitas direkt für sie ein. »Schön, dass wir uns auch mal kennenlernen«, sagte sie, nachdem die andere Frau vor ihr stand.

Wieder lachte Birgit. »Die Freude ist ganz meinerseits. Verzeih, dass ich dir nichts zu trinken anbiete und dich gleich wieder hinauswerfen muss.«

»Angesichts der Umstände bitte ich darum.« Felicitas drückte die Flugblätter enger an sich, und lauschte angespannt nach draußen. Hatte sie da nicht ein Klappern auf dem Hof gehört?

»Dann komm mal mit.« Mit diesen Worten huschte Birgit an ihr vorbei.

Bevor Felicitas ihr folgte, wandte sie sich noch einmal Gabriel zu.

»Pass auf dich auf«, sagte er.

»Du auch.« Kurz streifte ihre Hand die seine, dann eilte sie davon.

Birgit stand bereits bei einer Tür an der hinteren Wand der Halle. Hektisch winkte sie Felicitas hindurch. Im Halbdunkel zogen ein Schreibpult und ein Regal mit Büchern an ihr vorbei. Abrechnungen vielleicht?

»Schnell!« Birgit winkte sie zu einem Fenster weiter, ein Bein bereits halb draußen.

Es war nicht einfach, hindurchzuklettern, ohne die Flugblätter loszulassen. Schließlich nahm Birgit sie ihr ab, Felicitas raffte ihre Röcke, und wenig später stand sie hinter der Druckerei. Die Mauer, die den Hof umgab, erhob sich dicht vor ihr. Wieder lauschte Felicitas. Wie ging es Gabriel wohl? Würde er es schaffen, eine Ausrede zu finden?

Auf der anderen Seite des Gebäudes klapperte eine Tür. »Gabriel? Wo bist du, nutzloser Junge!«

Felcitas' Herz hämmerte wieder. Wenn Gabriels Vater nun die falsche Richtung einschlug.

»Hier.« Birgit reichte die Flugblätter zurück. Behände kletterte sie auf eine Kiste an der Mauer, zog sich von dort auf die Krone.

Felicitas folgte ihr, reichte ihr wieder den Stapel Papier, zog sich ebenfalls auf die Kiste hinauf. An der Krone hing sie einen Moment lang, ihre Füße rutschten an den Steinen der Mauer ab, sie fand keinen richtigen Halt. Gleichzeitig brannte ihr Nacken. Sicher sah Gabriels Vater sie gleich, und wer wusste schon, was er dann tat.

Die Vorstellung gab ihr mehr Kraft. Mit einem Ruck zog sie sich endlich hoch, kletterte neben Birgit auf die Mauerkrone.

Diese reichte ihr die Flugblätter zurück. »Hier musst du springen.« Sie deutete die andere Seite der Mauer hinab. Der Boden dort lag so im Schatten des Nachbarhauses, dass Felicitas nichts erkennen konnte.

»Keine Sorge, das ist Lehmboden, da landest du weich.« Mit diesen Worten glitt Birgit hinab und fiel in den Schatten.

Felicitas zögerte. Das Letzte, was sie im Moment gebrauchen konnte, war ein verstauchter Fuß.

»Wo steckt der Bastard?« Es klang, als würde Gabriels Vater mit sich selbst sprechen. Doch seine Stimme war nah, viel zu nah. Felicitas wagte es nicht, sich umzusehen. Stattdessen nahm sie all ihren Mut zusammen und rutschte von der Mauer.

Sie strauchelte, die Flugblätter drohten ihr aus den Fingern zu rutschen. Doch Hände packten sie am Oberarm. Im Schatten blitzten Birgits Zähne hell auf. »Vorsicht.«

»Danke«, sagte Felicitas. »Für alles.«

»Gerne. Aber sag, druckt ihr wirklich nur Flugblätter?«

Als Felicitas mit der Antwort zögerte, lachte Birgit schon wieder. Es war ein warmes Lachen, wie Honig in einer heißen Tasse Tee im Winter. »Ich wusste es«, sagte sie. »Ich wusste es.«

Kapitel 41

Gabriel blickte Felicitas und Birgit nach, bis sie in der Schreibstube der Druckerei verschwanden. Danach stand er allein im Halbdunkel.

Was nun? Er blickte sich um, entdeckte den Schemen der erloschenen Laterne bei der Druckerpresse. Die musste fort, genauso wie die Kiste mit dem Papier bei der Presse. Eigentlich gehörte die zurück in den Maultierstall, war es doch eine von denen, die er von seinem eigenen Geld gekauft hatte. Aber wenn sein Vater ihn mit Papier über den Hof schleichen sah, hätte er viel zu viel zu erklären. Also hob er die Kiste auf und trug sie zu den anderen an der hinteren Wand der Halle. Dort würde sie zumindest nicht auffallen.

Draußen hörte er seinen Vater rufen.

Gabriel fluchte, aber seine Gedanken flossen stetig. Keine Panik trübte sein Denken. Fast, als beträfe es ihn selbst gar nicht, entschied er über die nächsten Schritte.

Er öffnete die Laterne wieder, tastete nach Feuerstein und Stahl in seiner Tasche. Ein paar Funken später brannte der Docht erneut. Eilig ging Gabriel mit der Laterne in der Hand auf den Eingang der Druckerei zu.

Die Tür wurde aufgerissen, gerade als er die Hand nach der Klinke ausstreckte. Auf der anderen Seite stand sein Vater. Er musterte Gabriel mit düsterem Blick. »Da bist du also.«

Gabriel nickte, bemühte sich so zu wirken, als wäre nichts Ungewöhnliches geschehen. »Was gibt es denn? Ich hatte Licht in der Druckerei gesehen und wollte nachschauen, was los ist.«

Gabriel hielt das für eine gute Ausrede, doch die Miene seines Vaters verdüsterte sich weiter.

»Du besitzt auch noch die Dreistigkeit, mich anzulügen!« Mit jedem Wort wurde seine Stimme lauter, und instinktiv wich Gabriel einen Schritt zurück. Manche alten Gewohnheiten ließen sich nicht leicht ablegen.

»Ich habe dich mit deinem Mädchen gesehen!« Der Zeigefinger seines Vaters stach gegen Gabriels Brust. »Ich dachte, ich lasse dir den Spaß, aber was muss ich heute Morgen feststellen? Du hast dich die ganze Nacht herumgetrieben! Die ganze Nacht! Wie willst du heute arbeiten, hm?«

Oh, also hatte sein Vater den wirklich wichtigen Teil nicht gesehen. Erleichtert stieß Gabriel Luft aus. Beschwichtigend hob er die freie Hand. »Ich verspreche, ich werde …«

Er hielt inne, als er bemerkte, dass sein Vater an ihm vorbei auf seine Hand starrte.

Verwirrte folgte Gabriel seinem Blick.

Druckerschwärze hatte dunkle Flecken an seinen Fingern hinterlassen.

»Du hast gestern den ganzen Tag nur gesetzt«, stellte sein Vater gefährlich leise fest.

»Nein, ich …«

»Lüg mich nicht an!« Mit Wucht trafen offene Hände gegen seine Schultern, schubsten ihn nach hinten. »Du hast mich oft genug angelogen!«

Gabriel stolperte zurück. Die Laterne in seiner Hand schwankte, warf wilde Schatten an die Wände. Für einen Moment wirkte es, als führten Dämonen in der Halle einen Tanz auf.

»Lüg mich nicht an!«, brüllte sein Vater. »Sonst kannst du gleich deine Sachen packen und gehen!«

Da war sie wieder, die Drohung, ihn zu enterben und zu verstoßen. Wie oft hatte er diese Worte schon gehört? Wie oft hatte er gefürchtet, ohne Dach über dem Kopf, ohne Beruf und ohne Mittel dazustehen?

Gabriel hatte genug.

»Dann wirf mich doch endlich raus!«, brüllte er zurück. »Such dir jemand anderen, der die Buchführung macht und auf die Messen fährt!«

Abrupt hielt sein Vater inne, für einen Moment

sichtlich verwirrt von der unerwarteten Reaktion. Dann jedoch starrte er Gabriel aus zusammengekniffenen Augen an. »Also hast du heute Nacht etwas gedruckt. Was war es?«

Er schob sich an Gabriel vorbei, rempelte ihn dabei so mit der Schulter an, dass die Lampe wieder schaukelte. Schnurstracks ging er zur Druckerpresse.

In diesem Moment fiel Gabriel siedend heiß ein, dass die Druckform dort noch eingespannt war. Er mochte es gerade erst darauf angelegt haben, hinausgeworfen zu werden, aber was, wenn sein Vater ihn verriet, wenn er auch auf der Bannandrohungsbulle landete?

Wortlos löste der Druckermeister die Druckform aus der Presse. Seine Augen huschten hin und her, als er mit jahrelanger Übung die spiegelverkehrten Lettern las.

Schließlich drehte er sich um – und schmetterte die Druckform auf den Boden.

Instinktiv streckte Gabriel die Hände aus, aber es war zu spät. Der Holzrahmen splitterte. Lettern spritzten in alle Richtungen, trafen mit der Wucht eines kleinen Steinhagels Gabriels Beine.

»Geh!«, sagte Gabriels Vater gefährlich leise. »Du hast eine halbe Stunde, dann will ich dich hier nie wieder sehen.«

Da war er also, der gefürchtete Augenblick.

Dass er endlich gekommen war, fühlte sich seltsam befreiend an. Das Schlimmste, was Gabriel so lange in seinem Leben befürchtet hatte, war eingetreten. Nun war er frei, nun konnte es nicht mehr schlimmer werden. Über Jahre angesammelte Anspannung fiel mit einem Mal von ihm ab. Was auch immer nun käme, er würde auf jeden Fall nie wieder seinen eigenen Zorn schlucken und beschwichtigen müssen. Nie wieder.

Wortlos drehte Gabriel sich um und marschierte aus der Halle.

Seine Sachen waren deprimierend schnell gepackt. Er schnürte ein Bündel aus Kleidung, schob all die Briefe dazwischen, die Felicitas ihm geschrieben hatte. Danach sah er sich in seinem Zimmer um. Was konnte er noch brauchen? Das Messer mit dem fein gearbeiteten Griff aus Bronze, das seine Mutter früher immer mit sich herumgetragen hatte. Sie hatte es meist nur verwendet, um Brot zu schneiden, hatte aber darauf bestanden, es stets an ihrem Gürtel zu tragen, nur für den Fall, dass sie irgendwann einmal eines zur Hand haben musste. Nun hing es an Gabriels Gürtel.

Bei jedem einzelnen Handgriff fühlte er sich dumpf, als passierte das alles nicht ihm. Als wäre das Geschehene noch nicht ganz Wirklichkeit geworden. Wie von selbst arbeiteten seine Gedanken weiter.

Andere Dinge brauchte er nicht. Bücher waren zu schwer. Die Spielzeugdruckerpresse, die er seit seiner Kindheit besaß, war nicht mehr als das: ein Spielzeug.

Tinte und Schreibfeder? Beides stopfte er ebenfalls noch in sein Bündel, hoffte, dass die Tinte nicht auslaufen würde.

Ein Klopfen an der Tür holte ihn aus seinen Überlegungen, was er noch brauchen könnte.

Es war Birgit, die im Rahmen stand. Nun, im Licht, wirkte sie genauso müde, wie er sich auch fühlte. In den Händen hielt sie einen Korb. »Ich habe alles eingepackt, was lange haltbar ist«, sagte sie nur.

Damit war alles klar. Sie wusste, was geschehen war.

»Danke.« Das eine Wort kam aus ganzem Herzen.

Birgit stellte den Korb neben der Tür ab, und zwei hastige Schritte trugen sie zu ihm herüber. Sie umarmte ihn fest, und er hörte sie schniefen, als er seinerseits die Arme um sie legte.

»Ich bin nicht aus der Welt«, sagte er.

Sie nickte an seiner Schulter. »Wenn du eine Nachricht für mich hast«, sagte sie, »bring sie zur Äbtissin des Stifts St. Stephan.«

Das riss Gabriel aus seiner dumfen Lethargie. Er schob Birgit weit genug von sich, um ihr ins Gesicht sehen zu können. »Deine Liebste ist eine Äbtissin?«

Eilig legte sie einen Finger auf die Lippen. Schuldbewusst senkte Gabriel die Stimme. »Deine Liebste ist eine Äbtissin? Und du quetschst mich die ganze Zeit über mein Liebesleben aus, als hätte ich irgendetwas Spannendes zu erzählen?«

Birgit grinste. »Ich bin eben neugierig.«

Unwillkürlich musste Gabriel lachen. Alle Reste der Schwere, die sich beim Packen auf ihn gelegt hatten, fielen von ihm ab. Er mochte einer ungewissen Zukunft entgegensehen, aber immerhin musste er sich nicht Nacht für Nacht in ein Kloster schleichen, um seine Liebste zu sehen.

Wenn Birgit nicht den Mut verlor, dann würde er das auch nicht tun.

»Ich werde hin und wieder bei deiner Äbtissin fragen, ob du Nachrichten für mich hast«, sagte er. »Aber ich weiß noch nicht, wo ich enden werde.«

Birgit nickte. »Pass auf dich auf.«

»Du auch. Du auch.«

Kapitel 42

Es war schon hell, als Felicitas nach Hause kam. Sie huschte auf den Hinterhof, richtete ihr Kleid und strich ihr Haar glatt, so gut es ging. Der Stapel gedruckter Flugblätter musste in einer Nische zwischen dem Feuerholz warten. Hoffentlich wohnte dort kein Tier, das das Papier anfressen würde.

Schließlich holte sie tief Luft und trat durch die Hintertür in die Küche.

Erna stand bereits am Herd. Felicitas sog den Geruch von Tee ein, den es zum Frühstück geben würde, und ihr Magen knurrte beim Anblick von Brot, Käse und Wurst, die schon auf einem großen Holzbrett bereitlagen, um in die Stube gebracht zu werden. Angesichts von so viel Normalität kam ihr die letzte Nacht unwirklich vor.

»Nanu?« Die Haushälterin blinzelte Felicitas überrascht an. »Was machst du denn schon draußen?«

Felicitas hob die Schultern, inzwischen zu müde, um sich darum zu kümmern, ob ihre Ausreden überzeugend klangen. »Ich bin mit schrecklichem Kopfweh aufgewacht und dachte mir, etwas frische Luft tut mir vielleicht gut. Aber es ist nicht besser geworden.«

»Ach je, Kind, du siehst auch ganz blass aus.« Erna kam herüber und legte eine schwielige Hand auf Felicitas' Stirn. »Nun, Fieber hast du keines. Aber vielleicht legst du dich trotzdem noch mal hin. Soll ich deiner Mutter Bescheid sagen, dass es dir nicht gut geht?«

Felicitas nickte mit ehrlicher Dankbarkeit. Alles, was ihr ein paar Stunden Schlaf einbrachte, war ihr recht. Und am Abend würde sie hoffentlich zu der Weide am Lech gehen können, um zu hören, dass Gabriel seinen Vater erfolgreich hatte beschwichtigen können.

Müde schleppte sie sich die Treppe hinauf, Ernas Versprechen in den Ohren, ihr bald einen Tee und etwas Suppe zu bringen. Alles würde gut werden.

Ganz bestimmt.

Je näher Felicitas dem gemeinsamen Treffpunkt am Lech kam, desto mehr beschlich sie das Gefühl, dass irgendetwas nicht stimmte. Ein dünner Rauchfaden stieg unter der Weide auf. Noch war die Quelle hinter der nächsten Anhöhe verborgen. Felicitas umklammerte die Flugblätter fester, die sie zum Schutz in Wachspapier gewickelt hatte, und schob sich etwas näher an den Rand des Weges, wo Gras ihre Schritte dämpfte.

Auf dem Kamm der Anhöhe reckte sie den Hals. Jemand hatte eine Feuerstelle unter der Weide errichtet. Und daneben lag ein Haufen Decken.

Noch langsamer setzte sie ihren Weg fort.

Die Decke bewegte sich! Felicitas erstarrte. Ein Bettler oder Wanderarbeiter musste dort sein Lager aufgeschlagen haben. Vielleicht aber auch jemand Gefährlicheres, jemand, der versuchen würde, sie auszurauben.

Wer auch immer dort schlief, er drehte sich.

Und plötzlich erhaschte Felicitas einen Blick auf einen vertrauten, zerzausten Haarschopf.

Gabriel?

Sie nahm ihren Weg wieder auf. Je näher sie kam, desto sicherer war sie. Ihre Schritte wurden schneller und schneller, bis sie schließlich rannte. »Gabriel?«

Er setzte sich auf. Sein Haar stand in alle Richtungen, auf seiner Wange zeichneten sich die Falten des Bündels ab, das er als Kopfkissen verwendet hatte.

Er wirkte nicht, als hätte er genug Schlaf bekommen, doch als er sie erblickte, hellte sich seine Miene auf. »Du hast es noch rechtzeitig nach Hause geschafft?«

Felicitas bremste bei der Feuerstelle ab. »Ja, aber was ist mit dir los, warum schläfst du hier?«

Gabriel seufzte. »Mein Vater hat mich rausgeworfen.«

»Er hat dich rausgeworfen?« Schlagartig schnürte ein schlechtes Gewissen Felicitas schier die Kehle zu. Das war ihre Schuld. Hätte sie nicht unbedingt etwas drucken wollen, wäre das nicht passiert.

Sie legte die eingewickelten Flugblätter neben der Feuerstelle ab, ging dann bei Gabriel in die Knie. Sofort zog er sie an sich, drückte ihr zur Begrüßung einen sanften Kuss auf die Stirn.

»Es tut mir so leid«, murmelte sie.

»Er hat schon so lange immer wieder damit gedroht«, sagte Gabriel. »Es war nur eine Frage der Zeit. Ich hatte die Wahl, mich entweder immer zu ducken oder irgendwann so heftig mit ihm aneinanderzugeraten, dass er mich nicht mehr in seiner Nähe dulden kann.«

Er holte tief Luft, und Felicitas spürte seinen Atem auf ihrer Wange. »Ich bin endlich frei. Und ich werde schon in irgendeiner anderen Druckerei eine Anstellung finden. Gib mir bloß ein wenig Zeit.«

»Es tut mir trotzdem leid. Du hättest doch irgendwann die Druckerei deines Vaters übernehmen können. Du …«

Ein Zeigefinger legte sich sanft auf ihre Lippen. »Habe ich aber nicht. Und ich schwöre, ich finde einen Weg, wie wir dein Flugblatt trotzdem weiter vervielfältigen können.«

Wie konnte er überhaupt gerade über so etwas nachdenken? Er hatte kein Dach mehr über dem Kopf, kein Zuhause.

»Oder möchtest du aufgeben, Felicitas?«

Das riss Felicitas aus ihrer Betroffenheit. Sie griff nach Gabriels Hand, zog seinen Finger von ihrem Mund. »Niemals!«

Gabriel lächelte. »Wusste ich es doch.«

»Aber kann ich irgendetwas für dich tun?«

»Hör nicht auf zu kämpfen. Und wenn du gewonnen hast und deine Familie sicher ist, können wir zusammen davonlaufen, uns eine gemeinsame Zukunft aufbauen.« Seine zweite Hand legte sich auf ihre. »Falls du das möchtest.«

Felicitas' Herz schlug schneller. Alle ihre Sorgen schienen unter Gabriels Blick zu schmelzen, unbedeutend zu werden. »Ja«, sagte sie. »Das würde mir sehr gefallen.«

Das Letzte, was sie sah, war sein Strahlen. Dann zog er sie zu sich hinab, und Küsse verschlossen ihren Mund.

Felicitas ließ sich in seine Umarmung fallen, erwiderte die Küsse hungrig. Für den Moment konnte sie glauben, dass alles gut werden würde.

Kapitel 43

Es war seltsam, durch die Stadt zu laufen, in der er kein Zuhause mehr hatte. Gabriel blickte neidisch zu den Türen der Häuser rechts und links, durch die Menschen ein und aus gingen. Ein Dach über dem Kopf zu haben, hatte er immer als selbstverständlich wahrgenommen. Nach einer Nacht unter der Weide am Lech hatte sich dieser Blickwinkel radikal gewandelt. Im Moment war es warm genug, um draußen zu schlafen, aber ohne den Schutz fester Wände war er bei jedem kleinen Geräusch hochgeschreckt. Vielleicht sollte er sich demnächst einen Unterschlupf in der Stadt suchen. Dort bestand zumindest nicht die Gefahr, dass Straßenräuber und Wegelagerer ihn fanden.

Er schob sich an einem mit Gemüse beladenen Karren vorbei und um eine Straßenecke. Unauffällig wog er seinen Geldbeutel in der Hand. Alles, was er mit dem Verkauf von Felicitas' Flugblättern verdient hatte, steckte hier drin. Einen Teil davon hatte er bereits für Papier ausgegeben. Aber es würde für ein Zimmer reichen. Allerdings, je mehr er nun davon verbrauchte, desto weniger hatte er später, um damit ein neues Leben mit Felicitas zu beginnen.

Bei dem Gedanken daran, wie begeistert sie dieser Idee zugestimmt hatte, wurde ihm immer noch warm ums Herz. Und bei dem Gedanken an ihren Körper unter seinen Händen, während sie seine Küsse leidenschaftlich erwidert hatte, schlug eben dieses Herz schneller.

Er wollte ihr ein gutes neues Leben bieten.

Auch deshalb war er gerade unterwegs. Die Straße, der Gabriel folgte, öffnete sich in einen freien Platz. In diesem Gebiet war normalerweise Peter unterwegs. Tatsächlich, neben dem Brunnen entdeckte Gabriel ihn. Heute brachte Peter anscheinend bereits mehrere Flugblätter aus. Bei ihm stand ein Handkarren, auf dem einige Stapel Papier im Wind raschelten. Damit sie nicht wegflogen, hatte Peter Steine auf jeden gelegt.

Gabriel nahm das Bündel mit seinem eigenen Päckchen vom Rücken. Felicitas hatte ihm alle Flugblätter überlassen, die sie gedruckt hatten, und er hatte sie in sein Ersatzhemd eingeschlagen. Es waren zu wenige, um die Botschaft wirklich weit zu streuen, aber es musste wohl reichen.

Als Peter ihn erspähte, winkte der Junge ihm zu. Er strahlte stolz über sein Gesicht, das in letzter Zeit hier und dort die ersten Bartstoppel zierten. »Sieh nur, das Geschäft mit den Flugblättern läuft großartig! Seit ich deine verkauft habe, fragen immer wieder Drucker, ob ich ihre nicht auch verkaufen will.«

Gabriel lächelte, blieb bei Peter stehen. Auf dem Handkarren erspähte er einige illustrierte Texte. Ein Holzschnitt mit einem zweiköpfigen Kalb darauf zierte ein Flugblatt, das mit »Wundersame Neuigkeiten« betitelt war. Ansonsten erspähte er aber viele lutherische Motive.

»Das freut mich«, sagte er. Dann entdeckte er einen Holzschnitt, der den Papst zeigte, wie er in einen Hühnchenschenkel biss. Er beugte sich vor. »Sag mal, ist das nicht ›Vom Geiz der angeblichen Vertreter Gottes‹?«

Peter errötete. »Hör mal, du hast keine neuen Exemplare geliefert, und es verkauft sich immer noch so gut. Wenn du mir neue Ware bringst, verkaufe ich wieder das Original, versprochen.«

Gabriel musste schmunzeln. Er hatte wahrlich andere Probleme, und Felicitas würde es wahrscheinlich freuen. Er winkte ab. »Ist schon wieder vergessen.« Dann kam ihm eine Idee. Sie hatten zu wenige Flugblätter, aber es gab Drucker, die Felicitas' Nachricht nur allzu gern vervielfältigen würden. »Vorausgesetzt, du tust mir einen Gefallen«, fügte er hinzu.

»Für dich immer, Herr Druckermeister«, erklärte der Junge eifrig. Die Anrede schmerzte ein wenig. Druckermeister würde Gabriel nun wohl nie werden.

Entschlossen schüttelte er seine Trauer ab. Es gab genug zu tun. Beflügelt von seiner Idee wickelte Gabriel den Stapel mit den Flugblättern aus seinem Bündel. »Hier, die sind für dich zum Verkauf. Aber du musst eines davon nehmen und dem Drucker bringen, der ›Vom Geiz der angeblichen Vertreter Gottes‹ nachgedruckt hat. Er darf es nachdrucken. Es muss so weit wie möglich verbreitet werden.«

Mit leuchtenden Augen streckte Peter die Hände nach dem Stapel Papier aus. »Du hast meinen Tag gerade noch besser gemacht.« Er nahm eines der Flugblätter und spähte mit zusammengekniffenen Augen darauf. »E... ein... eine Herau...«

»Eine Herausforderung an Johannes Eck«, sagte Gabriel, zu ungeduldig, um darauf zu warten, bis Peter die Buchstaben selbst entziffert hatte. Der Junge war sehr stolz darauf, dass er überhaupt das Lesen beherrschte, aber er konnte es nicht allzu gut.

Peter pfiff durch die Zähne. »Das klingt nach Ärger. Ich liebe es. Die, die Streit anfangen, verkaufen sich immer am besten.«

»Freut mich, dass ich dein Geschäft beflügeln konnte«, sagte Gabriel amüsiert. »Vergiss nicht, ein Flugblatt an den Nachdrucker zu geben. Ich kann nämlich erst mal keine mehr herstellen. Wenn du Nachschub zum Verkaufen willst, musst du dafür sorgen, dass es in die richtigen Hände gelangt.«

Peter grinste. »Keine Sorge, das vergesse ich nicht.«

Erleichterung durchströmte Gabriel. Damit war ein Problem erst mal gelöst.

»Da es für dich ja gerade sehr gut zu laufen scheint«, fragte er weiter, »was ist eigentlich mit meinem Anteil an den letzten Verkäufen?«

Peter zog eine schuldbewusste Miene. Offensichtlich hatte er gehofft, Gabriel würde das vergessen. »Die habe ich natürlich hier. Ich bin ein Ehrenmann, Herr Druckermeister. Ein absoluter Ehrenmann. Niemals würde ich meine Geschäftspartner um ihr Geld bringen. Vor allem nicht so gute Geschäftspartner wie dich.«

»Ich weiß doch, Peter, ich weiß.« Dass er den Jungen kaum als Mann bezeichnen würde, verbiss Gabriel sich. Und was dessen Ehre anging, bestanden auch berechtigte Zweifel. Aber bisher war er noch nicht mit allen Einnahmen davongerannt. Was konnte man sich mehr erhoffen?

Als er den Platz schließlich eine halbe Stunde später wieder verließ, war Gabriels Geldbörse ein bisschen dicker geworden. Vielleicht konnte er sich doch eine Unterkunft leisten. Zumindest eine billige. Auch wenn er nicht wusste, wann er das nächste Mal Geld verdiente.

Eventuell würde sich alles noch richten. Auch wenn er nicht wusste, wie das bei der Sache mit der Bannandrohungsbulle der Fall sein sollte.

Felicitas war gerade dabei, einen sehr mächtigen Mann sehr wütend zu machen. Vielleicht tat Gabriel gut daran, sich nicht zu früh zu freuen.

»Gabriel!«, der Ruf riss ihn aus seinen Gedanken. »Gabriel!«

Suchend blickte er sich um. War das nicht Gerhards Stimme? Es gab doch nicht etwa schlechte Nachrichten von zu Hause?

Endlich entdeckte er den Setzer, der schnaufend vor ihm zum Stehen kam. »Wie gut …« Er schnappte nach Luft. »… dass ich dich gefunden habe. Ich dachte schon, ich sehe dich nie wieder.«

Gabriel lächelte. Es tat gut, zu hören, dass zumindest eine Person in der Druckerei seinem Verschwinden nicht vollständig gleichgültig gegenüberstand. »Es tut mir leid«, sagte er. »Mein Vater hat mir nicht viel Zeit für einen Abschied gelassen.«

»So viel habe ich gehört«, Gerhard nickte. »Meine Frau hat heute Kohleintopf gemacht. Möchtest du uns beim Essen Gesellschaft leisten und mir den Rest erzählen?«

Gabriels letzte warme Mahlzeit war schon eine Weile her. »Sehr gerne!« Die Antwort kam ohne Zögern. »Pass aber auf, dass mein Vater nichts davon hört.«

Gerhard winkte ab. »Dein Vater ist ein Tyrann, aber seit du weg bist, bin ich der einzige fähige Setzer in seiner Druckerei. Wenn er mich rauswirft, soll er sehen, wie er seine Psalmenbücher selbst setzen kann.«

Gabriel lachte. »Das ist wohl die richtige Einstellung.«

»Sag«, fuhr Gerhard fort, »hast du eigentlich ein Dach über dem Kopf derzeit?«

Gabriel schüttelte den Kopf. »Ich dachte, ich könnte mir vielleicht ein Zimmer in einem Gasthaus nehmen.«

»Du könntest allerdings auch das Bett meines Sohnes haben«, sagte Gerhard. »Samuel hat doch letztes Jahr eine eigene Familie gegründet.«

Gerührt suchte Gabriel für einen Moment nach Worten. »Bist du sicher?«, fragte er schließlich. »Ich will wirklich nicht, dass du meinetwegen in Schwierigkeiten gerätst.«

Gerhard schnaubte, lächelte aber dabei. »Darüber haben wir doch gerade geredet.« Mit einem weiteren Lächeln setzte er sich in Bewegung. »Komm, meine Frau wird sich auch freuen, dich zu sehen.«

Kapitel 44

Felicitas hatte ihre Mutter in den letzten Tagen mehrfach gebeten, das Abendessen einfach auf ihr Zimmer mitnehmen zu dürfen.

»Wir sind eine Familie«, hatte diese jedes Mal entgegnet. »Wir werden zumindest einmal am Tag gesittet beieinandersitzen wie eine richtige Familie.«

Als Felicitas an diesen Abend also in die Stube trat, stellte sie sich auf eine weitere Mahlzeit in unangenehmem Schweigen ein, nur unterbrochen von den Versuchen ihrer Mutter, alle anderen am Tisch zur Konversation zu bewegen.

Diesmal allerdings lagen mehrere Blätter Papier vor ihrem Vater auf dem Tisch, und er blickte sie noch düsterer an als sonst.

Felicitas schluckte. Es würde wieder Ärger geben.

»Felicitas, setz dich.«

Ja, es würde ganz sicher Ärger geben.

Mit mulmigem Gefühl im Magen ließ Felicitas sich auf einen freien Platz sinken. Leopold saß rechts davon am Tisch, wich ihrem Blick aus und spielte stattdessen mit seinem Besteck. Felicitas gegenüber hatte ihre Mutter eine ernste Miene aufgesetzt. Nur Markus war noch nicht da.

Langsam hob der Vater eines der Blätter und drehte es so, dass Felicitas den Text darauf sehen konnte. Sie erkannte das Flugblatt, das sie zusammen mit Gabriel gedruckt hatte.

»Bernhard hat mir das hier zukommen lassen. Du hast unsere Familie damit endgültig zum Gespött gemacht.«

Natürlich hatte Bernhard Adelmann von Adelmannsfelden nichts Gutes über sie zu sagen. Felicitas ballte unter dem Tisch die Hände zu Fäusten. »Ich versuche, Verantwortung für das zu übernehmen, was ich getan habe«, sagte sie gezwungen ruhig.

Missbilligend runzelte ihr Vater die Stirn. »Kind, hast du überhaupt irgendeine Vorstellung davon, was es bedeutet, exkommuniziert zu werden? Denn genau das wird dir widerfahren, wenn du weiter darauf beharrst, dich zu beweisen.«

Schon wieder diese Unterstellung, dass sie nicht verstand, was sie da eigentlich tat. »Ich weiß sehr wohl, was es bedeutet, exkommuniziert zu werden. Deshalb möchte ich Leopold davor bewahren. Er hat die Flugschriften nicht verfasst, also sollte er auch nicht die Verantwortung dafür übernehmen.«

Ihr Vater schüttelte den Kopf. »Alles, was du

hiermit erreichst«, er klatschte das Flugblatt auf den Tisch, »ist, dass du dich öffentlich lächerlich machst.«

»Du traust mir also nicht zu, Eck überzeugen zu können.« Das tat weh, war aber auch längst keine neue Erkenntnis mehr.

»Ich habe ihn nicht überzeugen können!«, brauste ihr Vater auf.

»Ach.« Nun stemmte Felicitas die Hände auf den Tisch, drückte sie ein Stück nach vorn. Sie hatte diese ganze Bevormundung so satt. »Und weil du etwas nicht kannst, ist es natürlich vollkommen ausgeschlossen, dass ich es besser machen könnte?«

»Du überschätzt dich«, sagte ihr Vater nur knapp.

»Du unterschätzt mich!« Die Worte kamen deutlich lauter heraus als geplant, und für einen Moment hallten sie in der guten Stube wider.

»Felicitas«, schaltete sich die Mutter ein. »Bitte, mäßige dich.«

»Warum muss ich mich mäßigen? Warum mäßigen sich nicht mal alle anderen in dem, was sie ständig über mich sagen?« All ihre Wut herauszuschreien, machte die Situation nicht besser, aber sie fühlte sich, als hätte sie damit eine Last abgeworfen. Sie wollte nicht nett und freundlich und rücksichtsvoll sein. Schon gar nicht bei Menschen, die sich ihr gegenüber weder nett noch freundlich noch rücksichtsvoll verhielten.

»Junge Dame!« Nun schlug ihr Vater seinen strengsten Ton an. »Du …«

»Lasst sie es doch versuchen.«

Die Worte kamen nur leise, dennoch reichten sie aus, um den Vater zu unterbrechen. Genau wie Felicitas blickte er zu Leopold hinüber.

Und endlich begegnete ihr Bruder ihrem Blick. »Sie hat nicht nur einen Text geschrieben, den offensichtlich sehr viele Leute für klug halten, sondern ihn auch gedruckt. Sie hat in meinem Namen Briefe an gebildete Leute geschrieben und diese erfolgreich davon überzeugt, dass sie bereits ein halbes Studium der Rechtswissenschaften hinter sich hat. Denn das mussten sie glauben, um zu glauben, dass sie ich war.« Die Worte waren zwar eindeutig an den Vater gerichtet, aber er nahm den Blick dabei nicht von Felicitas. »Du unterschätzt sie wirklich, Vater.«

Felicitas hatte nicht gemerkt, wie sehr sie sich danach gesehnt hatte, solche Worte zu hören, bevor Leopold sie ausgesprochen hatte. Doch er sah ihr dankbares Lächeln nicht mehr, denn nun wandte er sich dem Vater zu. »Lass sie es versuchen.«

Der Vater schnaubte. »Versteht ihr denn beide nicht.« Er deutete in Felicitas' Richtung. »Dein

Versuch, Verantwortung zu übernehmen, wie du es nennst, hat uns erst wirklich in Schwierigkeiten gebracht. Leopold hätte sich einfach von Luthers Lehren lossagen können. Aber nein, du musstest Eck ja provozieren. Nun wird er niemanden von uns mehr so einfach davonkommen lassen.«

Felicitas öffnete den Mund, um zu protestieren, schloss ihn dann aber wieder. Sie hatte doch nur versucht, das Richtige zu tun.

»Ich muss sagen«, ließ Leopold sich in der Stille vernehmen, »dieser Johannes Eck scheint ein enorm selbstherrlicher Hurensohn zu sein. Ich weiß nicht, ob ich vor dem hätte kriechen wollen.«

Nun war es der Vater, der wortlos nach Luft schnappte. Auch Felicitas starrte Leopold ungläubig an. Hatte sie gerade wirklich richtig gehört?

Ihr Bruder erwiderte ihren Blick mit einem schiefen Grinsen. »Ich habe nachgedacht«, sagte er nur. »Ich glaube, dass du das wieder hinbiegen kannst.«

Die Worte sprengten eine Anspannung, derer Felicitas sich bisher gar nicht bewusst gewesen war. Ohne sich darum zu kümmern, was der Vater oder die Mutter sagen mochten, beugte sie sich zu Leopold hinüber und schloss ihn in die Arme. Etwas unbeholfen erwiderte er die Umarmung, tätschelte ihren Rücken.

»Es tut mir leid, dass ich dich in Schwierigkeiten gebracht habe«, flüsterte sie.

Er drückte sie einmal fest, dann ließ er sie los, klopfte ihr noch einmal auf die Schulter. Felicitas strahlte. Sie hatte ihren großen Bruder wieder.

Der Vater räusperte sich. »Ich kann nicht zu dir stehen, wenn du exkommuniziert wirst«, sagte er, ruhiger nun. Seine Stimme klang dumpf, als hätte er sich gerade mit einem grausamen Schicksal abgefunden.

Felicitas richtete sich gerade auf, nickte. Aus der Richtung der Mutter drang ein erstickter Laut, und Felicitas sah, dass sie beide Hände gegen ihren Mund presste. Beschämt senkte sie den Blick auf ihren Teller. Egal, was sie tat, irgendjemandem bereitete sie wohl immer Sorgen. Aber sie konnte und wollte sich nicht mehr von ihrem Weg abbringen lassen.

»Es gibt wohl ohnehin kein Zurück mehr.« Fast klang es, als antwortete ihr Vater auf ihre Gedanken.

Wieder nickte Felicitas. »Darf ich aufstehen?«, fragte Felicitas. »Ich habe keinen Hunger.«

Ihr Vater schnaufte. »Wie es aussieht, kann ich dich ohnehin nicht davon abhalten, zu tun, was du tun willst. Also tu, was du willst.«

Das war wohl das Beste, was sie von ihm bekommen würde. »Danke.« Langsam erhob sich

Felicitas und floh aus dem Raum. Sie hatte sich durchgesetzt, aber es fühlte sich nicht nach einem Sieg an. Auf ihrem Zimmer warf sie sich auf ihr Bett und weinte leise in ihr Kissen.

Warum hatte es überhaupt dazu kommen müssen? Warum konnten sie nicht einfach wie gebildete Leute miteinander reden?

Sie musste irgendwann eingeschlafen sein, denn am nächsten Morgen wurde Felicitas von den geschäftigen Geräuschen eines aufwachenden Haushalts geweckt. Erna sang ein Lied in der Küche. Und irgendjemand klopfte an die Haustür.

Schritte polterten, Türen knallten. Murrend drehte Felicitas sich um und zog sich die Decke über den Kopf. Solange sie einfach hier liegen blieb, musste sie sich nicht dem Dilemma stellen, in das sie sich selbst gebracht hatte.

Stimmen murmelten irgendwo im Haus. Dann polterten Schritte auf der Treppe, diesmal kamen sie näher. Schließlich klopfte es an ihrer Tür.

»Hm?«, murmelte Felicitas.

»Bist du angezogen?« Es war die Stimme ihres Vaters.

Mühsam setzte Felicitas sich auf und blickte an sich hinunter. Sie war in ihrer Kleidung vom Vortag eingeschlafen. Eilig setzte sie sich auf und zog den Stoff notdürftig glatt. »Ja!«

Die Tür öffnete sich. Die Miene ihres Vaters war ernst, und er trug einen Brief bei sich. Sorgfältig schloss er die Tür wieder hinter sich, dann hielt er Felicitas den Brief hin.

»Von Konrad Peutinger an dich. Öffne ihn. Ich will wissen, wo ich mich nicht mehr blicken lassen darf.«

Es lag nicht einmal mehr Wut in seiner Stimme, nur tiefe Müdigkeit. Felicitas schluckte. Sie hatte doch nur ernst genommen werden wollen. Wie hatte das so aus dem Ruder laufen können?

Langsam streckte sie unter dem abwartenden Blick ihres Vaters die Hand nach dem Brief aus. Papier raschelte unter ihren Fingern, selbst das Brechen des Siegels kam Felicitas in der angespannten Stille unangenehm laut vor. Als sie den Brief öffnete, riss das Papier an einer Stelle ein, so sehr zitterten ihre Finger.

»Lies vor«, befahl ihr Vater.

Felicitas räusperte sich. »Junge Felicitas, ich kann nicht alles gutheißen …« Sie stockte. Warum nahm sich Peutinger überhaupt die Zeit, ihr zu schreiben, wenn er sie nur schelten wollte. Er hatte ihr diese Schwierigkeiten doch überhaupt erst eingebrockt, hatte sie bei ihren Briefkontakten schlechtgeredet, hatte es wahrscheinlicher gemacht, dass einer sie verriet. Trotz regte sich in ihr.

»Ja?«, drängte ihr Vater.

Als Felicitas weiterlas, war ihre Stimme fester. »Ich kann nicht alles gutheißen, was Du getan und geschrieben hast, aber ich erkenne einen klugen Kopf hinter Deinen Worten. Hätte ich das nicht getan, hätte ich Dich niemals als Briefkontakt an den jungen Gabriel empfohlen. Ich muss Dir außerdem ein Lob für deine Standhaftigkeit und Ehrlichkeit aussprechen.«

Der Vater stieß einen überraschten Laut aus. Auch Felicitas fühlte sich mit einem Mal leichter. »Deshalb habe ich meinem alten Bekannten Johannes Eck in Deiner Sache geschrieben. Ich habe ihn ersucht, Dir die Gelegenheit zu geben, Dich zu beweisen, und ihn gebeten, aufgrund Deiner Jugend Nachsicht walten zu lassen. Ich wünsche Dir alles Gute. Konrad Peutinger.«

Felicitas ließ den Brief sinken, wischte eilig eine Träne aus ihrem Augenwinkel. Angestaute Anspannung brach sich plötzlich Bahn, wollte hinaus. An sich war es nicht viel, was Konrad Peutinger getan hatte. Er hatte nur einen Brief an einen alten Bekannten geschrieben und sie darüber in Kenntnis gesetzt. Aber gleichzeitig hatte er sie anerkannt. Er glaubte ihr. Egal, ob er mit dem übereinstimmte, was sie geschrieben hatte, er traute ihr zu, es geschrieben zu haben. Er hielt sie nicht für dumm.

»Nun«, sagte Felicitas' Vater nach einer Weile. »Ich schätze, das sind gute Neuigkeiten.«

Felicitas nickte, blickte dabei weiter auf den Brief hinab. Mit diesen wenigen Worten hatte Konrad Peutinger ihr mehr Respekt erwiesen, als ihr eigener Vater das bisher getan hatte.

Wahrscheinlich war ihm das ebenso bewusst. Er räusperte sich, seine Füße scharrten über den Boden. Dann spürte sie eine Hand an ihrer Schulter. Kurz tätschelte er sie, aber als Felicitas nicht reagierte, wandte er sich schnell ab, ging zur Tür.

Sie wollte etwas sagen, aber es standen zu viele Vorwürfe zwischen ihnen, zu viele Gelegenheiten, zu denen er sie unterschätzt und ihr nicht geglaubt hatte. Also starrte sie weiter den Brief an.

Ihr Vater räusperte sich noch einmal. »Alles Gute«, sagte er schließlich.

Die Tür öffnete sich, fiel hinter ihm zu.

»Das klänge besser«, murmelte Felicitas, »wenn es dir nicht ein Fremder hätte vorsagen müssen.«

Kapitel 45

Die Küche in Gerhards Haus war eigentlich nicht groß genug für den Tisch, der darin stand. Man musste sich dicht an der Wand vorbeidrücken, um zu den hinteren Stühlen zu kommen.

Aber Gabriel hatte sich noch nie irgendwo so wohl gefühlt. Gerhard war ein stiller Mann, und er hatte nie viel von seiner Familie erzählt. Aber man musste ihm nur dabei zusehen, wie er sich bemühte, das Gemüse für den Eintopf genau so zu schneiden, wie seine Frau es wollte, um zu wissen, dass er ihr jeden Wunsch erfüllte. Manchmal, wenn sie beschäftigt war, hielt er in dem, was er tat, inne, und sah ihr zu mit einem leisen Lächeln auf dem Gesicht.

Rosie, seine Frau, war ihrem Alter zum Trotz ein wahrer Wirbelwind. Sie lachte viel, auch gern über ihre eigenen Witze, und schien immer zur Stelle zu sein, wenn jemand in der Nachbarschaft etwas brauchte. Seit Gabriel bei Gerhard untergekommen war, war kein Tag vergangen, an dem nicht noch jemand mit an dem großen Tisch saß.

Heute war es ein vielleicht acht Jahre altes

Mädchen, dessen kleiner Bruder sich ständig hinter ihrer Schürze versteckte.

Gabriel bemühte sich, möglichst freundlich auszusehen, während er seine Suppe löffelte.

»Wie geht es der Mama, Annabell?« Rosie füllte zwei hölzerne Schüsseln mit Suppe, stellte sie vor den Kindern ab.

»Sie ist wieder heimgekommen und direkt eingeschlafen.« Das Mädchen griff eilig nach seinem Löffel und begann, das Essen in sich hineinzuschaufeln.

Rosie seufzte, tauschte einen bedeutungsvollen Blick mit ihrem Mann, der neben Gabriel saß. Gerhard lehnte sich ein Stück zu Gabriel hinüber. »Die Mutter der beiden gibt den Großteil ihres Geldes für Schnaps aus.«

Gabriel nickte. Er konnte sich das Problem vorstellen. Besonders, wenn offensichtlich kein Vater in der Nähe war.

»Ihr nehmt nachher auch einen Teller Suppe für die Mama mit, ja?«, sagte Rosie.

»Danke, Tante Rosie«, sagte das Mädchen zwischen zwei Löffeln.

»'nke, 'ante Roschie«, nuschelte der Junge.

Sie taten Gabriel leid. Als Kinder einer unverheirateten Frau hatten sie im Leben kaum eine andere Möglichkeit, als auch in Armut zu enden wie ihre Mutter.

Ein Klopfen an der Tür, das durch das Haus hallte, sorgte dafür, dass der Junge sich wieder hinter seiner Schwester versteckte.

»Ich gehe.« Gerhard rutschte von seinem Stuhl und schob sich an der Wand entlang, bis er sich hinter dem Tisch hervorgearbeitet hatte. Er trat aus der Küche in die Diele, um die Tür zu öffnen.

»Gabriel, es ist für dich!«, erklang es kurz darauf.

Sofort schlug Gabriels Herz schneller. Das konnte nur eines bedeuten: Felicitas war hier.

So schnell er konnte, schob auch er sich an der Wand entlang hinter dem Tisch hervor.

Aus der Richtung des Herdes erklang Rosies Lachen. »Stolper nicht über deine eigenen Füße! Sie wird schon nicht verschwinden, bevor du bei ihr ankommst.«

Verlegen verlangsamte Gabriel seine Schritte ein wenig, was Rosie nur noch mehr zum Lachen brachte. »Ach ja«, sagte sie versonnen. »Die junge Liebe.«

»Du und Gerhard, ihr seid doch noch genauso verliebt«, gab Gabriel zurück.

Rosie lächelte. »Natürlich. Aber ich weiß, dass er auf mich wartet, egal, wie lange ich zur Tür brauche.«

Das war ein schöner Gedanke. Sich der gegenseitigen Liebe so sicher zu sein. Nun wurden seine Schritte von selbst langsamer. An der Küchentür kam ihm Gerhard entgegen.

»Ich lasse euch zwei wohl lieber allein«, sagte der Setzer, bevor er an Gabriel vorbei zu seinem Platz zurückging.

Dann endlich konnte Gabriel in den Flur treten. Dort stand Felicitas und lächelte ihm entgegen.

Gabriel war mit wenigen Schritten bei ihr, nahm sie in die Arme. Bevor er sich versah, hatte sie sich auf die Zehenspitzen gestellt, und seine Lippen fanden die ihren in einem sanften Kuss.

Danach lehnte sie sich gegen seine Brust, und er legte die Arme um sie. Immer noch kam es ihm wie ein Wunder vor, sie zu halten, und er tat es vorsichtig, als hielte er einen Schatz.

»Ich bin froh, dass du wieder ein Dach über dem Kopf hast«, sagte sie.

Gabriel nickte, die Wange an ihrem Haar. »Ich auch. Allerdings, ewig werde ich hier nicht bleiben können.«

»Das musst du auch nicht.« Vorsichtig löste Felicitas sich von ihm. Aus ihrer Rocktasche zog sie ein Stück Papier und hielt es ihm hin.

Gabriel überflog den Text schnell. Es war keine lange Nachricht, der Inhalt beschränkte sich auf das Nötigste.

»Eck nimmt deine Herausforderung an?« Sie

hatten es tatsächlich geschafft. Für einen Moment überwog der Triumph, doch dann erinnerte Gabriel sich wieder, was ein Sieg bedeuten würde: Felicitas würde exkommuniziert werden, wenn sie nicht offiziell Luthers Lehren abschwor. Und so viel Ärger, wie sie Eck inzwischen gemacht hatte, würde er sich von ihrer Aufrichtigkeit in dieser Hinsicht nicht leicht überzeugen lassen.

Felicitas nickte auf die Frage. Dann blickte sie aus großen Augen zu Gabriel hoch. »Ich habe Angst.«

Erneut nahm er sie in die Arme, eine Geste, aus dem Impuls geboren, sie zu beschützen. »Du musst es nicht tun. Wir können gleich heute noch weglaufen und woanders ein neues Leben beginnen, wenn du willst.«

Energisch schüttelte sie den Kopf. »Ich muss. Ich kann Augsburg erst verlassen, wenn ich meine Familie in Sicherheit weiß.«

Das verstand Gabriel nur allzu gut. Und er bewunderte ihre Standhaftigkeit. »Ich liebe dich.« Er legte nicht nur all die Zuneigung, die er empfand, in diese Worte, sondern auch seinen Respekt vor ihr und ein erneutes Versprechen, ihr beizustehen, so gut er konnte.

Sie lächelte. »Ich dich auch.«

Kapitel 46

Felicitas hatte das Augsburger Rathaus noch nie von innen gesehen. Von außen war es ein beeindruckender Bau mit drei Giebeln und einem Glockenturm. Innen hallten Felicitas' Schritte, als sie die Versammlungshalle betrat, in die Eck sie zitiert hatte.

An den Seiten des Raumes stapelten sich Stühle und Tische, wahrscheinlich die Ratssitze, die hier normalerweise verwendet wurden. Nun stand nur ein Tisch mit exakt einem Stuhl in der Mitte des Raumes. Etwas erhöht hatte man am Kopfende des Raumes einen weiteren etwas längeren Tisch aufgebaut. Dort thronten bereits mehrere Männer, einige davon in Ordenskleidung. Ein korpulenter Mann mit langem, strähnigem Haar spähte ihr entgegen.

»Felicitas Schäffler?« Seine Stimme dröhnte durch den Saal. Er war es offensichtlich gewohnt, Reden zu halten.

Felicitas trat weiter vor und blieb hinter dem Stuhl in der Mitte des Raumes stehen. »Die bin ich.«

Im Vergleich wirkte ihre Stimme schwach,

schien beinahe von dem riesigen Raum geschluckt zu werden. Doch der Mann nickte.

»Ich bin Johannes Eck. Du wolltest dich mir beweisen. Also setz dich, verschwende nicht mehr von unserer Zeit als unbedingt nötig.«

Nun, mit Freundlichkeit hatte Felicitas ohnehin nicht gerechnet. Sie holte tief Luft und ließ sich auf den Stuhl sinken.

Durch Seitentüren strömten derweil mehr Menschen in den Saal. Stühle wurden gerückt, so dass sich Reihen von Zuschauern bildeten. Felicitas ließ den Blick über die Gesichter schweifen. Sie hatte Gabriel gebeten, nicht mitzukommen, doch man hätte ihn ohnehin nicht hier hereingelassen, wie es schien. Es waren alles feine Herren, hohe Beamte und Geistliche. Dennoch blieb ihr Blick an einem Gesicht hängen.

Dort saß ihr Vater. Seine Miene war ernst. Auch als er ihrem Blick begegnete, war da kein Lächeln, kein sonstiges Zeichen, dass er sie überhaupt erkannt hatte. Aber er schaute auch nicht weg.

Er war da, das zählte wahrscheinlich schon.

Felicitas faltete die Hände auf dem Tisch, verkrampfte die Finger ineinander, um sich selbst davon abzuhalten, nervöse Bewegungen zu machen. Sie hatten sie in diese riesige Halle bestellt, um sie einzuschüchtern. Um zu demonstrieren, wie klein sie war im Vergleich zu den Mächten, mit denen sie sich angelegt hatte.

Sie durfte sich nicht einschüchtern lassen. Ein weiterer tiefer Atemzug beruhigte ihr flatterndes Herz ein wenig. Sie rückte ihren Stuhl näher an den Tisch, setzte sich so aufrecht wie möglich hin. Dann richtete sie ihren Blick auf Eck.

Er hatte sich soeben zu seinem Nebenmann hinübergebeugt. Als er jedoch merkte, dass Felicitas ihn anstarrte, erwiderte er ihren Blick. Nach einem Moment runzelte er die Stirn. Noch ein paar Augenblicke, dann schaute er weg.

Anspannung strömte mit dem nächsten Atemzug aus Felicitas heraus. Es war ein kindischer, kleiner Triumph über Eck, aber es war ein Triumph, und er sorgte dafür, dass sie sich besser fühlte.

»Nun«, ergriff Johannes Eck schließlich wieder das Wort. »Hast du nichts zu sagen?«

Ach, ihr Schweigen verunsicherte ihn auch? Die Zufriedenheit über diese Entdeckung gab Felicitas die Kraft für ein Lächeln.

»Ich dachte, ich soll Eure Zeit nicht verschwenden.« Sie bemühte sich, laut zu sprechen, wie ein Pastor bei seiner Predigt von der Kanzel. »Ich warte darauf, dass Ihr mir Eure Aufgabe stellt.«

Johannes Eck kniff die Lippen zusammen. Doch dann gab er einem jungen Schreiber am

Rand des langen Tisches ein Zeichen. Dieser stand auf und brachte Felicitas Papier, Tinte und eine Schreibfeder.

»Die Tinte ist zu flüssig«, murmelte er ihr zu. »Es wird viel klecksen.«

Was für ein billiger Trick, um sie schlecht dastehen zu lassen! So würde es später heißen, sie habe noch nicht einmal richtig schreiben können.

Felicitas' Gedanken rasten. Sie musste schnell handeln, um diese hinterhältige List zu vereiteln.

Ohne genau zu wissen, was sie tat, griff sie nach dem Tintenfass, bevor der Schreiber es noch richtig abstellen konnte. Vielleicht konnte sie die Tintenqualität bemängeln und neue fordern? Ungeschickt stieß sie mit den Fingern gegen das Fässchen, brachte es zum Wackeln.

Die zündende Idee kam fast gleichzeitig. Bevor sie es sich noch anders überlegen konnte, stieß sie noch einmal fester gegen das Fässchen. Der Schreiber machte eine instinktive Bewegung, um es vom Herunterfallen abzuhalten. Felicitas wischte seine Hand beiseite, tat so, als wolle sie auch danach greifen.

Im nächsten Moment klapperte das Fass aus Holz auf den Boden. Die Tinte spritzte auf die Schuhe des jungen Mannes. Er tat Felicitas ein wenig leid, hatte er sie doch gewarnt, aber gleichzeitig war sie erleichtert, dieses Problem gelöst zu haben.

»Hans!«, wetterte Johannes Ecks Sitznachbar. »Habe ich dir nicht gesagt, du sollst vorsichtiger mit solchen Dingen sein?«

Felicitas' schlechtes Gewissen vertiefte sich, während der junge Schreiber verlegen zu Boden starrte. »Verzeihung.«

»Es tut mir leid«, flüsterte sie ihm zu.

Er winkte ab. »Ich hole neue Tinte«, sagte er gleichzeitig laut. Er bückte sich nach dem heruntergefallenen Gefäß und eilte davon.

Für einen Moment hörte man nur Husten und Füßescharren im Saal. Felicitas' Herz schlug wieder schneller. Sie rückte das Blatt Papier vor sich auf dem Tisch zurecht und legte den Federkiel daneben. Die Feder war nicht allzu spitz, aber in Kombination mit vernünftiger Tinte würde es gehen.

Schließlich räusperte sich Johannes Eck. »Nun, wie schon einmal gesagt, unsere Zeit ist kostbar. Deshalb fahren wir schon einmal fort, bis das neue Tintenfass gebracht wird.«

Felicitas merkte, wie ihre Finger an dem Federkiel herumspielten, und faltete sie eilig über dem Papier.

»Wir haben uns heute hier zusammengefunden, um zu prüfen, ob Felicitas Schäffler den

Witz und den Verstand besitzt, einen Text zu schreiben wie ›Vom Geiz der …‹« Er stockte, verzog das Gesicht. »›… angeblichen Vertreter Gottes‹. Sie besteht darauf, dass sie und nicht ihr Bruder Verfasser dieses Textes ist. Sollte sie dies hier beweisen können, wird ihr Name den ihres Bruders auf der päpstlichen Bulle *Exsurge Domine* ersetzen.«

Verwirrtes Gemurmel erhob sich im Saal. Als Felicitas in die Menge blickte, sah sie ebensolches Unverständnis in den Gesichtern. Wahrscheinlich fragte man sich, warum sie darum kämpfte, auf einer Bulle zu stehen, die ihr mit Exkommunikation drohte.

Nur das Gesicht ihres Vaters war unbewegt wie ein Stein. Mit einem Mal wollte sie nur wieder aus dieser Halle hinaus.

»Nun sagt mir schon, wie ich es beweisen kann!«, rief sie ungeduldig. »Ich möchte hier auch nicht den ganzen Tag sitzen.«

Ecks gerunzelte Stirn sprach Bände. Erneut räusperte er sich. »Felicitas Schäffler wird hiermit aufgefordert, einen Text zu schreiben, der in Stil und Wortgewandtheit dem besagten Text gleicht. Das Thema dieses Textes wird sein …« Er machte eine bedeutungsvolle und unnötig theatralische Pause, wie Felicitas fand. »… die Ethik des Thomas von Aquin.«

Wieder kam Gemurmel auf, und Felicitas kämpfte darum, eine unbewegte Miene zu wahren. Ihr war bewusst gewesen, dass sie ihr ein schwieriges Thema geben würden. Doch sie hatte mit etwas Aktuellem gerechnet, mit irgendetwas, das mit Luthers Kritik an der Kirche in Zusammenhang stand. Thomas von Aquin hatte vor fast dreihundert Jahren gelebt und geschrieben.

Sie hätte es wissen müssen. Sie hätte sich besser vorbereiten müssen.

Felicitas nahm kaum wahr, wie der junge Schreiber ein neues Tintenfass vor ihr abstellte. Dass sie nun hoffentlich Tinte hatte, die nicht zu flüssig war, schien ihr plötzlich kaum mehr von Bedeutung. Was wusste sie über die Schriften des Thomas von Aquin? Verzweifelt versuchte sie sich an alles zu erinnern, was sie darüber jemals gelesen hatte.

Ein Satz fiel ihr direkt ein. Aus einem Brief, den Daniel Habermann ihr geschrieben hatte: *Bitte besinne dich auf das, was Thomas von Aquin schon als die Tugenden der Frau zu benennen wusste: Das Gebären und den Haushalt.*

Wut fuhr wie ein scharfer Wind in die Wolken der Nervosität, die ihren Verstand vernebelt hatten. Ihr ausgerechnet Thomas von Aquin als Thema zu geben, war das ein Versuch, sie auf ihren Platz zu verweisen? Nun, sie würden sich wundern. Langsam kamen die Erinnerungen zurück an Dinge, die ihre Hauslehrer ihr einzubläuen versucht hatten.

Thomas von Aquin sah in Frauen so etwas wie missratene Männer. Die Männer selbst verortete er in der Ordnung aller Dinge zwischen den Engeln und den Tieren. Er hatte verschiedene Kardinaltugenden aufgestellt. Welche waren das nur noch mal? Mäßigung, Klugheit, Gerechtigkeit … Und es gab noch eine, oder nicht? Felicitas nahm die Feder auf, drehte sie in den Fingern.

Ach ja, Tapferkeit.

Sie tunkte die Feder in das Tintenfass, setzte an zu schreiben. Ja, die Tinte hatte nun genau die richtige Konsistenz. Aber etwas anderes störte sie.

Hatte man Thomas von Aquin vielleicht auch deshalb gewählt, um ihr eine Falle zu stellen? Er war einer der bedeutendsten christlichen Philosophen. Seine Meinung zur Aufgabe der Frauen mochte sie wütend machen, doch wenn sie sich zu abwertend über ihn äußerte, könnte man sie der Ketzerei bezichtigen. Dann würde sie nicht einfach nur exkommuniziert, dann würde man sie wie Jan Hus auf dem Scheiterhaufen verbrennen.

Sie musste anders argumentieren. Klüger. Vorsichtiger.

Langsam begann sie zu schreiben.

Von Gottes Wort und dem Menschen, der es versteht

»Mäßigung«, sprach der Herr zu Thomas Aquinius. »Gerechtigkeit, Klugheit und Tapferkeit. Das ist, was ich in den Menschen sehen will.«

»Was sagst du da?«, erwiderten die fehlbaren Menschen im Dienste Gottes. »Wir sollen dir Prunkbauten bauen? Wir sollen die Armen hungern lassen? Wir sollen uns gegen gute neue Ideen sperren und niemals die Veränderung wagen, weil wir uns davor fürchten?«

Sobald sie einmal angefangen hatte, flossen die Worte immer leichter aus ihrer Feder. Sie bemühte sich, deutlich zu machen, dass sie nicht Gottes Weisheit anzweifelte, sondern die Fähigkeit des Menschen, diese zu verstehen. Sie zeigte, wie wenig der Papst und seine Kirche den thomistischen Tugenden entsprachen. Sie kam schlussendlich auf die Rolle der Frauen zu sprechen, so, wie Thomas von Aquin sie gesehen hatte.

»Wäre es nicht klug«, sagte die Frau, »anzuerkennen, was ich leisten kann, anstatt die Beweise dafür zu leugnen, obwohl sie genau vor eurer Nase liegen? Wovor habt ihr denn Angst?«

Als Felicitas schließlich die Feder zur Seite legte und sich auf ihrem Stuhl zurücklehnte, fühlte sie sich ausgelaugt. Als hätte sie all ihre Wut auf das Papier gebannt und nun keine Gefühle mehr übrig, die sie selbst noch empfinden konnte. Aber sie würde es alles noch einmal durchlesen müssen. Es durfte nichts anderes als perfekt sein. Sie lehnte sich wieder vor.

»Das sollte genügen.«

Ecks Stimme ließ Felicitas aufblicken. Sie hatte ihr Publikum beinahe vergessen. Nun wurde sie sich schlagartig wieder all der Augen bewusst, die auf sie gerichtet waren.

»Trage deinen Text vor«, forderte Eck sie auf, »damit wir uns eine Meinung darüber bilden können.«

Nun war der Moment der Wahrheit gekommen. Felicitas griff nach ihrem Blatt Papier und erhob sich.

Kapitel 47

Gabriel starrte seine wenigen Habseligkeiten an. Er glaubte Felicitas' letzten Kuss vom Abend zuvor immer noch auf seinen Lippen zu spüren. Sie hatte ihn gebeten, nicht mit zum Rathaus zu kommen, hatte ihn wahrscheinlich schützen wollen. Solange er nicht mit ihr gesehen wurde, konnte er immer noch in Augsburg ein neues Leben beginnen, irgendwo eine Anstellung finden. Aber wollte er das? Nein, er wollte an Felicitas' Seite bleiben.

Sein Bündel war schnell gepackt. Er besaß immer noch nicht viel. Nur die Geldbörse war etwas schwerer geworden vom Verkauf weiterer Flugblätter. Es würde reichen, damit sie nicht auf der Straße betteln mussten, wohin auch immer es sie verschlug.

Als Gabriel mit seinem Bündel in der Hand aus dem kleinen Zimmer trat, das er bewohnt hatte, stand Rosie in der Küchentür. Sie lächelte traurig. »Ich dachte mir, dass du gehst.«

»Sobald Felicitas ihren Bruder von aller Schuld befreit hat, gibt es keinen Grund mehr, hierzubleiben.«

»Ich verstehe schon«, sagte Rosie.

»Bitte richte meiner Schwester alles Gute von mir aus. Ich werde mich bei ihr melden, sobald ich kann.« Er würde Birgit vermissen. Sie hatten sich einander gerade erst wieder angenähert, und es gab so viel, worüber er noch mit ihr reden wollte.

»Ich lasse ihr über Gerhard eine Nachricht überbringen. Auch dass sie hier immer sicher ist, sollte sie ebenfalls einmal mit deinem Vater aneinandergeraten.«

»Danke.« Das eine Wort kam aus tiefstem Herzen. Zu wissen, dass für seine Schwester gesorgt war, machte das Gehen noch einmal einfacher. Das eine Wort fühlte sich zudem unzureichend an. Gabriel suchte nach mehr, das er sagen konnte.

Hämmern an der Haustür unterbrach seine Gedanken. Ihm gegenüber runzelte Rosie die Stirn, dann aber schob sie sich an ihm vorbei, um die Tür zu öffnen.

Gabriel stellte sein Bündel auf den Boden, spähte neugierig an ihr vorbei.

Der Mann vor der Tür war ungefähr in seinem Alter und trug Kleidung, die aussah, als sei sie noch nie geflickt worden. Er war außerdem vollkommen außer Atem.

»Ich bin Leopold«, stieß er hervor. »Ich suche

Gabriel Kobler.« Er zog einen Brief unter seinem Hemd hervor. »Der ist eigentlich für Felicitas, aber sie ist schon zum Rathaus gegangen, und es ist dringend.«

Kapitel 48

Stille senkte sich über den Saal, nachdem das letzte Wort von Felicitas' Rede verklungen war. Ihre Kehle fühlte sich trocken an, nervös befeuchtete sie ihre Lippen mit der Zunge.

»Bring mir das Papier«, sagte Eck schließlich. Um seinen Mund lag ein verkniffener Zug. Offensichtlich war er nicht begeistert von dem, was er gehört hatte.

Doch darum ging es auch nicht. Sie sollten ihr nur glauben, dass sie schreiben konnte.

Kaum war sie bei Eck angekommen, riss dieser ihr das Papier aus der Hand. Zwei schnelle Bewegungen, dann segelte es in Fetzen zu Boden.

Für einen Moment stand Felicitas wie erstarrt. Sie hatte Herzblut in diesen Text fließen lassen. Natürlich sollte Eck ihn nicht mögen, aber dass er ihn so mit Füßen trat, tat weh. Sie kämpfte gegen den Drang an, sich nach den Fetzen zu bücken.

»Leopold Schäffler wird von der Bulle *Exsurge Domine* gestrichen werden. Es ist nun eindeutig klar, wer der faule Apfel in dieser Familie ist.«

Erleichterung durchflutete Felicitas. Sie hatte es geschafft, sie hatte endlich Leopold entlastet.

»Danke«, murmelte sie. Auch wenn Johannes Eck ihren Dank ganz sicher nicht verdient hatte.

»Felicitas Schäffler wird seinen Platz nicht einnehmen«, fuhr Eck fort.

Es dauerte einen Moment, bis die Worte richtig zu Felicitas durchdrangen. Hatte er gerade ›nicht‹ gesagt? Sollte sich etwa wirklich alles in Wohlgefallen auflösen?

»Stattdessen wird sie per päpstlichen Erlass direkt und ohne Umschweife mit dem Kirchenbann belegt.«

Wie ein Guss eiskalten Wasser erstickte der letzte Satz jegliche aufglimmende Hoffnung. Stattdessen fröstelte es sie mit einem Mal. Sie hatte damit gerechnet, noch Zeit zu haben. Sie hatte damit gerechnet, sich noch überlegen zu können, ob sie nicht vielleicht doch Luthers Thesen zumindest zum Schein abschwören wollte.

»Von nun an hat kein Christ mehr mit ihr zu sprechen, mit ihr Handel zu treiben oder ihr Hilfe anzubieten. In den Augen der Kirche hört Felicitas Schäffler von diesem Moment an auf zu existieren. Sie hat die Stadt auf direktem Wege zu verlassen und nie wieder zurückzukehren.«

Und so, mit einem Schlag, war ihr gesamtes Leben zerstört. Sie würde nicht einmal ein paar Habseligkeiten aus dem Haus ihrer Eltern holen können, würde sich nicht von Leopold und Markus verabschieden können. Heute Nacht würde sie unter der Weide am Lech schlafen. Ohne Decke und ohne Essen.

Unendliche Augenblicke lang konnte sie sich nicht bewegen, konnte nicht richtig denken. Doch dann vertrieb Trotz nach und nach die Schockstarre.

Sie würde zumindest mitnehmen, was sie konnte.

Sie bückte sich und sammelte die Fetzen Papier zu Ecks Füßen auf. Eilig stopfte sie alles in ihre Rocktasche. Unter dem Gemurmel des Publikums erhob sie sich schließlich wieder. Ohne ein weiteres Wort drehte sie sich um und ging.

Kapitel 49

Was denkst du, wie wahrscheinlich es ist, dass sie Felicitas auf dem Scheiterhaufen verbrennen?« Gabriel konnte kaum mit Leopold Schritt halten, der ihm voran durch die Augsburger Straßen eilte. Für einen Künstler und Studenten war er erstaunlich schnell. Allerdings war auch Gabriels Brust vor lauter Sorge wie zugeschnürt.

»Ich weiß es nicht«, gab Leopold zurück. »Ich hab doch auch nur den Brief von diesem Peutinger gelesen. Wenn sie auf Johannes Ecks List hereinfällt und etwas Ketzerisches schreibt, hätten sie auf jeden Fall jeden Grund dafür.«

Gabriel umklammerte die Schnüre fester, mit denen er sich sein Bündel kurzerhand auf den Rücken gebunden hatte. Felicitas war klug, sie ließe sich zu so etwas nicht hinreißen, oder? »In Ordnung«, sagte er schließlich, »gehen wir vom Besten aus.«

»Das Beste ...« Leopold schnaubte. »Das Beste, auf das sie hoffen kann, ist auf der Stelle exkommuniziert zu werden.«

»Was denkst du denn, warum ich mein Bündel

schon gepackt habe?«, gab Gabriel zurück. »Wir wollten ohnehin die Stadt verlassen.«

Abrupt machte Leopold halt. Er wirbelte zu Gabriel herum, stieß ihm mit dem Zeigefinger gegen die Brust. »Sie werden sie aus der Stadt jagen, und es ist deine Schuld!«

»Meine Schuld?« Sie hatten keine Zeit zu streiten, aber das konnte Gabriel nicht einfach so auf sich sitzen lassen.

»Natürlich, du hast doch ihre Flugblätter gedruckt.«

»Und du hast sie illustriert! Wir haben sie alle bei etwas unterstützt, das sie tun wollte!« Es war Felicitas' Entscheidung gewesen. Er hatte sie nie zu irgendetwas gedrängt, oder nicht? Nein, solche Zweifel durfte er im Moment gar nicht erst zulassen. »Dass sie exkommuniziert wird, ist allein die Schuld der Leute, die sie gerade exkommunizierten. Also, können wir uns nun darauf konzentrieren, ihr zu helfen?«

Leopold gab einen unzufriedenen Laut von sich, drehte sich aber wieder um und ging weiter die Straße runter. »Ich hole ihre Sachen, dafür brauche ich deine Hilfe nicht. Geh du zum Rathaus und schau, ob sie Hilfe braucht.«

Endlich etwas Vernünftiges aus dem Mund von Felicitas' Bruder. Gabriel nickte. »Felicitas und ich haben am Lech einen Treffpunkt. Komm dorthin.« Eilig beschrieb er den Weg. Er wartete nicht darauf, dass Leopold etwas erwiderte. Stattdessen eilte er direkt davon.

Kapitel 50

Felicitas war sich nicht sicher, wie sie auf den Platz vor dem Rathaus gekommen war. Sie hielt den Blick auf den Boden gerichtet und ging einfach geradeaus. Wohin? Nach Hause, ihre Sachen zusammenpacken, dann zu Gabriel. Und dann? Das würde sich wohl ergeben. Immerhin hatte sie es geschafft. Leopold war sicher. Sie klammerte sich an diese Gewissheit wie ein Ertrinkender an ein Stück Treibholz.

Sie hatte die andere Seite des Platzes fast erreicht, als die Rufe hinter ihr begannen. Sie kannte die Stimmen nicht. Irgendwelche Handlanger von Eck wahrscheinlich.

»Felicitas Schäffler wurde mit dem Kirchenbann belegt! Jagt sie aus der Stadt! Jagt sie aus der Stadt!«

Der Ruf verbreitete sich, und als Felicitas aufblickte, wichen die Leute vor ihr zurück. Ihr Nacken kribbelte. Starrten alle auf dem Platz sie nun an? Sie wollte sich nicht umsehen. Stattdessen beschleunigte sie ihre Schritte. Nur weg von hier.

»Jagt sie aus der Stadt!«

Das erste Wurfgeschoss traf sie unvorbereitet. Es zerbrach an ihrer Schulter, hinterließ dort ein Gefühl von Feuchtigkeit. Sie wollte nicht, aber sie schrie. Ein kleiner Laut, mehr Überraschung als Schmerz.

Das nächste Wurfgeschoss war härter. Es kullerte vor ihre Füße. Eine faulige Rübe. Mit plötzlicher Klarheit durchzuckte sie, dass es nur eine Frage der Zeit war, bis jemand Steine werfen würde.

Felicitas rannte.

Irgendetwas klackerte auf das Kopfsteinpflaster neben ihr, etwas anderes traf sie schmerzhaft an der Wade. Sie rannte weiter. Nur weg hier. Weg hier.

»Jagt sie aus der Stadt!« Der Ruf hallte bedrohlich in ihren Ohren.

»Felicitas!« Diese Stimme kannte sie. Instinktiv rannte sie darauf zu. Im nächsten Moment spürte sie Gabriels Hände an ihren Schultern. Eine Jacke wurde über sie gelegt, schirmte sie notdürftig vor weiteren Geschossen ab.

»Schämt ihr euch nicht?«, hörte sie Gabriel brüllen. »Sie hat für euch gesprochen! Sie hat ausgesprochen, wie ihr ausgebeutet werdet, wie ihr mit eurem Zehnten und den Ablassgeldern die Prunkbauten in Rom bezahlt, während ihr bei der nächsten schlechten Ernte wieder hungert!«

Die Rufe wurden etwas leiser, die Wurfgeschosse versiegten. Gabriel ergriff ihren Arm. »Lass uns gehen.«

»Danke«, murmelte Felicitas, »dass du gekommen bist.«

»Ich bin immer an deiner Seite. Von jetzt an für immer.«

Felicitas wusste nicht, ob es Gabriels Anwesenheit war oder ob seine Worte Wirkung gezeigt hatten. Aber nichts traf sie mehr, während sie gemeinsam durch die Straßen der Stadt gingen. Nur Rufe folgten ihr.

»Verschwinde!«

»Das hast du nun davon!«

Auf der Höhe einer Bäckerei, aus deren Tür ein verlockender Duft drang, eilte eine Frau ihnen entgegen. Felicitas rückte näher an Gabriel heran, doch die Frau drückte ihm nur ein Bündel in die Hand. Sie sah Felicitas nicht an, starrte stattdessen auf den Boden vor ihren Füßen. »Ein Laib Brot für die Reise. Danke für deine Worte.«

Dann war sie wieder fort.

Felicitas' Herz wurde ein wenig leichter.

»Wie geht es dir?«, fragte Gabriel.

»Wenn ich das wüsste.« Felicitas lauschte in sich hinein, aber da waren nur Herzklopfen und das dumpfe Gefühl von Verrat.

»Ich habe erreicht, was ich wollte«, sagte sie schließlich. »Aber ich hätte mir einen würdevolleren Abgang gewünscht.«

Gabriel stieß ein kurzes Lachen aus. »Falls es dir hilft, Peutinger hat noch versucht, dich zu warnen, aber seine Nachricht kam zu spät an.«

Das half tatsächlich ein wenig. Felicitas atmete lang aus. »Ich wünschte nur, irgendjemand würde es auch öffentlich wagen, zu mir zu stehen.«

»Ich fürchte, da wirst du mit mir vorliebnehmen müssen.«

Eine Welle der Zuneigung durchflutete Felicitas. Sie griff nach Gabriels Hand, drückte sie. »Ich könnte mir niemand Besseren an meiner Seite wünschen.«

Erst als sie das Stadttor erreichten, wurde Felicitas klar, wohin sie gingen. Sie wurde langsamer, zog an Gabriels Hand. »Ich brauche noch Dinge von zu Hause.«

»Leopold hat deine Sachen gepackt. Er wartet unter der Weide. Komm.«

Leopold. Felicitas lächelte, das Herz noch einmal ein wenig leichter. Sie war nicht allein.

Nicht eine Gestalt, sondern drei erwarteten sie unter der Weide. Schnell erkannte Felicitas neben Leopold auch ihre Mutter und den kleinen Markus.

»Felicitas!« Markus sprang aufgeregt auf und ab und winkte. »Leopold sagt, du hast es ihnen so richtig gezeigt, und dieser Eck hat Angst vor dir!«

Es fühlte sich nicht an, als hätte sie es irgendwem gezeigt, aber diese Zusammenfassung der Dinge entlockte Felicitas ein Lachen. Es fühlte sich gut an. Befreiend, als würde damit ein Gewicht von ihr genommen.

Sie kniete sich hin, um Markus zu begrüßen, und er schlang die Arme um sie.

»Dieser Eck hat auf jeden Fall Angst vor mir.« Es zu sagen, machte es fast wahr.

Im nächsten Moment stand Felicitas' Mutter vor ihr. Ihre Augen waren gerötet, als hätte sie geweint. »Kind, wie siehst du denn aus? Du hast Ei im Haar.«

Na und? Dann hatte sie halt Ei im Haar. Wen interessierte das noch? »Es tut mir leid, dass mein Äußeres deinen Ansprüchen nicht genügt«, gab sie etwas bissig zurück. Sie ließ Markus los, richtete sich wieder auf.

»Ach Kind, darum geht es doch nicht.« Ihre Mutter ergriff ihre Hand, zog sie zu sich. Den kritischen Blick, mit dem ihre Mutter sie begutachtete, kannte Felicitas zur Genüge. »Niemand sollte dich so behandeln dürfen«, sagte sie allerdings. »Komm, lass mich dir helfen.«

Ohne Felicitas' Protest abzuwarten, zog ihre Mutter sie zum Ufer des Lech. Als sie dabei an Leopold vorbeikamen, warf ihr Bruder ihr nur ein entschuldigendes Lächeln zu. »Sie haben darauf bestanden, mitzukommen.«

Das zu wissen, tat gut, auch wenn sie darauf hätte verzichten können, wie ihre Mutter ihr mit kaltem Flusswasser den Schmutz aus der Kleidung und dem Haar rubbelte.

Als sie endlich zufrieden war, fühlte Felicitas sich allerdings tatsächlich ein wenig besser.

»In dem Bündel, das Leopold bei sich hat, ist auch das Kleid für dich, das ich vor Kurzem mit dieser hübschen Borte bestickt habe.«

»Mutter, ich glaube nicht, dass das im Moment …«

Ihre Mutter hob einen Zeigefinger, unterbrach sie. »Kind, hör mir einmal in deinem Leben zu. Die Menschen beurteilen dich danach, wie du dich kleidest. Trag dieses Kleid, wenn du in eine neue Stadt kommst, und es wird dir Türen öffnen.«

Vielleicht hatte ihre Mutter ja recht. Und der Versuch, ihr auf diese Weise zu helfen, rührte Felicitas. Sie streckte die Arme aus, zog ihre Mutter an sich, drückte sie. »Danke.«

Ihre Mutter schniefte. »Gib auf dich acht.«

»Das werde ich.«

Nur zögerlich ließ ihre Mutter Felicitas wieder los, aber schließlich drehte Felicitas sich um und stand nun endlich vor Leopold. Er hielt ihr ein großes Bündel hin. »Ich habe Schreibzeug eingepackt und so viel Papier, wie ich hineinbekommen konnte.«

Felicitas musste lächeln. »Du kennst mich gut.«

»Ich dachte, ach …« Verlegen rieb er sich den Hinterkopf. »… vielleicht schreibst du mal?«

»Das werde ich«, versprach sie.

Leopolds Miene hellte sich ein wenig auf. »Danke für alles. Und es tut mir leid, dass ich wütend auf dich war.«

Felicitas nickte. Es war längst alles wieder gut zwischen ihnen, das wussten sie beide. Sie zog auch ihren Bruder in eine Umarmung.

Sie saßen noch eine Weile dort am Fluss. So lange, bis die Sonne langsam unterging, und Felicitas' Familie sich verabschieden musste.

Felicitas blickte ihnen nach, während sie in Richtung Stadttor davongingen. Gabriel trat neben sie, legte den Arm um sie. »Bist du bereit für ein neues Leben?«, fragte er.

Felicitas nahm den Blick von ihrer alten Familie, blickte hinauf zu ihrer neuen. »Mit dir immer.«

NACHWORT

Als Martin Luther seine Thesen anschlug, war der Buchdruck bereits in allen deutschsprachigen Gebieten weit verbreitet. So weit sogar, dass Luther eine ganz neue Form von Gelehrtem darstellte. Galt es seinen Gegnern noch als erstrebenswert, theologische Schriften aus dem Kopf zitieren zu können, erschien Martin Luther zu den Leipziger Disputationen mit einer kleinen Handbibliothek und schlug immer wieder Dinge nach, die er nicht auswendig konnte.

Die Reformatoren nutzten zudem die Form des Flugblatts ausgiebig, um ihre Thesen zu verbreiten. Dabei wurde nicht nur gesittet diskutiert, sondern eher kann man sich das Hin und Her der Flugblätter wie die Renaissanceversion einer Facebook-Kommentarspalte vorstellen. Während manche Leute eine themenbezügliche Diskussion führten, machten andere sich lieber über ihre Gegner lustig oder pöbelten diese einfach an. Der *Eccius Dedolatus,* den Felicitas sich zum Vorbild nimmt, ist beispielsweise ein real existierendes Werk. Als Verfasser glaubte man Willibald Pirckheimer identifizieren zu können, und dieser musste deswegen ziemlich buckeln, um von der Bannandrohungsbulle genommen zu werden.

In diesem Roman kommen weitere historisch belegte Personen vor. Johannes Eck war tatsächlich mit der Verwaltung der Bannandrohungsbulle betraut. Konrad Peutingers Gelehrtenzirkel ist ebenso belegt wie die Tatsache, dass Bernhard Adelmann von Adelmannsfelden dort Mitglied war.

Rebekka
Eder
Die
Schokoladen
Fabrik
Die Tochter des Apothekers
Roman
atb